娴院演讲（二）

公益人　公益事

彭占龙　主编

山西出版传媒集团

山西人民出版社

图书在版编目（CIP）数据

娴院演讲：公益人 公益事．二 / 彭占龙主编．--
太原：山西人民出版社，2025. 3. -- ISBN 978-7-203
-13528-9

Ⅰ．I267

中国国家版本馆 CIP 数据核字第 2024Q23K74 号

娴院演讲：公益人 公益事．二

主　　编：彭占龙
责任编辑：吕绘元
复　　审：刘小玲
终　　审：武　静
编纂统筹：杨　梦
装帧设计：尹志雷

出 版 者：山西出版传媒集团·山西人民出版社
地　　址：太原市建设南路 21 号
邮　　编：030012
发行营销：0351-4922220　4955996　4956039　4922127（传真）
天猫官网：https://sxrmcbs.tmall.com　电话：0351-4922159
E - mail：sxskcb@163.com　发行部
　　　　　sxskcb@126.com　总编室
网　　址：www.sxskcb.com

经 销 者：山西出版传媒集团·山西人民出版社
承 印 厂：山西省教育学院印刷厂

开　　本：720mm×1020mm　1/16
印　　张：30.25
字　　数：377 千字
版　　次：2025 年 3 月　第 1 版
印　　次：2025 年 3 月　第 1 次印刷
书　　号：ISBN 978-7-203-13528-9
定　　价：98.00 元（共二册）

2023年8月，"娴院演讲"项目在第一届"山西慈善奖"评选中被评为"优秀慈善项目"

2023年8月，"娴院演讲"项目获第一届"山西慈善奖"奖杯

序一

　　《娴院演讲》是娴院慈善基金会打造的一个慈善传播品牌。这些年来，《娴院演讲》秉承"公益人讲公益事"的核心理念，深度挖掘我们身边的慈善草根，讲好慈善故事，思考慈善需求，研究慈善理论，为慈善传播做出了有益的探索和具有创新性的贡献。这本集子是从《娴院演讲》数百位嘉宾的演讲内容中，遴选出的部分精华。基金会发起人彭占龙先生邀我作序，出于对慈善事业发展的关注和期许，我欣然允诺。

　　慈善是一种情怀。我一直敬佩那些带着纯粹的情怀，一砖一瓦做事情的人。他们可能是保护文物、守护文明、为子孙后代留住历史记忆的苦行僧，可能是热心公益、爱做善事、给弱势群体提供社会支持的志愿者，也可能是把自己封禁在哲学或科学问题里、孜孜不倦以求真解的不知名学者。我们要为这样的人鼓与呼！

慈善这一概念来源于西方，而我一直思考，我国传统文化与慈善的边界和交融。我想我们的传统文化内核其实就是慈善，而且我国传统文化还有一个高明之处，就是把家事国事天下事打通为一，引领人们通往超越利己主义的崇高道德境界。而在这种力量感召下，内生地、主动地、一点一滴行动的人，我认为他们就是慈善家，就是我们最值得珍视的社会财富。他们所做的事情也许很微小，微小到做了一辈子可能都没多少人知道，当然，被别人知道也不是他们所追求的。但你若知道了，也一定会像我一样，被他们的平凡善举所感动。

身处后疫情时代，我们的社会从来没有像今天这样需要公益、慈善和志愿服务的力量，党和国家也非常关注公益慈善事业的发展，把慈善组织从业人员纳入新的社会阶层人士队伍，视为不可或缺的统战力量。在基层社会治理中，公益慈善的角色无处不在；在促进社会公平正义中，公益慈善的作用无可替代。而本书中的这些小人物和他们的小贡献，正是在这种社会大潮中涌现出的绚丽浪花。他们走出内卷，实现破圈，给行业带来新的气象，而彭占龙先生的选择又何尝不是公益行业的破圈创新之举？

期待《娴院演讲》越来越好，期待下一本演讲集的问世。

周　然

2025 年

序二

    2021 年正月初十，我曾走进娴院讲堂，面对 3 个机位镜头，运用全景、中景、特写，以讲故事的方式，拍摄录制下一段人生的经历，这种庄重的"出镜"场面，让人油然而生一种使命感、责任心。

    由此及彼，感同身受，我想当乡村教师讲述乡村文化生活与学生的洗澡问题，点亮山区孩子观望外部世界的眼睛；当环保志愿者分享他在黄河源头采撷到的山神故事；当心理咨询师解救孤独者、抑郁者的心灵；当禁毒社工不厌其烦地直面吸毒者，探索戒毒路；当历史学者娓娓道来民间慈善如何滋养中华文明的根系时……这些声音或许人轻言微，称不上振聋发聩，却如涓涓细流泉水叮咚，终将汇入人类向善的长河。《娴院演讲》正是这样一处让思想微光得以绽放，让善念细流得以汇聚的所在。

自 2017 年 8 月 15 日，《娴院演讲》第一期节目上线，到 2024 年底，累计邀请嘉宾 377 位，共播放 419 期，包括教育公益、心理抚慰、社会工作、养老助残、慈善法规、儿童保护、公益文化、应急救援、志愿服务等，横跨 12 类话题。八载春秋，借助腾讯、爱奇异、微博等 11 家微信和自媒体公众平台广泛传播，形成了系列落地成功案例，触及并影响了大量观众。它不仅为公众提供了一个了解公益、关注弱势群体的平台，而且还激发更多的人投身公益慈善事业。10 多个音频、视频线上传播，数百小时的影像资料，这些数字背后，是一个民间文化机构对公益传播的执着探索。娴院慈善基金会以山西为原点，将视野投向整个华夏大地人性共通的"从善如流"理想。从最初为草根公益组织搭建发声平台，到逐渐形成演讲、闲话、会说"三位一体"的公益话语体系，娴院走出了一条独具特色的民间智库成长之路，而今一朝镌刻成书，白纸黑字再增传播新载体。这里没有居高临下的说教，只有平等开放的对话；不追求一时轰动，而注重思想的长久浸润。

　　公益的本质是人与人之间最朴素的联结。在这个信息爆炸却心灵隔膜的时代，《娴院演讲》回归最本真的交流方式——面对面地讲述与倾听。当扶贫工作者晒出沾满泥土的工作笔记，当非遗传承人演示即将消失的古老技艺，当社区志愿者讲述邻里互助的温暖瞬间时，屏幕前的我们得以触摸公益最生动的肌理。这些真实的故事比任何宏大的理论都更具说服力，它们证明：改变世界的不是遥不可及的理念，而是每个人触手可及的善意。

　　《娴院演讲》作为基金会的公益产品，以"公益人讲公益事"为核心理念，讲述公益故事，推出公益人物，交流公益经验，传播公益理论。参与《娴院演讲》的机构达 267 家，机构类型以公益慈善为主。《娴院演讲》陆续走进山西大学、太原理工大学、山西财经大学、太原科技大学、中北大学、太原师范学院……不仅走遍了山西的 10 多所大学，还远赴北京，走进中央财经大学、中国人民大学，还走进山西综改示范区、太原女子戒毒所等单位，走出了一条独具特色、初见成效的公益之路。

更可贵的是，《娴院演讲》构建了一个多元思想的交汇场域。在这里，大学教授的学术思考与田间地头的实践智慧获得同等尊重；传统慈善的厚重底蕴与社会创新的前沿探索碰撞火花；山西本土的经验与跨地域的视角相互映照。这种开放性使《娴院演讲》超越了普通的地方文化项目，成为观察中国公益生态的一个独特窗口。

作为公益文化的播种者，《娴院演讲》尤其注重思想的深耕细作。每个演讲者都要经历主题提炼、内容打磨、试讲调整的严谨过程，确保分享的不是浮光掠影的感触，而是经得起推敲的实践智慧。这种对内容品质的坚持，在快餐文化盛行的当下显得尤为难能可贵。正是这份认真，使得《娴院演讲》视频能够走进高校课堂，成为公益教育的鲜活教材；能够被基层社会组织反复观看，转化为实际工作的参考模板。

翻阅《娴院演讲》集子，读者能感受到一种特别的气质：既有三晋大地的朴实厚重，又不乏面向未来的开阔视野。从脱贫攻坚的一线记录到人工智能时代的公益伦理探讨，从传统民间结社研究到社会化媒体募捐案例分析，内容跨度之大令人惊叹。这恰是当代中国公益实践的缩影——在古老文明与现代变革的交会处，寻找善的永恒价值与当代表达。

《道德经》有云："天下大事，必作于细。"公益慈善的宏图伟业，终究要落脚于一个个具体人物的切实行动。《娴院演讲》汇集的价值，正在于它忠实记录了这些平凡而伟大的行动者如何用生命影响生命。当未来的研究者回望 21 世纪中国公益事业发展历程时，这些来自民间的真实声音必将成为珍贵的历史底本。

乔运鸿、赵远二位先生在《技术、媒体与公益慈善文化传播的破圈之路——〈娴院演讲〉公益传播平台的创新性探索》中揭示："信息流转加速、传播链条缩短、社交圈层被打穿，有价值的公益慈善项目借助互联网直接诉诸大众。拆除了时空的藩篱，每一个小小的善意和温暖都被汇集起来，准确传递给请求帮助的事、需要关怀的人。"张雪芹《于微光中做一名开心社工》一文中有言："社工就像萤火虫，虽然很微小，但是能用微弱的身体给予别人光亮。"

正因为持之以恒的不懈努力，2023 年，"娴院演讲"项目在第一届"山西慈善奖"评选中被评为"优秀慈善项目"。

《娴院演讲》集子，成为一扇窗，让更多人看见公益的丰富可能；它还成为一座桥，连接更多志同道合的同行者；更成为一粒种子，在读者心中孕育出善的参天大树。因为每一个被讲述的故事，都可能开启新的故事；每一份被传递的善意，终将让这个世界变得更值得热爱。

有心人天不负，有志者事竟成。祝贺《娴院演讲》闪亮登场！

陈为人
2025 年

技术、媒体与公益慈善文化传播的破圈之路

——《娴院演讲》公益传播平台的创新性探索

乔运鸿　赵　远

信息流转加速、传播链条缩短、社交圈层被打穿，有价值的公益慈善项目借助互联网直接诉诸大众。拆除了时空的藩篱，每一个小小的善意和温暖都被汇集起来，准确传递给请求帮助的事、需要关怀的人。这样的泛在连接也给了被传统渠道忽视的小型专业化公益机构一个展示的窗口、一个放大自己声音的机会。从这个意义上说，互联网公益给广大的参与机构提供了一个在统一的规则下互相比较、诉诸大众捐赠者评断的平台，起到促进不同项目间的良性竞争、提升行业整体专业度和透明度的作用。

——摘自《中国互联网公益》

乔运鸿，山西省娴院慈善基金会理事长。
赵　远，山西省娴院慈善基金会《娴院演讲》项目制片人。

爱心尚德的慈善文化，是立人之本，也是立家之本；是兴市之道，也是兴业之道。随着互联网传播优势的不断显现，知识类视频平台逐渐兴盛，从国外的 TED 演讲，到国内的网易公开课、大学开放式网络课程 MMOC 都受到业界较大关注。知识共享在时代交替中不断嬗变，人们对知识的渴求愈加迫切，公益分享传播平台却屈指可数。于是山西省娴院慈善基金会开始思考，如何让积极向上的慈善文化真正融入大众，如何让公众便捷地获得对慈善的认知。带着传播慈善文化的职能和责任，基金会于 2017 年 8 月正式上线了全国唯一的公益文化演讲栏目——《娴院演讲》。

一、《娴院演讲》在做媒体公益

如今，做公益的方式多种多样，每个人、每个机构都可以根据自己的实际情况和兴趣选择适合自己的方式。常见的做公益方式包括捐款捐物、志愿服务、公益项目开展、公益组织支持、公益文化传播等，传播公益理念、弘扬慈善文化则需要借助媒体，媒体公益由此诞生。什么是媒体公益？AI 给出的答案是，各种媒介组织（包括平面媒体、广播电视、网络媒体等）以多种方式参与公益行为具体实施的行为，涵盖公益文化传播、公益活动组织、公益项目推动等多个方面。其角色一是报道者，通过新闻报道、专题报道、信息扩散等形式，及时、准确、全面地传播公益文化，提高公众对公益事业的关注度；二是宣传者，利用自身的传播渠道和影响力，积极宣传公益理念，倡导社会公德，推动形成良好的社会风尚；三是组织者，通过舆论动员、发起组织或直接参与公益活动，推动公益事业的发展。

案例一：我看过你的演讲视频

一位求职者去应聘一家公益机构，在面试时，看到面试官小陈，求职者说出的第一句话就是："我看过你的演讲视频。"小陈感到纳闷，紧接着求职者说："在爱奇艺上，你讲的《拆解公益——青年人如何科学认识与科学实践公益事业》。"小陈恍然大悟，自己前段时间应山西省娴院慈善基金会邀请，参与了《娴院演讲》的录制。

茫茫人海中，看似一场偶然的相遇，但背后是媒体公益的推波助澜，让求职者了解了公益，让小陈的自我价值放大，让社会对公益事业多了一份理解。这是娴院基金会一直以来所坚持做的事情，即构建良性公益生态圈。

山西省娴院慈善基金会是一家 4A 级社会组织，致力于公益慈善研究、公益慈善培育和公益慈善传播。《娴院演讲》栏目是公益慈善传播的主要载体，其核心理念是"公益人讲公益事"，力图通过演讲平台架通公益慈善组织、慈善人士与需求者之间的桥梁，实现公益慈善组织、慈善人士与需求者之间的直接有效对接，实现做"有效率的慈善"的目的。同时，为传播慈善理念、文化、知识和方法，《娴院演讲》还打造了高端公益慈善文化讲坛，即约请公益慈善、历史文化、科技教育和社会治理等学界专家学者和公益慈善行业知名人士做客《娴院演讲》。此外，《娴院演讲》还寻求与公益慈善有关的会议、沙龙、会客厅主办方合作，适时推出参会嘉宾的精彩发言和会议花絮。

媒体公益传播依赖于多种资源和能力的综合运用，这些资源和能力包括但不限于：媒体资源，即电视、网络、报纸等公益信息传播的主要渠道；资金资源，即一定的资金来支持制作、宣传、组织、执行等各个环节；人力资源，即包括志愿者、专业工作人员、合作伙伴等，他们共同构成了媒体公益传播的主体；信息资源：即包括公益项目的成功案例、数据支持等，这些信息有助于增强公益传播的说服力和可信度；技术资源：即运用现代新媒体技术和表现方式，如微信公众平台、微博、短视频、大数据等做到及时、便捷、有效、快速和多渠道、多方式传播，形成丰富的感性认识和大众扩散效应。

《娴院演讲》搭载媒体公益这条快车道，已经运行数年，体现了其适应公益行业发展的影响力和生命力。在这数年里，得益于娴院基金会所提供资金和人员支持，借助微信公众平台和腾讯、爱奇艺、微博等另外 11 家自媒体平台广泛传播，形成了系列落地成功案例，触及并影响了大量观众。它不仅为公众提供了一个了解公益、关注弱势群体的平台，而且还激发更多的人投身公益慈善事业。

二、《娴院演讲》在做技术公益

技术公益的概念于 21 世纪初开始在英国出现，并逐渐在全球范围内得到推广和应用。国际上与技术公益对应性最强的概念是 tech for good（直译为为了善的技术），它强调技术应被用于改善社会福祉和公共利益。

2012 年前后，技术公益在中国出现并得到推广。在中国，"技术公益"虽然不是流行词语，也没有统一的定义，但是类似的概念如互联网公益、互联网 + 公益、科技公益、IT 公益等逐渐被人们所熟知和接受。技术公益一般指将各类专业技术应用到公益领域，强调利用技术的力量，通过技术支援、运营指导、传播渠道支持、专业志愿者支持等多种形式，为公益事业提供新的解决方案和动力。

当下，AI技术已经成为各大平台吸引眼球、博取流量的技术手段。例如，孙悟空骑上了摩托车扬长而去、甄嬛掏枪等魔改视频，操作者甚至不需要有任何视频剪辑软件的基础，只需要用文字描述一下，不论多荒谬的画面AI都能瞬间做出来。

确实，随着AI技术的飞速发展，互联网生产力也发生了革命性的变化。通过模拟人类的思维和行为，让机器能够像人类一样进行学习和决策，从而完成各种复杂的任务。那么能用AI做公益吗？

在公益圈，AI技术体现于数据分析和预测，帮助公益组织更好地了解社会问题、预测趋势及评估项目成效；智能匹配和推荐，找到适宜的公益项目或捐赠渠道；个性化捐赠方案，根据捐赠者的历史捐赠纪录、偏好及社会问题紧急程度，为捐赠者提供个性化的捐赠方案等，不过前提是要确保数据安全和隐私保护、算法公正性和透明度、技术伦理和道德等一系列问题的有效解决。

《为公益实践提供技术指引〈中国技术公益发展报告2023〉发布》一文称："技术公益的核心理念是将技术与公益紧密结合，通过专业的技术能力，更加高效地解决社会问题和公益痛点，以实现更有效且不断创新的公益服务，为公益活动贡献新的思维方式和行动方式，也为技术企业践行社会责任提供创新性的路径。技术行业参与公益无论是对公益组织进行赋能，还是直接运营公益活动，都成了公益行业的一部分。公益行业的运营、转型与发展，是技术公益的基础。"

（一）《娴院演讲》技术视角分析

《娴院演讲》的目标对象是草根公益组织或草根公益人，由他们讲述自己的真实故事和公益项目，在录制其演讲视频后，根据内容进行剪辑，以8—10分钟为一个片段播出。若是用AI技术，仅输入几句话就能自动生成一段公益演讲视频的话，那么公益效果的真实性将大打折扣，其产生的公益影响也会饱受争议，最初的公益情怀更不值得一提。

《娴院演讲》录制现场

所以在拍摄《娴院演讲》过程中，我们运用3个机位镜头，全景、中景、特写三景别的拍摄方式，以讲故事的形式录制；现场配备提词器，提示关键内容；演讲过程中，如有表述不当，可暂停重新调整，减轻演讲嘉宾的心理负担。后期制作则运用直接切换、淡入/淡出、声音桥接等一些剪辑技术，根据具体需求灵活运用，提升视频的流畅性和叙事性，传递最真实的公益价值。

对于大多数公益人来说，这其实是个不小的挑战：通过这样的形式，静下心来梳理自己做公益的历程；在梳理中总结经验、发现优缺点；第一次面对镜头，能沉稳、清晰地讲述公益故事；播出之后，积极沟通、对接所需的公益资源和需求。

2005 年，学者马晓荔和张健康对公益传播进行了定义，这是国内学术界首次对该概念进行界定。他们将公益传播定义为："具有公益成分、以谋求社会公众利益为出发点，关注理解、支持、参与和推动公益行动、公益事业，推动文化事业发展和社会进步的非营利性传播活动。"

（二）《娴院演讲》技术数据分析

1. 嘉宾分类

从 2017 年创办到 2024 年底，《娴院演讲》累计邀请嘉宾 377 位，嘉宾分类如下图所示：

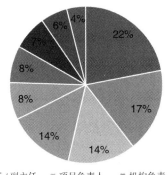

图例
■ 高校教师　■ 主任/副主任　■ 项目负责人　■ 机构负责人　■ 会长/副会长
■ 理事长　■ 秘书长　■ 项目负责人　■ 总干事

《娴院演讲》嘉宾分类图

根据以上数据分析可以看出，参与《娴院演讲》的嘉宾占比较高的群体分别为高校教师、机构负责人和项目负责人。

2. 话题分类

截至 2024 年 12 月，《娴院演讲》共播放 419 期，横跨 12 类话题，包括教育公益、心理抚慰、社会工作、养老助残、慈善法规、儿童保护、公益文化、应急救援、志愿服务、文化生活、禁毒、孤独症，如下图所示：

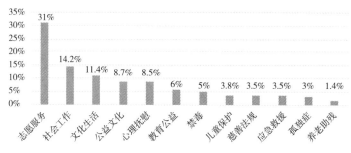

《娴院演讲》话题分类图

参与《娴院演讲》话题分类占比较高的分别为志愿服务、社会工作和文化生活。志愿服务话题通常关注个人或组织贡献时间、精力和技能，以改善社会、促进社区进步或帮助他人，实施方式有较大的灵活性、自发性和自愿性。

社会工作话题则侧重于通过专业社会服务来解决个人、家庭、社区和社会层面的问题，增强个体的社会功能，促进社会公平和和谐。实施方式主要是由专业机构或政府部门倡导组织，具有更强的规范性和系统性

文化生活话题虽然更广泛，但是同样包含了对社会进步和人类发展的关注，通过文化活动和交流来促进社会繁荣和进步。实施主体更加多样，可以是政府、企业、社会组织或个人，以多种形式参与和推动

上述 3 类话题都体现了对社会责任和人类福祉的关注和追求，相互促进、相互补充，共同传播公益理念，吸引公众参与公益，推动公益行业良性发展。

3. 机构分类

参与《娴院演讲》的机构达 267 家，机构类型以公益慈善为主，

如下图所示：

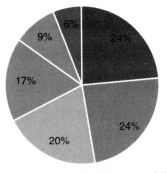

■ 社会工作服务中心　　■ 心理咨询服务中心　　■ 高校
■ 志愿服务协会　　■ 基金会　　■ 公益事业发展中心

参与《娴院演讲》机构分类图

参与《娴院演讲》机构占比较高的为社会工作服务中心、心理咨询服务中心和高校。这3类机构，一个属于实际帮扶，一个属于心理帮扶，还有一个属于理论帮扶，在公益生态圈各自扮演着重要的角色，既相互独立，又相互促进、转化，共同构成全面而有效的帮扶体系。

三者相互独立：实际帮扶，侧重于解决实际问题，如提供经济援助、生活物资、就业创业指导等；心理帮扶，侧重于精神层面的支持，如心理疏导等；理论帮扶，侧重于提升受助者的知识和技能，为其长远发展奠定基础。

三者相互促进：实际帮扶的成功实施可以为心理帮扶和理论帮扶提供有力的支持。例如，通过提供经济援助和生活物资，可以减轻受助者的经济压力，从而更容易接受心理帮扶和理论帮扶。同时，心理帮扶和理论帮扶也可以促进实际帮扶的效果。通过心理疏导和技能培训，可以增强受助者的自信心和应对能力，从而更好地面对生活中的挑战。

三者相互转化：在某些情况下，实际帮扶、心理帮扶和理论帮扶之间可以相互转化。例如，对于某些因心理问题而导致的经济困难，心理帮扶可以转化为实际帮扶的一部分，通过解决心理问题来改善经济状况。同样，理论帮扶也可以转化为实际帮扶，通过提供实用的知识和技能来帮助受助者解决实际问题。

三、《娴院演讲》在做传播公益

如前所述，《娴院演讲》嘉宾以高校教师、机构负责人和项目负责人为主体，3类主体传播公益的侧重各有不同。

（1）高校教师进行公益研究，思考公益前瞻性问题。

案例二：朝着让自己失业的方向前行

谢小江，一名高校心理咨询师。学校要求要善于发现有问题的学生，然后找出问题做预防，不能有恶性事件的发生，因此谢小江的眼里都是有问题的学生。时间长了，谢小江就去思考，为什么学生非要到哭的时候才来寻求帮助呢？在他哭之前，如果我们做一些事情，是不是就不用来他那儿了呢？心理咨询在我们国家有一个普及的过程，人们做心理咨询往往有一种病耻感，一般很难启齿，我刚刚去做了一个咨询，我有什么问题，比如我有抑郁症，我有焦虑症，我有双向情感障碍……

谢小江把心理咨询做成了扩展活动，把"去咨询"，说成"去学魔方"，配合着一边做游戏，一边做魔方，一边讲故事。一节课下来，魔方可能学得要慢一些，故事听得可能会多一些，潜移默化中完成了心理疗愈。

（2）机构负责人肩负机构的愿景和使命。

案例三：一朵能量满满的山茶花

2013年，读大学的范南兰第一次以志愿者身份参与乡村支教和农民工子女陪伴志愿服务，那一段美好的经历在她心中埋下了公益的种子。大学毕业后，她走进重庆市南岸区益友公益发展中心，成为全职公益人。她设计实施的"彩虹守护计划——反毒大篷车"青少年禁毒宣传教育、"微爱记忆"老年失智预防与关爱、"独居老人的暖心汤"等20多个项目，直接服务青少年及老人20万余人，培育志愿服务队伍100多支。从志愿者到管理者再到领导者，范南兰的身份发生了变化。她说，志愿者就是在一线服务，获得价值感；作为管理者，需要对项目有全面认知，从个性化的问题看到群体性的需要；作为领导者，需要开阔的视野和胸怀，包括对整个机构的未来发展要有远见。

（3）项目负责人有一线经验，从实际出发为我们讲述公益故事。

案例四：一碗粥一片情，温暖一座城

2016年冬天，张昌勤偶然看到一位衣衫单薄、头发斑白的环卫工人坐在路边的三轮车上啃冷馒头、喝凉水。寒风凛冽，他忍不住上前问那位和他父亲年纪差不多的老人："叔，这么冷的天儿，你吃凉馍、喝凉水不冰吗？"

老人笑笑说："习惯了，没事儿，就当吃冰棍哩！"老人回答得轻松、幽默，张昌勤却听得心酸、沉重。他心里想，如果能让这些辛苦付出的环卫工人吃上热乎乎的早餐该多好啊！回到家，他立即召集协会管理人员开会，说出了自己的想法。当天下午，他就和几名志愿者置办厨具、采购食材，一直忙到晚上11点多。第二天凌晨不到4点，他就赶到爱心粥屋，用砖头支起灶台做饭。2016年11月17日，运城市第一时间志愿者协会第一顿免费的爱心早餐就这样出锅了。无论严寒酷暑，还是风霜雨雪，从不间断，协会的这一坚持就是7年多，参与志愿者3.7万人次，服务环卫工人23万人次。

此外，作为一个区域性公益项目，《娴院演讲》也做跨域传播。

项目执行以来，凭借多年的运行与积累，不仅在山西省内形成了较大影响，具有一定的知名度，2023年在首届"山西慈善奖"评选中被评为"优秀慈善项目"，而且随着"走出去"模式的探索，一方面不断充实演讲嘉宾资源库，另一方面也促使《娴院演讲》项目组专门制定了对接省外公益组织和演讲嘉宾的具体流程和要求，使项目运行越来越规范化。

"走出去"录制情况主要呈现以下特点：

（1）单场录制人数平均20人，比以往在省内单场录制人数增加13人，使录制更加集中，效果较好，且节省了部分成本。

（2）从录制内容来看，公益主题约占99%，以演讲者讲述自身公益故事为主。

（3）"走出去"促使每场演讲的录制场地有所更换，不仅丰富了录制场景，而且也更具地域特色。

四、《娴院演讲》实现传播公益破圈

《娴院演讲》将技术与公益结合，利用传播媒介，讲述行业故事，传递公益理念，将有限的公益资源实现最大的公益效益。对于娴院来说，为什么是有限的公益资源呢？公益资源局限在哪里？那就是所在地域对公益的认识度有局限和所谓山西公益圈的大环境。在《娴院演讲》邀请嘉宾的过程中，我们能切实感到，草根公益组织在坚持认真做事情，但是在现场表达中只用几分钟就讲完了，不会概括，不会梳理；觉得自己做就好，不用传播，做公益、做好事不就是这样吗？如果公益生态圈是这样的话，那么我们策划得再好，配备的拍摄机器再怎么高大上，运用的剪辑技术再怎么高超，那么投入和产出还是不成正比。

王跃璇在《网络公益传播研究综述及展望》一文中说："在新媒体时代，公益传播形态发展和传播模式的巨大变化更是引发了学者的关注，不少学者总结了数字化时代公益传播的新特征：一、从基于大众媒体的大众传播转变为基于个体的人际网络传播；二、传播主体更加多元，传播题材多样且呈现草根化特征；三、传播以裂变式的病毒传播方式通过网络不断扩散，使得传播的走向既可通过技术实时监测又难以预测。"

《娴院演讲》是如何将有限的公益资源做出最大公益效益的呢？怎么来定义"最大"？近年来，情感与情绪的力量得到了重视。当公众看到他人遭受苦难时，同情心会油然而生，促使人们伸出援助之手，实现爱心接力，吸引更多的人关注公益事业。在公益活动中，情绪价值的传递也是非常重要的。一个微笑、一句鼓励

的话语、一个温暖的拥抱，都可能成为受助者重新燃起生活希望的火种。这些看似微不足道的情绪支持，实际上对于受助者的心理康复和未来发展具有深远的影响。在公益传播中，人们的爱心、同情心和责任感等积极情感被激发出来，形成了强大的能量，从而有助于构建一个更加和谐、友善的社会环境。《娴院演讲》用8—10分钟的视频，链接优质公益资源，提高大众对公益事业的认识。

1. 公益组织人员的参与

参与《娴院演讲》的嘉宾用最朴实的言语，讲述自己所参与过的公益故事和经验。他们的演讲一方面为自己的公益之行做了梳理，另一方面更加坚定了深耕公益的信念，从而使更多的人受益。

例如，在《娴院演讲》平台上，天龙救援队队长陆玫号召社会广泛参与自然灾害、户外和城市应急公益救援；山西省上善社会工作发展基金会发起人重度残疾者宋卫军用自己的实际行动生动阐释了"慢慢地懂了，这个世界上只有所有的人奉献爱，只有所有人都有爱的时候，我们才能生活得更幸福"的生命真谛；自伤危机干预心理咨询师冯晋渊呼吁"生命的守候从来不是一件容易的事，希望我们每一个人都能活成一道光，用你身上的光，照亮你周围的每一个人"。

2. 链接演讲嘉宾和公益组织资源

《娴院演讲》与公益组织建立了广泛而深入的合作关系，孵化公益项目，推动行业发展，并发挥项目中嘉宾的影响力，将《娴院演讲》带到西安、成都、大连、重庆、沈阳等地，受众数万人次，扩大了项目的受益面。

案例五：娴院"林荫未来"青年成长公益训练营（以下简称公益训练营）

娴院基金会与林荫公益的结识是一种机缘。林荫公益是由一群活力四射的青年人组成的公益组织，通过对县域中学学子开展核心课程、专业课程、生涯课程等形式，邀请来自世界顶尖学校的学生担任班主任，与县域学生面对面交流，积极助力当地教育生态的改变，切实推进教育公平，促进优质教育资源下沉。

2023 年公益训练营课堂

我们将林荫公益的优秀青年张郑武文邀请到《娴院演讲》平台进行演讲，由此埋下了合作的种子。

再识林荫公益是 2022 年盛夏，《娴院演讲》初次探索"走出去"，在省外举办演讲，首站落地成都。演讲活动在林荫公益的协助下圆满完成，双方有了更加深入的了解，寻求合作的想法进一步生根发芽。之后，在两家社会组织的共同努力下，公益训练营成功落地山西。2023 年 7 月，来自山西省汾阳市第四高级中学的 64 名学子参加公益训练营，接受了系统化的大学专业体验和个性化的生涯规划指导。2024 年 7 月，双方再次合作，公益训练营落地山西省交城中学，99 名交城学子受益。在助力学子成长、促进县域教育事业发展的共同目标下，公益组织（林荫公益）、慈善组织（娴院慈善基金会）、承办方（汾阳市第四高级中学和交城中学）三者形成一个良好的公益生态：娴院基金会的资金支持、林荫公益的专业项目运作、两所学校的在地组织和落地实施，各自既是项目资源的提供方，又是项目实施的需求方，三者相互协作、支持，使公益项目顺利落地实施。

2023 公益训练营落地汾阳市第四高级中学

2024 公益训练营落地交城中学

在公益训练营项目中，还涉及政府、学校、家长、学生等多个主体。每个主体间的关联、沟通和互动，又形成公益项目运行中的诸多小生态。公益好生态的构建，是公益活动开展的条件。同时，对整个社会大公益的形成，也产生引领、示范作用。从这个意义上来讲，公益训练营的价值已经超越了公益活动本身。

3. 建立互动交流的演讲嘉宾社群

整合《娴院演讲》嘉宾资源，对公益组织及公益话题进行区域和领域的归类整理，建立公益演讲社群，以"演讲"为引，在社群内延伸出活动、人物、案例等全面的公益资源，推动公益行业的发展。

案例六：组建公益社群，举办山西省基金会信息公开能力建设培训会议

《娴院演讲》嘉宾中国基金会发展论坛秘书长、北京基业长青社会组织服务中心执行主任吕全斌，为山西的公益伙伴们做了《基金会中心网介绍与信息公开的重要性》的分享。吕全斌以基金会中心网三大业务板块：数据工作作为底层支撑，是基金会中心网的核心和基础；中基透明指数FTI作为拳头产品，是基金会中心网的重点和亮点；组织作为开放平台，是基金会中心网的探索和发展，说明了基金会中心网是做什么的机构。基金会中心网致力于用数据说话，助力阳光慈善。

山西基金会的同仁也针对各自不同的问题进行了交流，在自我吸收与消化的同时，不断加强行业交流，有效推动山西公益慈善事业的高质量发展。

4.编辑出版《娴院演讲》系列图书

《娴院演讲》不仅形成了大量的音频、视频资料，而且在获得演讲嘉宾同意后，以文字的形式记录下来，陆续出版了《娴院演讲》系列图书。与互联网平台视频、音频的推出相结合，形成视频+音频+文字全面的传播方式，传播公益思想，培育公益精神。

案例七：2022年《娴院演讲（一）》的出版

《娴院演讲》秉承"公益人讲公益事"的核心理念，深度挖掘身边的慈善草根，讲好慈善故事，思考慈善需求，研究慈善理论，为慈善传播做出了有益的探索和具有创新性的贡献。这本集子是从《娴院演讲》数百位嘉宾的演讲内容中，遴选出的部分精华。身处后疫情时代，我们的社会从来没有像今天这样需要公益、慈善和志愿服务的力量，党和国家也非常关注公益慈善事业的发展，把慈善组织从业人员纳入新的社会阶层人士队伍，视为不可或缺的统战力量。在基层社会治理中，公益慈善的角色无处不在；在促进社会公平正义中，公益慈善的作用无可替代。本书中的这些小人物和他们的小贡献，正是在这种社会大潮中涌现出的绚丽浪花。他们走出内卷，实现破圈，给行业带来新的气象。

《娴院演讲》不仅是在记录传播中国的公益慈善事业，而且也是中国公益慈善事业发展的一个缩影，它的发展只能与时代同步，和公益共振。

作为一家非公募区域性基金会，娴院基金会体量不算大，人员有限，财力有限；作为介入传播行业的基金会，《娴院演讲》运营投入成本同样很少，但是娴院基金会的愿景"美"——打造区域性枢纽型基金会；使命"美"——构建山西公益好生态。《娴院演讲》无论是案例故事，还是链接公益资源、落地公益项目，都在尽所能地朝着小而美的模式，不断实现破圈，可持续和韧性地发展。

记录慈善，传播公益

《娴院演讲》的种子是 2016 年 5 月份种下的。

那年那月的某一天，彭占龙先生邀我到桃园北路的陶作坊喝茶。其间，彭占龙先生说想办一个讲人文科技的自媒体，以视频演讲的形式在线上传播，问我愿不愿意做这件事情。彭占龙先生说这番话时，我当时倒没有怀疑我的耳朵听错了，而是怀疑什么时候连茶都有了刺激人说大话吹牛皮的作用了。你一个搞企业的，和文化传媒八竿子打不着。除了有点钱，技术、设备、团队、经验完全是零啊！再说了，做企业就是为了挣钱，你心心念念挣钱就是了，干这个除了花钱，对你又有什么好处和意义呢？还有，现在是信息爆炸的时代、娱乐至上的时代、短视频的时代、注意力分散的时代，你搞这么一档子看起来还很正统严肃的事情，又有谁看呢？

想到这儿，我都被自己的认真气笑了。彭占龙先生只是说说而已，你还真就当回事？然后，看着一脸认真慷慨陈词的彭先生，我虚与委蛇，心里却暗想，3个月之后，你彭占龙要是还记得这事，我信你！

茶叙完毕，走出茶馆门，我在心里提醒自己：看来以后喝茶都要悠着点，小心被茶水刺激得昏了头，说一些不着调的话吹一些无边际的牛。

3个月过去，天下太平，岁月静好，以至于我把这件事都淡忘了。

8月份的一天，彭先生突然打来电话，旧事重提。经过了3个月的冷静期，彭占龙先生竟然对这件事耿耿于怀，看来，他是要来真的了。那好吧，你真来，那俺就只好真干了。

当时我在山西广播电视台工作，在彭占龙先生的大力支持、亲切关怀、频繁督促下，我很快便走出了迎泽大街318号。

2017年8月15日，《娴院演讲》第一期节目上线。

蓦然回首，《娴院演讲》已经走过了8个年头。

8年演讲不辍，10多个音视频平台线上传播，而今一朝成书，再增传播新载体，更有文字久传世。

看来，彭占龙先生对《娴院演讲》这件事不仅是认真的，而且超出了我的预期，他是极其认真的。

话说到这儿，我还得借这个机会，给茶恢复一下名誉：茶水是个好同志，它不仅不会让人冲动说过头话，多饮几杯，也许它还有让你做出靠谱决定的神奇功效。

此刻，手捧一杯清茶，回眸来路，我想说三点感受：

一是初创期的摸索。

1. 请草根人，讲亚文化。这是创办《娴院演讲》首先要解决的问题。彭占龙先生说，我们要讲的是亚文化。什么是亚文化？本人才疏学浅，还专门问了一下度娘。简而言之，俗而释之，亚文化就是区别于主流文化的非主流的局部文化。这决定了我们在初创期邀请的演讲者大都是那些生长在多样性极其丰富的民间草根人物。给草根大众一个展现自我的平台，这无疑也是初创期的《娴院演讲》极易起步的路径。

2. 走出娴院，走进大学。演讲最初的录制是在娴院的展厅，虽然每次录制的时候，现场也是坐满了听众，但毕竟场地有限。如何给演讲者营造更浓厚的现场氛围，如何将现场的传播效果最大化，如何进一步扩大《娴院演讲》的知名度、影响力？我们想到了走进大学。青年是未来的希望，大学生也需要学习鲜活多样的课外知识。《娴院演讲》走进大学，不仅可以助力大学生教育，还可以吸引更多的大学生粉丝。我们的想法很顺利地得到了大学领导的认可和支持。从 2018 年开始，《娴院演讲》陆续走进了山西大学、太原理工大学、山西财经大学、太原科技大学、中北大学、太原师范学院……2018—2019 年两年间，《娴院演讲》不仅走遍了山西的 10 多所大学，还远赴北京，走进了中央财经大学、中国人民大学，甚至还走进了山西综改示范区、太原女子戒毒所。

3. 邀请名家，加持名气。虽然一开始《娴院演讲》就定位传播亚文化，展示草根人，但为了给《娴院演讲》增加点分量，扩大点影响，增加点流量，我们也尝试邀请了一些思想界、学术界、文化界的名人名家来做演讲。本来还担心名人名家架子大不好请，但事实是，你只要捧出你的初心，名人们大都会欣然应允。

二是成长期的定位。2018 年，彭占龙先生发起成立了山西省娴院慈善基金会。已经运行了一年多，本就出于公益初心而创办的《娴院演讲》就顺理成章地成了基金会的公益产品。在《娴院演讲》成长的这一年多时间里，我们渐渐地意识到，像《娴院演讲》这种内容庞杂的同质化、同类型自媒体产品有很多。作为慈善基金会的公益产品，我们能不能根据自身的基因，办出独具特色的《娴院演讲》呢？于是，以"公益人讲公益事"为核心理念，讲述公益故事，推出公益人物，交流公益经验，传播公益理论，为中国"记录公益，传播慈善"。按照这个清晰精准的定位，应当说，《娴院演讲》这几年已经走出了一条独具特色、初见成效的公益之路。

三是成熟期的挑战。而今，已经运行了 8 个年头的《娴院演讲》可以说是进入了成熟期，但是成熟期的《娴院演讲》与我们的预期依然有距离；在未来的征程上，它还面临扩大知名度、提升影响力、增强含金量等方面的挑战。当然，我们也知道，任何事物的发展，都不能脱离时代。公益慈善事业在中国的发展只有40 余年，真正快速地发展才十几年；中国现在每年捐赠的公益款物总额大约 2000 亿元，与中国每年百万亿量级的国内生产总值和几十万亿规模的财政税收相比，这个体量还是太过弱小。所以从这个角度上说，《娴院演讲》不仅是在记录传播中国的公益慈善事业，也是中国公益慈善事业发展的一个缩影。它的发展，只能与时代同步，和公益共振。

那么好吧，就让我们少安毋躁，保持耐心，与时代一起成长！

山西省娴院慈善基金会副理事长、秘书长，资深记者　周　光

2025 年

目录

范南兰　公益事业的三重吸引力　　　/ 002

王　艳　当生命走到悬崖边　　　/ 011

翁　玲　所见，所闻，所思　　　/ 023

谢　运　平凡之路　　　/ 030

张雪芹　于微光中做一名开心社工　　　/ 039

张　珣　坚守初心，传递光明力量　　　/ 046

郑　建　从志愿者到职业公益人　　　/ 056

于　强　学会感恩，重铸人生　　　/ 072

李　静　直面吸毒者，探索戒毒路　　　/ 082

余　飞　禁毒社工　　　/ 090

崔佳旗　爱自己、爱家人，别让毒品囚禁你的人生　　　/ 100

张默北　愿做禁毒路上的一束光　　　/ 109

周雪琴　关爱农村单亲家庭留守儿童　　／115

王　琼　12年社工的助人自助　　／124

王菊芳　青春志愿行，奉献新时代　　／130

刘欣钰　我的志愿服务之路　　／141

罗　义　愿公益之火代代传递无穷尽　　／150

和西梅　斯人若彩虹，遇上方有知　　／158

郑　浩　普法小课堂，法治大梦想　　／171

范　文　边城叙永，扎染魅力　　／180

裴黎光　山神的故事　　／191

后　记　　／202

范南兰

　　1992 年 2 月生，贵州安顺人，本科学历，社会工作师。2013 年 7 月加入中国共产党，2014 年 7 月参加工作，为重庆市青联委员、中国青年志愿者协会会员，现任重庆市南岸区益友公益发展中心理事、主任，共青团南岸区委兼职副书记，获重庆市禁毒工作成绩突出个人、第三届优秀青年志愿者、重庆市最美禁毒人、南岸区"四个最美"最美志愿者、重庆市青联优秀委员、全国"向上向善好青年"等荣誉称号。

范南兰音频　　　　　范南兰视频

公益事业的三重吸引力

演 讲 人 ｜ 范南兰
演讲时间 ｜ 2023 年 3 月 25 日

　　全国"向上向善好青年"是我，最美志愿者是我，文艺青年是我，卷王也是我，这些是我 9 年公益路上获得的荣誉与评价，代表着我对公益的热爱与奉献，而我把自己定义为"始终在路上的公益旅人"，因为我一直在学习的路上，一直在成长的路上，也一直在为把这个社会变得美好而努力的路上。

　　我是范南兰，一名公益人。自 2014 年毕业以来，我一直从事公益事业，中途曾迷茫过、挣扎过，父母的不理解、工作 3 年后出现的职业焦虑是这一路最大的险阻，但我坚持了下来，我想这都是因为公益事业对我的三重吸引力吧！

第一重吸引力：情怀

　　第一次接触公益的时候，我还是一名大三学生。那是一个炎热的夏天，我无聊地待在寝室里浏览学校网站时，突然看到一则招聘广告："有没有人想去做志愿者？"我随即和校友取得联系，在他的带领下前往当时西安南郊的一个城中村。路途遥远，来往车辆不多，我心里有些忐忑，尤其是当我看到门口那挂得不怎么正，还落了灰的机构牌子的时候，我迟疑了。还没等我开口，负责人便向我介绍起了机构。摸清来龙去脉后，我成了一名志愿者。

对农民工宣传法律援助信息

　　于是，我开始了每周一次的志愿活动。活动的内容多种多样，有时是给城中村的孩子做课业辅导，有时是去工地对农民工宣传法律援助信息，有时又是结合新闻学为机构做宣传工作。在这里，我遇到了许多像我一样跟着父母离开村庄来到城市生活的小朋

与乡村孩子互动交流

友，而我们，也被叫作流动儿童。

这期间，我认识了一群有情怀的公益人，始终坚持自己理想，带领大学生做支农支教的马永红；一直坚持为农民工做公益援助的律师李锋；北京工友之家的创始人孙恒，现在是全国知名的村歌计划发起人。在听了他们的故事、见证了他们的行动之后，我感受到他们身上有一种强烈的情怀。这些不同身份、不同成长经历的人怀揣让社会变得更加美好的愿望，用行动深深影响了那些与他们有着同样情怀的人，与他们站在一起并肩奋斗。我也被这种力量深深地感染，开始了自己的思考与行动。

社会上很多人会面临困境，我一定可以做些什么，而且已经有一批人开始为改变而采取了行动，但是做志愿服务，仅仅有热情是不够的……

为重庆县域社会组织开展工作坊

第二重吸引力：专业

从一名兼职志愿者到一名全职志愿者，我历经波折。起初，我作为志愿者来到公益组织实习，体验了全职公益，但是这次体验让我有些受挫，从活动的参与者成为活动的组织者，对于我这样一个从未受过专业训练的人而言，绝非易事。我常常陷入设计一场活动只有两三个人来参加的窘境，甚至连简单的预算管理都不会，这使我备受打击，开始怀念做兼职志愿者的时候，也萌生了另找工作的念头。

于是，我从陕西来到重庆，找了一份新工作。新工作上五休二，我便又有了做志愿者的想法。在西安朋友的帮助下，我来到重庆市南岸区益友公益发展中心，也就是我现在任职的机构，这

为重庆社会组织女性负责人开展个人成长主题工作坊

是一家致力于通过人才培养、组织孵化和服务创新来推动行业发展的枢纽型社会组织。来到这里后，我才真正了解了社会工作专业，也认识到做项目管理是需要系统学习的。不久后，我正式加入益友公益，开启了我的全职公益人生。

进入益友公益后，我从助理开始学习，跟随团队的脚步，用几年的时间走了重庆的很多区县。我们致力于留守儿童安全教育、社区自组织培育、重庆本土公益人培养。在此过程中，我逐渐掌握了从需求调研到项目设计管理，再到资源整合等阶段的专业技能，成功建立起了多年来始终支持我一路前行的互助网络。同时，依托机构青年公益人才培养这一平台，我得以到重庆其他公益机构调研学习，有幸结识了许多公益领域的前辈和践行者。也就是在这期间，我成功考取了助理社工师、社会工作师、PMD国际证书等，完成了从一名志愿者到公益职业人的转型。在益友公益平

与大学生分享公益志愿经历

台的支持下，我从助理成长为主管，再成为机构主任，开始承担机构的统筹管理相关工作。

在这个阶段，我有了更多新的思考：公益不等于质量低，免费不等于不负责；情怀让我们走得更远，专业让我们走得更稳！

第三重吸引力：多元

从事公益近 10 年，有不少人问过我："这份工作好在哪里，让你一直像打了鸡血一样去干？"我每次都会兴奋地告诉他们："我觉得没有哪份工作能像公益一样，让人收获如此多元的人生体验。"

首先，你会认识一群多元的伙伴。走到公益路上的伙伴们背景各有不同，有的是因为从小受到帮助，长大后希望回报社会；有的是经历了某些重大社会事件，从而受到激发踏入公益大门；

一起同行的伙伴

有的是获得了一些阶段性的成功后，想寻求社会价值；有的是像我一样，从志愿者服务体验开始一步步走上公益。不同的身份、背景、年龄、职业，因为公益聚到了一起，这是一件非常有意义的事情，而这些多元的伙伴为我拓展了生命的宽度。

其次，是多元的力量。如果说这个世界上还有什么事情能够跨越阶级、性别、年龄，让我们所有人都参与进来的话，那么一定是公益。这些年我们做过很多项目，尤其是在一老一小方面有许多实践。我曾设计过一个为散居孤儿筑梦未来的项目，目的是为散居孤儿筹款，帮助他们开展职业梦想系列体验课程。该项目获得了很多人的支持，其中有画家、律师、心理咨询师，还有汽修工人。让我印象最深的是一位设计师，她说："我自己曾经也是一名散居孤儿，现在长大了，希望能够成为那盏照亮他人前行的灯。"在这个过程中，我感受到了众人拾柴火焰高的巨大能量，也更加相信这个社会终究会变得越来越好。

我想，公益是天然的磁铁，能够吸引个体参与其中，激发个体去关注他人及社会的需求和问题，以志愿或职业的方式推动改变。这是我所理解的公益人或公益组织最大的价值。

益友公益致力于推动重庆本土公益行业的可持续发展，在近10年的发展历程中，我们始终秉持每个人都能成为益友的信念。我们认为行善不一定要有特定的条件和要求，也不是一定要拥有很好的经济基础才能开始去做，而是任何一个人都能够为自己所关心的社会问题贡献自己的一份力量，这就是益友。

马克斯·韦伯曾说过，所有的人都有属于他自己的独特召唤，反映出他们自己和这个世界的三个特点：他们自身的能力、世界对他们所能提供的服务的需要和他们在以自己的方式服务社会的过程中所体会的愉悦感。

我想，我找到了。

王　艳

　　心理学副教授、国家二级心理咨询师、家庭治疗师，山西省心理咨询师协会常务理事、心理卫生协会心理咨询师专业委员会常务委员、团体心理学会常务理事、武警总队警营心理辅导员，山西电视台《小郭跑腿》栏目特邀心理专家，《山西晚报》权威热线心理咨询专家，被评为山西省科教文卫系统十大杰出知识女性，创办有王艳健康心理工作室。

　　擅长心理危机干预，对婚姻危机、情感困惑、亲子关系冲突、学生厌学恐学、考前综合征，以及各种神经症性心理问题有丰富的咨询经验。

王艳音频　　　　　王艳视频

当生命走到悬崖边

演 讲 人 ｜ 王　艳

演讲时间 ｜ 2021 年 6 月 20 日

　　全球每 40 秒就有一个人自杀，每年近 80 万人为此失去生命。在我国，15—34 岁自杀人群的第一死因是抑郁症。当一个生命走到悬崖边，我们能做些什么？如何才能将他们拉回安全区域？一个曾经在悬崖边徘徊的人，又有怎样的感受？

抑郁情绪不等于抑郁症

　　2020 年中国国民心理健康发展报告显示，青少年的抑郁检出率是 24.6%，其中小学 1.9%—3.3%、初中 7.6%—8.6%、高中 10.9%—12.5%。随着年级的升高，抑郁率也在增长。虽说抑郁情绪是抑郁症最核心的情感体验，但有抑郁情绪不一定是抑郁症。

　　抑郁症是疾病，而抑郁情绪是症状。在生活中，很多人把抑郁挂在嘴上，遇到麻烦或者心情不爽就说自己抑郁了，而抑郁症是患者不知道自己为什么会莫名其妙地悲伤难过，情绪持续低落。其间，兴趣、快感慢慢地丧失，思维迟钝，自责自罪，脑海里出现自己不配活在这个世界的想法，以至于痛苦到自残自伤，甚至自杀的地步。

抑郁症不仅是心理疾病，而且也是神经递质浓度减弱的表现。当大脑里 3 种神经递质的浓度低于常人时，神经元接收到的信号减弱或改变，人体就会出现失眠、焦虑、抑郁、恐惧等症状。

悲剧可以避免

在王艳健康心理工作室开业5周年的那天，我突然接到媒体朋友的电话，他告诉我，10 天前她介绍的来访者刚刚跳楼了！刹那间，我愣住了，以至于我都想不起来是谁！直到翻看了我的工作日志，我才重重地叹了一口气……

这是一个 22 岁的大三学生，家里的独生子。10 天前他的母亲打电话告诉我，儿子的抑郁症复发了，发展到自残自伤的地步，被学校劝退治病，然而休学在家的儿子变得越来越封闭，越来越不愿意出门，现在既不和家人交流，也不和外界联系。反常的是，这几天儿子突然开始收拾东西，把他原来视为宝贝的东西拿出来让家长转交给他的表兄弟和表姐妹，跟家长说话时也和颜悦色，时不时还会嘱咐妈妈以后要照顾好身体，实在不行就去养老院。

看着儿子的突然变化和诸多莫名其妙的言行举止，家长不知所措，打电话求助《山西晚报》权威热线联系到我。我仔细询问了男生的详细情况及医院的就诊结果和治疗情况后，判断这是严重的心理危机！这是抑郁症进入最后的平静期，患者在安排后事，就像危重病人的回光返照，非常危险！

我立刻告诉家长，第一，千万不能让孩子离开你们的视线，要24小时监护，直到住院。第二，如果孩子拒绝去医院，一定要拨打110强制送其住院。孩子的妈妈听了之后带着哭声问我："不会吧王老师？不会那么严重吧？我儿子从小就非常懂事孝顺！他不会这么没有责任心，他不会扔下我们俩去自杀的！……"电话里我只能不厌其烦一遍又一遍地给她讲关于抑郁症的知识，不断重复危机干预的两个紧急措施。终于，她答应马上动员儿子去医院！

谁知道10天过后，一个年轻的生命就这样悄无声息地离开了，留下悲痛欲绝的父母……当初，如果他能够及时住院治疗，坚持吃药和定期复查，也许这一悲剧就能避免，毕竟抑郁症不是疑难杂症，更不是不治之症。

青春期抑郁症必须受到重视

作为一名高校心理健康教育工作者和心理咨询师，到我这里的求助者80%是青少年，大部分孩子出现了厌学恐学、网瘾、人际交往障碍、拒绝考试、拒绝出门，甚至自残自伤等行为。事实上，很多孩子已经有了抑郁症的症状。

这些孩子用自残自伤，甚至自杀来释放压力和痛苦，而他们的家长，在面对孩子患上抑郁症的时候选择逃避。他们不愿带孩子去医院，即便看了医生开了药也不敢让孩子吃，因为他们害怕药的副作用影响孩子的身心健康，害怕孩子吃上药就坐实了抑郁症的"罪名"，害怕抑郁症影响孩子的前途，甚至害怕影响孩子将来长大找对象……在各种害怕的背后，是家长的焦虑、压抑、无奈、沮丧和恐慌。在每个个案的背后，是弥漫着焦虑的家庭和恶劣的亲子关系。

无论这些孩子多么痛苦，但是大多数家长还是不以为意，甚至坚信：

TA 没事儿，就是作呢！

没事的，TA 就是青春期叛逆！

什么抑郁症呀！就是和我们家长对抗呢！

我们就是太宠爱TA 了！惯得没样子了！

人生在世谁还没有个抑郁呀！现在的孩子太矫情了！

吃什么药呀！把孩子吃傻了怎么办？！就在你这里做做咨询吧！

……

在咨询室里，抑郁的孩子有的睁着茫然的大眼睛问我："王艳老师，你告诉我，人，为什么要活着？！"

有的泪流满面地说："太痛苦了！活着真的没有意思！"

有的面对父母的麻木不仁大声哭喊着："是不是我立刻死了，你们才相信我是真的抑郁了？！"

有的告诉我："老师，不是我不好好学习，我是真的难受！什么也记不住，脑子里乱七八糟的。妈妈天天给我灌鸡汤，励志的话反复说，可我真的做不到呀！"

有的心平气和地告诉我："老师，不要再为我费心了！我已经安排好了，这次期末考试结束就永远地走了！离开这个冰冷的世界真好……"

看着孩子们一张张稚嫩而又凝重的脸庞、一双双略显呆滞的眼睛，沉默不语、孤独落寞的神情，我的心在流泪，在哭泣，在滴血……

我知道，孩子是真的孤独无助，痛不欲生；我知道，孩子是真的在生死之间苦苦挣扎；我知道，这些家长不是不爱自己的孩子，而是强烈的病耻感让他们无法面对、无法相信，是对抑郁症的误解让他们忽略了孩子的痛苦感受，是对死亡的恐惧让他们选择了逃避。家长总是怀着侥幸心理以为孩子只是说说而已，他们不知道抑郁症患者最大的风险就是自杀。自杀不是一条生命突然的放弃，而是在长年累月的痛苦煎熬中千疮百孔，慢慢凋零……

走出对自杀的误解

那么，当一个生命走到悬崖边，我们做什么才能紧紧拉住他们的手，让他们回到我们温暖的怀抱，回到这个美好的世界？毋庸置疑，最重要的是了解心理危机干预的重要性，走出对自杀的误解。

误解一：有过自杀经历的人不会再自杀。

事实上，有过自杀经历的人更容易自杀。

第一，他们曾经遇到过难以解决的问题，有了心结，只能再次用自杀来解决。

第二，曾经突破过死亡恐惧。

第三，已经有了自杀经验。

一般人的自杀风险如果是1，那么抑郁症患者就是20，而曾经自杀过的人是一般人的 38.4 倍，是抑郁症的 2 倍。

误解二：谈论自杀的人一定不会自杀。

自杀需要经历想死不敢死、想死又怕死的呼救期，而此时身边人因为对死亡的恐惧会下意识地忽略与回避他们的呼救，对他们存有侥幸心理。殊不知，忽略和回避会使他们感到更加痛苦和孤独，从而采取自杀行为。

误解三：内向的人比外向的人更容易自杀。

事实上，自杀跟内外向没有关系。

我们常常会错误地认为：内向的人孤僻容易自杀，而外向的人阳光开朗不会自杀。其实，很多患者属于微笑型抑郁症，这些患者尽管内心深处感到极度痛苦、压抑、忧愁和悲哀，表面上却总是面带微笑，然而这种微笑不是发自内心深处的真实感受，而是为应对交往和工作、应付家人违心的强颜欢笑。微笑过后，患者通常又会陷入更深的孤独、寂寞和极端抑郁当中。因此微笑型抑郁症的特点是明乐暗苦，也最青睐高学历、有相当身份和地位的成功人士。

误解四：和有抑郁情绪的人提自杀会导致其自杀。

事实上，不会的，潜意识会保护我们。

误解五：一个人的抑郁突然好转就不再有危险了。

事实上，抑郁症的独特之处就是，患者自杀往往发生在从轻度向中度恶化及从重度向中度好转的阶段。

误解六：自杀是无法预防的。

事实上，心理危机干预是非常有效的。

危机是危险和机遇共存，人的本能是求生而不是求死。之所以自杀，是因为绝望，只要有人出面干预，就一定能够化危险为机遇，帮助患者勇敢地揭开自己的伤疤，刮掉里面的毒素。处在绝望中他们往往有以死为表象的强烈求生欲望，期待我们能拉住他们的手，给他们活下去的信心和力量；期待我们的理解和陪伴，能温暖他们绝望而冰冷的心……

误解七：自杀前没有任何征兆。

事实上，患者自杀前会进入平静期，有将要解脱痛苦的轻松。患者开始着手准备自杀，安排后事，进行告别。

误解八：青少年自杀是吓唬家长和老师的。

事实上，青少年情绪波动最大，最容易在冲动时自杀，所以他们的抑郁症无论是轻度、中度还是重度，都是非常危险的。

误解九：自杀是一时冲动。

自杀分为冲动型和非冲动型，冲动型是临时起意，而非冲动型是有计划、有预谋、有准备的理性自杀，也就是抑郁症自杀。

误解十：压力大是自杀的主要原因。

心理学认为，人不是被事情困扰，而是被对事情的看法困扰。也就是说，给我们带来痛苦的不是事情本身，而是我们对事情的看法、评价和解读，压力大并不是自杀的主要原因。

案例分享：爸爸有力的双手拉住了悬崖边的儿子

2019年冬天，一个高三班主任给我打电话说："我们班有一个男生，以前学习特别好，近一年成绩直线下降，性格也变得非常孤僻，每天闷闷不乐独来独往，但最近请同学吃饭、送同学礼物，而且还公开声明他不参加这次期末考试了，我觉得他需要你的开导。"

第二天，家长带着孩子来找我。刚进门，男生便提出要单独和我聊聊。咨询中，男孩一脸平静地告诉我："老师，不好意思，给你添麻烦了，其实我已经不需要心理辅导了。我不是不参加考试，而是有更重要的事情要做。1月20日，我计划在学校旁边的30层小区跳楼，已经踩好了点。我不想吓到老师和同学，也不想给学校添麻烦，所以没有选择在学校自杀。我也把我的账号密码告诉了好朋友，相信他会替我善后。"我问他为什么是20日，他说19日他女朋友考完试，想最后一次约会做个告别。我和他讲了我们的保密原则，如果威胁到生命安全，我们必须突破保密原则，告诉你的监护人，他默默地点了点头。

用了一个多小时，我大致了解了他的情况，知道了他这3年来的痛苦经历。这又是一个优秀懂事、追求完美的别人家的孩子：知道爸爸在外打拼是为了他将来能够出国留学，所以他特别努力，不让父母操心。妈妈小时候学习非常好，只因为多子女家庭重男轻女而放弃了学业。从小到大，或许是因为没能继续读书的遗憾，妈妈总是对他说要好好学习，将来一定要出类拔萃，这样妈妈才能扬眉吐气。于是，男孩的学习压力越来越大，考试成绩也越来越不如意。男孩开始失眠、焦虑，莫名其妙地悲伤难过，注意力不集中，思维迟钝。种种异象的出现让男孩有些害怕，某种确定似乎在心里种下了根。男孩在网上做了抑郁自评量表，结果显示中度抑郁。

有一次他小心翼翼地告诉妈妈，他可能抑郁了，想去医院看看。妈妈吓坏了，一边哭一边不停地唠叨："怎么能随便去精神科呢？药会把你吃傻的！你这么聪明，一定会用你的意志力战胜

王艳健康心理社会公益活动咨询现场

抑郁的！你要坚强，千万不能放弃自己！"说到这里，男生低下头喃喃自语："太累了，实在扛不住了！我不是不想学习，实在是脑子里乱七八糟的，总是想活着没意思，想着怎么死！看着成绩往下走，整夜整夜睡不着。妈妈天天鼓励我，给我讲道理灌鸡汤，可我真的做不到啊！"说着说着，男孩将头深深地埋了下去。

我把家长叫进来，我把男孩的计划告诉了他的父母，妈妈泪流满面地说："儿子，不要胡思乱想！再坚持半年，高考完毕一切都会好起来的！"爸爸愣住了，半天没说话，突然间爆发出像狼嚎般的哭声，一边哭一边大喊着："儿子，儿子，你这是怎么了？你有什么话要跟爸爸说呀！天就是塌下来还有爸爸在替你顶着呀！……"

爸爸哭成了泪人儿，妈妈在旁边泣不成声，儿子面无表情地看着地下。这时候，稍稍平静下来的爸爸带着哭声急切地问我："王老师，怎么办？快帮我们想想办法，不管花多少钱，不管让我做什么，只要能救我儿子！"我告诉他："从此时此刻开始，

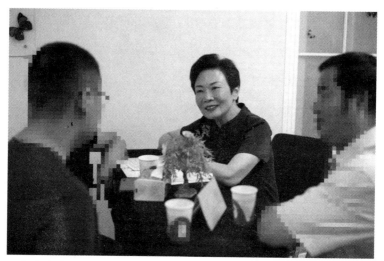

了解患者情况

你要寸步不离你的儿子，明天想办法把他送到医院精神科，听医生的话，该住院住院，该吃药吃药，严格遵照医嘱，千万不要自行停药。"这个悲痛欲绝的爸爸不停地用力点头，答应第二天就去医院，就是背也要把儿子背去。

第二天一早，我就收到了来自男孩父亲的短信："一夜无眠。辛辛苦苦在外面打拼就是想让儿子有个美好前程，结果却忽略了对儿子的关爱和陪伴。从今天起，我要放下所有的一切去照顾儿子，时刻守护在他的身边！请王老师推荐一些青少年心理问题的文章，我想多学习、多了解，只有了解了才能理解。虽然这是一个艰辛且痛苦的过程，但我有信心，全家人齐心协力陪伴，儿子一定能够战胜心魔，一定会越来越好！只要儿子健康平安快乐，此生足矣！"

一个多月后，男孩父亲打电话告诉我，孩子睡眠恢复正常，病情得到控制，可以出院了，应该半年后就能一边吃药一边正常上学。最后男孩父亲非常真诚地说："谢谢你王老师，是你救了我儿子，是你救了我们全家！"

那一瞬间，我是感动的。男孩父亲接受了孩子得了抑郁症的现实，虽然不懂心理学，但是用浓浓的父爱和包容，挽救了孩子年轻的生命。正是这份爱，让孩子感受到了爱的力量和增强了活下去的信心；正是这份爱，把孩子从生命的悬崖边上拉了回来，让他感受到了伟大的父爱和亲情。

作为专业人士，我深切了解抑郁症患者的孤独无助和痛苦不堪，对他们在生死间的苦苦挣扎感同身受，也时常能听见他们在生命悬崖边急切的呼救声。在此，我想向所有抑郁症患者及其家庭大声呼吁，不要逃避，敞开心扉，重新审视家庭关系，关注心理健康，及时悬崖勒马。

生命对我们每个人来说都只有一次，珍惜生命，远离抑郁！

在这个剧烈变动的时代，尤其要重视青少年的心理健康，需要社会各个层面共同努力，营造健康宽松的社会环境和家庭氛围，让青少年健康成长。

翁　玲

　　重庆第二外国语学校化学教师，益友公益亲子服务队队长，曾发起"大手牵小手，孝爱沐重阳"关爱老人活动。

翁玲音频　　　　翁玲视频

所见，所闻，所思

演讲人｜翁　玲
演讲时间｜2023年2月26日

第一次走进公益，是受我的功利心驱使。3年前，在接孩子放学的时候，我看见家长们在校门口扎堆讨论升学简历越漂亮，被名校招录的可能性越大。所谓漂亮的学历就是指除优秀的学业外，还包括琴棋书画、课外奖项、荣誉证书等在内的一些外在因素。说到孩子升学的话题，在场的家长们都很积极，当然我也不例外，因为大家都深知为孩子创造一个好的平台有多么重要。紧接着，一位家长说起这周要带孩子参加一个公益活动，于是我在功利心的驱使下果断报名参与了那次活动，这便是我和孩子的第一次公益活动，但当时的目的只是得到一张社会实践证书。

但是，正是那场公益活动让我和公益结缘，让我真的想靠近公益，走进公益。

那天是六一儿童节，活动的主题为"开展公益家访，探望乡村留守儿童"。由家长和孩子组成的家庭志愿者一共20组，我们带着孩子们喜欢的书籍、学习用具、生活用品等公益物资，来到重庆合川。

我们小组根据安排先去留守儿童家里派发公益物资，当时的场景我至今记忆犹新。当我们到达指定孩子家里时，那个孩子可能是由于胆怯，躲在门后倚靠在墙边，也不愿意和我们说话，任凭旁边的奶奶怎么劝说都无果。我们那组都是新手志愿者，我们尝试了10分钟左右仍无法让那个孩子开口说话，更无法按照设计的流程进行。孩子的奶奶招呼我们坐下，给我们讲了孩子和家里的情况。大概又过去了10分钟，情况出现了转机，几个小志愿者居然成功地和那个孩子聊开了。接着在村委的安排下，志愿者和留守儿童一起去了村委的坝子，参加主办方开展的青少年普法讲座。在志愿者的带动下，羞涩的孩子们逐渐在讲座上开始了互动，制作手工风车、绘画、做游戏，一切都进行得很顺利。最后一个环节是所有孩子一起玩风车，孩子们举着风车向前奔跑，笑容和风车绘成了一幅美丽的画卷。在一片欢声笑语中，我们陪伴他们过了一个快乐的儿童节。

通过这次活动，引发了我的深度思考：我们在不同的家庭和环境中成长，只不过是在多少年前宇宙碎片重组的过程中，你诞生在那里，我出现在这里，其实大家都一样，为何不用我们的能力来帮助他人呢？这样世界是不是会变得更美好呢？因为有了这些思考，所以我将这场活动定义为我的公益启蒙。参加这场公益活动也让我的功利心没有了，我忘我地投入，全然忘了此行的目的是获得一张社会实践证书。

后来，我带着孩子又参加了很多场公益活动，如青少年公共

志愿者在合川参加关注留守儿童公益活动

安全、普法，为独居老人送暖心汤，关爱失智老人，为关爱社区独居老人项目筹款等。

我也逐渐从参与者转变为策划者，我策划的第一场活动是为我的家乡滩子口村的空巢老人送上重阳节的问候，因为这是我第一次策划公益活动，所以对自己很没信心。活动海报发出后，两个小时都没有消息，那时真担心没有人报名参加这场活动。我很是焦虑，不停地咨询益友公益的琼姐，琼姐不停地鼓励我，让我放心，志愿者相互吸引、相互感染，会有人参与的。果然，到了晚上7点多，我迎来了第一个志愿者。我将整个活动的策划发给他看，以表我的真诚。这个志愿者将海报转发到其他群，吸引了好几组志愿者家庭。

招募到20组亲子家庭后，我向大家表明这是我第一次做策划活动，感谢大家的全力支持，对这次活动提出了意见和建议，

为滩子口村空巢老人送上重阳节慰问

如中秋节撞上国庆节，交通一定会拥挤，要考虑在哪天举办公益活动适合；在哪为老人们采购包饺子的食材；孩子们如何进行才艺展示；破冰形式怎样最好等。到现在我都保存着那次活动的签到名单，感谢他们对我的鼓励和支持。

还要特别感谢小白菜、锟锟、二喜他们对活动的全程摄影跟拍，记录了老奶奶打快板的场景，大家一起包饺子吃饺子、打扫的温馨场面，所有人一起唱《歌唱祖国》的美好画面。那次活动非常圆满地完成了，特别感谢活动中志愿者们的相互帮助，他们的感染力太强了，也正是这次活动，因为彼此认可对方的价值观，后来成立了益友公益亲子服务队。目前，入队家庭已超过100个。我们每个月都会推出公益活动，只要有活动大家都会踊跃参加。我想，服务队存在的价值可能就是为需要帮助的人和愿意去帮助他人的志愿者提供了一个平台。

大部分人对公益活动的理解可能是志愿者去帮助他人，但于我而言，我把自己定义为受益者，因为每次活动我都全情投入，在做公益过程中的收获缓解了我日常工作生活中的焦虑，策划和举办活动让我的组织协调能力不断提高。每次公益活动结束后，我都会不断向内探索自我，所以不管是我参加的活动，还是我策划的活动，几乎每次收获都会超出预期，助人实助己。

　　一场场活动参与下来，孩子们的收获远不止得到一张社会实践证书，主题和场次不同的公益活动，孩子们的感受都不一样。有时他们主动提出问题，有时我先抛出疑问，一来二去，我更加了解了孩子们，而孩子们的表达能力和胆识得到锻炼与提升，同理心、同情心增强。大部分孩子所处环境不能像在公益活动中这样集中体现问题，所以他们缺乏观察和发现的能力。通过公益活动，孩子们能更加留意生活细节，关注身边人和身边事，如志愿者群里好多朋友晒出自家孩子照顾家长的暖心小视频，这或许和家庭教育相关，也可能是参加公益活动潜移默化的影响。

　　作为教育工作者，我看到这样一个现象，家庭、政府、社会对教育的投入很大，但似乎陷入一个误区，仅把教育等同于知识，并局限于知识。教师传授知识是本职工作，学生学习知识是分内之事，考试也是考知识，知识几乎成了教育的全部内容。事实上，教育又必须超越知识，教育的价值不在于记住多少知识，因为知识多未必适应能力就强，教育的价值在于让人学会思考，解决实际问题，实现人生价值，更好地服务社会，但是我们现在的教育太讲效能和成果了，节假日和我们出去参加社会实践的孩子基本上是小学生，初中生和高中生的学习时间安排得太满了，周末还要补课，根本没有时间参加社会实践。

如今，新教育理念的提出是一个好的转折点。新教育理念主张跨学科融合，能够为社会培养综合型人才。如果学校层面还能将社会实践与课堂教学相结合，我想这样的教育可能会培养更多适应社会的人才。我们现在的教育很少关注孩子的心理状态，只要学习成绩好就行，所以时不时地会爆出热点新闻，有的孩子因承受不住压力而选择极端的解决方式。我想，如果他们能走出去，多角度地看看社会，看到一个更加广阔的世界，或许他们就能慢慢地做出调整，实现自我救赎，抑或老师对他们多一点问候和关爱，在他们做对事情的时候，给予正面反馈和回应。即便他们做错或者出现问题，老师也选择跟他们站在一起面对，尽量走进他们的内心，这样的教学氛围会更加融洽，所以我真心希望教育能多一些对孩子的关怀，为他们提供社会实践机会。

　　现在不少机构在组织社会实践和学习，如村落文化研学、非遗学习……这些活动让孩子们走出校园、走进乡村，看到教材中描述的风景；走走作者们走过的路，这样才能与作者的思想世界更近一步；对话一代文人，或许就可以帮助孩子理解文中意、文中情，走进真实的社会。

　　我希望以后我国的中小学都能开展真正的公益实践活动，让孩子们走出去，在社会中学习。

谢　运

　　重庆陆海国际传播公益基金会项目总监，深耕公益事业 10 多年，为公益贡献自己的力量。

谢运音频　　　　　谢运视频

平凡之路

演 讲 人 ｜ 谢　运
演讲时间 ｜ 2023 年 2 月 25 日

　　10 年前学校社团的夏令营是我平凡之路的开始。正值盛夏，我与小伙伴们耐着暑气，清晨迎接学生的到来，下午护送学生回家，至天黑我们才得以休息。夏令营的晚饭需要自行负责，于是我们成立了炊事班，在厨房里烧火做饭，那样的体验与感受我这辈子都无法忘怀。我记得夏天的晚上躺在寂静的乒乓球桌上和老师同学一起聊天，也记得走访途中遇到的风景和乌梢蛇，还有夏日河边清凉的溪水。思索间，记忆翻涌而来，过去的种种仿佛就在昨天。

　　记忆中青涩的我们，在夏令营中的表现同样青涩。第一次教学的紧张、管理学生时的不忍心、教学时的害羞都让这次夏令营显得不那么成功，但人生总有第一次，经验是积累起来的，我依旧很感激生命中有这样的经历。

夏令营时和孩子
们在一起

2014 年，我来到了厦门观音山建筑工地，干起了建筑工人的活。在每个潮起潮落的日子里，大海成了治愈我的良药，每每望向金门岛，我都能想起乒乓球桌上的那个夏天，那样凉爽，那样肆意。可是现在，我对自己的人生都是问号："我来厦门难道就为了挣钱吗？""难道除了挣钱，我就不能干其他更有意义的事儿吗？"无数次的思考和呻吟，无数次的大浪袭来、海风吹过，终于吹醒了我的人生。我开始和工地上不同地方的工人聊天，用文字记录他们的故事，但在一次又一次的挣扎徘徊后，我还是选择离开了工地。

离开工地后，我来到重庆忠县某小学。由于一些原因，教学前我没有进行任何的培训和准备，讲

在建筑工地

每天走乡村路
回家的小女生

授的许多课程内容都是我的临时起意，很惭愧自己没能在课堂上给学生带去有实际意义的知识。下班后的时光没有像在工地上那样热闹，因为我是兼职教师且教学经验较少，很难与师生打成一片。

乡村的日子总是过得慢一些，现在想起来最有意思的事情便是送学生回家，那些泥泞、崎岖、陡峭的路，有的要走一个小时，有的要走两个小时。令我记忆深刻的是一个二年级的小女生，小小的身子背着一个大大的书包，一个人走着泥巴路，穿过田坎，爬上山坡，风雨无阻。

这个画面一直刻在我的脑海里，成为我多年来的力量源泉。

某天早上，我接到教务主任的通知去另一个办学点带课。不同于一般的学校，这个办学点的教学模式是一个老师带一个班，教授美术、阅读、音乐、体育等多科。出师不利，第一节课我就遇上了停电，多媒体设备只得改成黑板教学。中午时分，食堂早就饭菜飘香，学生们整装待发，我也耐不住肚子空空，赶忙去打饭。午餐比较简单，一个南瓜汤、一勺包菜，还有一个我却怎么也想不起来，大概是太过普通了吧。

和乡村孩子们在一起

　　五年级教室外面挂着的是初二六班的班牌，站在走廊远远望去，是一片空旷的校园，彰显出它曾经作为一个包含初中部的辉煌。如今，即使是墙角盛放的白色花朵、粉色花朵，也抵挡不了它的衰败。6个教师6个班，是这所小学的现状。

　　在乡村教学的这段时间，我特别关注的是乡村文化生活与学生的洗澡问题。

　　我从小生活在农村，对农村可以说十分了解。农村的日常生活集中在打牌、赶集和跳广场舞。每到傍晚，耳边充斥的都是一些曲调单一、歌词粗暴的网络歌曲，有的学校书屋一学期都不会开一次，这对于无法抵御外界一切事物的乡村小学生来说有很大的影响。在我看来，乡村的孩子应该有更多的选择，乡村的文化生活也应该更加丰富。经过这些年的发展，短视频似乎又变成了乡村文化生活的潮流。发展中的问题在发展中解决，但发展似乎又带来了新的问题。

立志要看到更多做公益的方式

　　在寒冷的冬天痛痛快快地洗澡对于农村学生来说并不容易，即便是住校，在很长一段时间里学生也没有办法洗澡，只能自己想办法解决或者去外面的大众浴室。随着经济的发展，某种程度上这些问题得到了解决，许多县城的学校都已经装上了热水器，学生再也不用为洗澡发愁了。

　　自我念书到现在20多年的时间里，在乡村教育这个领域，无论是教师还是家长，主流观点认为学生要通过读书走出大山，甚至于现在很多互联网公益项目都以此为资助目的。无疑，这与快速迈入城镇化的社会发展是吻合的，乡村孩子被教导着走出大山改变命运，但城市里真的有他们的立足之地吗？

　　我作为一个进城务工的农村青年，如果没有进入公益行业，大概率会成为乡村学生未来的成长模板。像我这样的进城群体在城市的生活似乎是这个时代更加需要关注的问题，特别是在现代化进程经济增长变缓的今天，不再拥有社会高速发展时期那么多机会的青年人如何自处，是我们必须面对的问题。

结束乡村教学后，我进入本地的一个公益机构。日常工作便是与同事二宝奔波于巫山长江的岸边，和同事依依带着物资坐着大巴去大凉山，叩开一家一户的门。我一边走一边想，一边想一边走，世界上有那么多形式的公益，我是不是也可以去看看呢？

于是我又干起了社会组织支持平台，这是一份令我骄傲的工作。正是这样的经历，让我见识到了更多不同形态的组织，对行业有了全新的认识。也是在这段时间，我与许多来自不同地方的优秀公益伙伴结下了深厚的友谊，直到现在我们都在相互支持。

介绍互联网教育公益机构途梦

互联网教育公益机构途梦的创始人是我的老乡杨雪芹，一位非常厉害的女性。我走访了云南、广西、内蒙古、重庆的三四十所中学，深刻感受到祖国天南海北的大不同，也越来越发觉个人力量的有限。"纵剑万里，不如身前一尺"，我想自己能够影响到的大概率就是身边的人。

2019 年在第五届中国教育新成果公益博览会上宣讲

　　人生如棋，步步皆是选择。蓦然回首，人生第三个 10 年竟都是与公益度过。在此，感激我的父母，对我的工作给予了支持和包容；感谢一路上相伴的圈中好友，对我工作的支持，让我有力量坚持到今天；也感谢自己，从一个懵懂无知的少年，不知不觉地在公益路上坚持走了这么多年。

　　有一年听陈行甲老师线上分享，他说他特别信奉罗素说的："三种简单却又极其强烈的情感支配着我的一生：对爱的渴望，对知识的渴求，以及对世人苦难不可遏制的同情。"我的内心忽地又被点燃，想起前两年在面试的自述中，我说的便是这三点。我时常反省自己是否做到知行合一，近两年喜欢买书而不再沉迷于看书的改变，也让我意识到自己对于知识的索取已经不再如从前一般，可是我依旧很怀念大学时代在学校只有 2 米高的图书馆翻看发黄书籍的自己。我自诩对人类学、社会学有很大的兴趣，包括我现在从事的工作，但是每当我拿起相关科目的书籍时，我却只能读到1/3，虽然深知"纸上得来终觉浅，绝知此事要躬行"，但似乎我已经失去了纸上得来的那个渠道。我开始想，我现在到底是用什么样的方式来保持对知识的渴求呢？苏格拉底说过，未经审视的人生是不值得过的，或许人只有在不断反思中才能保持自我吧。

有的伙伴已经离开，有的伙伴还在继续，路还得继续走，不是吗？回顾我的工作经历，我发现获得感最高的就是来自伙伴的支持，这些伙伴仍然活跃在公益一线，感谢他们，也感谢平凡而普通的自己。

张雪芹

　　重庆丰都人，清华大学社会工作专业硕士、中级社会工作师，具有近 10 年公益行业工作经历，现任重庆市南岸区开心社工服务中心项目主管。

张雪芹音频　　　　张雪芹视频

于微光中做一名开心社工

演 讲 人 ｜ 张雪芹
演讲时间 ｜ 2023 年 2 月 25 日

虫子的倔强

三体人带着一种轻蔑与示威的语气对地球人说，你们是虫子，但三体人不知道的是，虫子从来就没有被真正战胜过，他们拥有强大的内心，那是人类的希望。

曾经有人说，社工就像萤火虫，虽然很微小，但是能用微弱的身体给予别人光亮。如此说来，我们也是虫子，一群带着点点星光，渴望为别人带去美好的萤火虫。尽管很微小，没有太多的人能看见，也可能会面临一些现实的挫败，但是我们依然带着一份虫子的执着，乐在其中。

社工 10 年，不快也不慢。我来自农村，从小便是留守儿童，本来会有一个凄苦的童年，却在公益的帮助下，拥有了一个快乐的童年。长大后,我毫不犹豫地选择了社工专业,立志为公益事业出一份力。虽然有时候我也在想,天下兴亡有个儿高的顶着,但是也时常以"士不可以不弘毅,任重而道远。仁以为己任,不亦重乎"来自勉,秉持"助人自助"的理念,为让自己最终"消失"而努力奋斗着。

如何做一名开心社工

开心说起来容易,做起来难,初心、爱心、细心、匠心、信心缺一不可。

初心,是我们出发时心怀的理想和前进的动力。为什么要做社工,选择这个行业?其实我们都知道,学社工专业做社工的很少,一个班上有一两个人能够在这个行业扎根就已经很不错了。尽管会面临很多现实阻碍,但是留下的人总能坚守"助人自助"的理念,将助人作为自己的职业理想。

爱心,是我们面对困弱群体时由内焕发的特质。社工面对的多是社会上的弱势群体,一老一小、一残一困是我们需要重点关注的服务对象。如果没有爱心,我们无法感同身受,更无法用自己的实际行动去传递爱和温暖。大多数时候,社工的优势体现在一些走心的小事中。当我在村口看到一个4岁多的小孩在车来车往的马路边拿着两块钱要坐出租车找妈妈的时候,我会停下匆忙的脚步,帮他回家。当我们在广场上开展活动结束正要离开的时候,一位70多岁的老人向我们哭诉自己的钱被社保扣了,于是我们停下来安抚她的情绪,打车陪她去社保中心查询明细,帮助她解开心结。后来,我们在电话回访中听说她情绪不佳,于是入

入户走访

户陪伴她，让她从半躺在沙发上一蹶不振到坐起来和我们讲她年
轻时候的故事，到最后愿意走出家门和我们一起去小区散步。

　　细心，是日常观察中的细致入微。没有细心的观察，难以发
现服务需求。当我们链接到资源免费为老年人拍摄结婚纪念照的
时候，我会想起之前入户的一对失独老人。那位婆婆是癌症患
者，住在厨房、卧室一体的房间里，墙上贴着她的两张旅游照
片，于是便想着他们是不是愿意拍摄一组照片作为纪念。沟通过
后，两位老人搀扶着来到了活动现场，在摄影师和化妆老师的帮
助下，他们拍了几组照片，那是我觉得拍得最好的照片，因为从
照片里，我看到了老人相濡以沫、相伴到老的深情。后来在我们
送照片上门的时候，便听到婆婆说这些年要不是老伴的细心照
顾，她活不到今天。他们家的墙上贴着一张手写的长寿十六字，
从我两年前第一次入户就记忆犹新："平和心态，欣赏别人，原

在龙门浩街道开展志愿者表彰活动

谅自己，沉着淡定。"因此即使是经历过重重苦难，他们依然乐
观向上。

匠心，是我们在项目服务和活动中的脚踏实地、精心打磨。
工匠精神不仅是对制造行业的要求，而且也是对创新社区治理和
服务的要求。为什么要做这个项目？为什么要做这个活动？为什
么要这么做？这是我和伙伴们每天都在"抠脑壳"的话题。回应
"为什么要做"的关键词是"需求"，社工在做服务的过程中首
先要以问题和需求为导向，是不是有这个需求，谁的需求？是社
区的需求、服务对象的需求，还是社工或机构完成服务指标的需
求？回应"为什么要这么做"的关键词是"目标"，我们的项目
或者活动目标是什么，为了达成这个目标，我们制定了一系列行
动策略，并在行动过程中不断去反思，如何从人、文、地、产、
景来创新社区治理，如何更好地联动起来。

如我们在南岸区长生桥镇茶花社区发现，新旧小区的邻里之

间缺乏互动，社区参与感和融入感不足。好在社区党员人数较多，服务活动也因为搬入新的办公场所有了较好的空间设施，于是我们和社区一起打造"近邻党建，六邻益家"社区品牌，通过邻空间、邻学堂、邻自治、邻服务、邻组织、邻公益"六邻益家"服务模式，促进以"近邻党建"为引领的社区邻里文化建设，让社区服务开出"七彩茶花"。在之后的老年、儿童等人群服务中，我们进一步深化如何基于"六邻益家"服务模式开展一老一小服务，于是形成了"近邻党建，七彩桑榆""花young童年，七彩茶花"等服务品牌。我们另一个项目的实施地龙门浩街道，是典型的老城区，有着深厚的文化底蕴。随着政府老旧小区改造，老街换新颜，我们利用辖区的文旅资源开展乐游马鞍山、上新邻里节等特色活动，组织社区志愿者、爱心商家、幼儿园一起改造社区花园，让生活成为风景。对于匠心的追求，也是社工对自身专业的执着，我们不仅仅着眼于手中的事，更多时候是在讨论中形成比较好的想法并落地实践，这也是我们最为开心的事情。如看到社区有一块地或一条路，这个我们是不是能做点什么？于是我们和社区一起讨论，形成了邻里步道、社区花园的方案；大家都在议事，我们社区居民议事，是不是要有一些不一样的地方，于是就有了"幸福龙门阵"，既包含了服务街道"龙门浩"这个地名，又有重庆老百姓摆谈闲聊的民间文化氛围。

信心，是对服务对象能够获得改变的希望，是对这个行业更好的期待。我们相信通过服务能够帮助一些人，解决一部分社区问题，也相信所有的都会越来越好。社工是比较容易满足的，服务对象的一个笑容，购买方的一句肯定，行业的利好政策，都会让我们心生欢喜。我也常常因身边伙伴的离开而沮丧，他们的离

在龙门浩街道开展社区社工团队建设活动

开源于很多现实问题，钱少、事多、压力大……这些我都能够理解，也发自内心地期望大家都能找到自己想要的，因为每一个同行者，无论是否继续坚持，都值得我们钦佩，也值得更好。

社工带有"让这个社会变得更好"的理想主义色彩，也许很多时候都是在瞎操心、白忙活，但我们根本不在乎，哪怕是只虫子，哪怕是只火鸡，我们也要勇敢无畏地去寻求真理，传递温暖！

张　珣

中国导盲犬大连培训基地繁育寄养部部长。

张珣音频　　　张珣视频

坚守初心，传递光明力量

演讲人 | 张 珣
演讲时间 | 2023 年 5 月 27 日

我是张珣，中国导盲犬大连培训基地的工作人员。

导盲犬

我与导盲犬的缘分源自 2015 年下半年，当时的我正就读于日本麻布大学动物行为学研究室。机缘巧合下，我以中国导盲犬大连培训基地的狗狗们作为博士论文研究对象。自 2015 年下半年至 2019 年，我始终以一个外人的身份和基地的狗狗相处。在这三年半，我看到了训导员们为培训出优秀的导盲犬而不顾风吹日晒的艰苦训练，了解到了基地创始人王靖宇教授对导盲犬事业的坚守。在基地经历的一点一滴使我非常感动，所以 2019 年 3 月拿到博士学位后，我毅然选择回到大连，正式加入中国导盲犬大连培训基地，成为其中的一分子。

目前，我负责基地的繁育寄养部工作。繁育寄养部的工作内容包括导盲犬种犬选拔、幼犬繁育、幼犬寄养家庭筛选和维护。除了繁育寄养部的工作外，我还做导盲犬公益项目的宣传推广，面向社会大众进行导盲犬相关知识科普。在此期间，我也做过基地的抖音账号，粉丝从200人增至80000余人。

这几年我也在不断地学习，寻求进步。我从去年开始学习训练导盲犬，我所训练的狗狗连二锦已经2岁3个月了。我从它2个月左右的时候开始寄养，1岁正式训练，现在已经通过导盲犬技能评估考试，下个月就可以配型为盲人服役了。

说到导盲犬，大家都有所耳闻，但可能鲜有人见过，这是因为目前上岗服役的导盲犬仅有312只，比大熊猫的数量还要少。

那么，到底什么是导盲犬呢？导盲犬是经过专业训练后用来帮助盲人躲避障碍物，引领盲人安全出行的工作犬。盲人在导盲犬的帮助下可以独立自信地外出，如工作、访友、购物、散步，甚至旅行。

坚守初心，全力以赴

中国导盲犬事业起步于大连，始于王靖宇教授带领的科研团队。2004年10月，正值雅典奥运会期间，王靖宇教授看到一只导盲犬引导着自己的主人精神抖擞地参加奥运会，这个画面深深地触动了他。经过调研，王靖宇教授发现当时国内的导盲犬事业还是一片空白。2008年奥运会上是不是也可以有我们国家的导盲犬亮相呢？这件事不仅对盲人，而且对中国来说，都是必须做的

王靖宇教授在中国导盲犬大连培训基地挂牌仪式上讲话

事情。凭借这样简单的初心，王靖宇教授开始了导盲犬在中国的培训与应用研究。

创业是艰难的，首先是技术。王靖宇教授花费大量时间查阅外文资料、咨询外国专家，还邀请日本、韩国、澳大利亚的专家来基地进行指导。除了导盲犬技能的培训外，最重要的是导盲犬预备幼犬的性格养成。为了能够更好地了解幼犬养护方法及行为指导，王靖宇教授说服爱人，在家里开始了家庭寄养的试运行，连续寄养了三四只幼犬。在这期间，虽然有辽宁省科技厅资助的课题经费，但是这远远不够，王靖宇教授甚至卖掉房子来弥补不足的经费。有人佩服他的勇气，也有人对他的所作所为不理解，很多人劝他早点放弃。面对各种压力，王靖宇教授在爱人的理解和支持与自己的不懈努力下，终于使中国导盲犬事业的发展终于得到了中残联、大连市残联的高度重视。2006 年 5 月 15 日，经中残联批准，在大连市残联与大连医科大学的帮助和支持下，中国第一个导盲犬培训基地——中国导盲犬大连培训基地正式挂牌成立。

王靖宇教授和他的团队克服重重困难，于2008年北京残奥会开幕式上由导盲犬Lucky引领残奥会冠军平亚丽顺利完成火炬传递任务，给全世界的观众留下了深刻的印象。2010年上海世博会，基地受邀在世博159年历史上首次设立的关于残疾人展馆中进行了导盲犬展示；同年12月，亚残会开幕式上，出现了基地导盲犬的身影。

导盲犬 Lucky 和残奥会冠军平亚丽顺利完成火炬传递任务

导盲犬被越来越多的人所关注，有了更多的盲人申请者。王靖宇教授说，盲人需要就是坚持下去的动力。秉承"为视障人士找回另一双眼睛"的初心，王靖宇教授坚持遵循国际惯例，将导盲犬免费交付盲人使用。基地作为民办非企公益机构，资金来源单一，虽然大连医科大学免费提供了导盲犬训练场地，大连市财政对交付使用的导盲犬每只发放培训补贴 6 万元（自 2010 年起），帮助解决了部分资金问题，但是远远不够导盲犬培训的费用，前期主要靠王靖宇教授个人出资，渐渐地开始有爱心人士、企业、团体为基地进行捐赠。虽然基地员工的工资微薄，但是大家从未轻言放弃。通过大家一起努力，克服重重困难，基地逐步发展，不仅完善了犬只培养技术，形成了犬繁育、寄养、训练、交付使用的循环体系，而且还将国外先进的培训技术与国内实际相结合，总结出一系列符合我国实际情况的导盲犬饲养、训练技术。2019 年，基地正式加入国际导盲犬联盟。联盟考察员来大连考核时，对基地的导盲犬培训技术予以高度评价。如今，基地已经交付 312 只导盲犬，为全国 26 个省市的盲人朋友服务。

导盲犬的训成之路

每只导盲犬培训成功都需要基地工作人员、爱心寄养家庭、社会爱心人士的多方付出与支持。从刚出生的嗷嗷待哺，到 2 周龄可以睁开眼睛，再到 20 日龄的吃辅食逐渐离乳，45 日龄打完第一针疫苗后送往寄养家庭；寄养阶段，导盲犬感受着寄养家庭爸爸妈妈的关爱，努力地长身体，养成良好的家庭素养；通过基地老师的家访指导、寄养家庭的耐心教导，慢慢变成一只有规矩的导盲预备犬；回到基地后，通过筛选，再经过每天的导盲犬技能培训，大概一年至一年半后通过严苛的考试，匹配适合的盲人。盲人也需要到基地进行为期 40 天左右的共同训练学习，学习如何照顾导盲犬、如何安全正确地借助导盲犬。通过多次考核后，导盲犬才能正式上岗服役。

在导盲犬的训成过程中，寄养家庭的付出是必不可少的，他们对寄养幼犬不仅是时间和精力上的付出，而且还有情感上的付出。在经历10个月的悉心照顾后，这些家庭与寄养幼犬建立了深厚的感情，虽然会有很多的不舍，但是大家还是会忍痛将毛孩子送到基地。有的家长说，就像把自家孩子送去上大学一样；有的家长说，像把自家孩子送去当兵一样。毛孩子有自己的使命，完成训练，为盲人服务。

回到基地后，训导员对这些毛孩子也是细心照顾，每天从打扫犬舍开始，给狗狗们喂饭、日常打理、洗澡。大家每天自发早到半个小时，尽快完成犬舍的打扫工作，以便开始日常训练。为了满足更多盲人申请者的需求，训导员也是尽可能多地训练犬只，有的训导员带10只犬，最少的也要带7

导盲犬的训练日常

只犬。一只犬每天要训练半个小时至一个小时，训导员们的训练任务非常繁重，所以训导员们都是风风火火的，每天要走两三万步。基地训导员有多位是工作10年左右的老员工，尽管每天风吹日晒、工资又不高，但是大家能日复一日地坚持，除了喜欢狗狗外，他们还知道导盲犬对于盲人的重要意义，这些都促使他们更加坚定地守在自己的岗位上。

盲人的困境

自接触导盲犬后，我对盲人使用者及盲人群体有了一定的了解。

他们虽然有视力障碍，但是积极追求生活的改变，有的从事按摩行业，有的成了老师，也有的成了公司职员，但出行困难始终是摆在他们面前的难题。

许多盲人来电申请导盲犬的时候，都会表达自己急切的心情，其中最普遍的就是出门很不方便，家人的陪同无法取代留有自我空间的意义，那是一种对自由的需求。和同事朋友聚会，即使路程不远也需要别人来回接送，这种对别人无法避免的依赖，有时也会是一种强烈的心理负担。

出行的帮手，心灵的陪伴

盲人有了导盲犬之后，自主出行就能够得到很大的保障。在与导盲犬使用者的交流回访中，我们从他们的只言片语中就能深深体会到他们对陪伴在自己身边导盲犬的珍视和喜爱。有些盲人之前从未接触过狗，有的甚至对狗还有些许的害怕，但是在与导盲犬相处后，无一例外地都爱上了乖巧可爱的狗狗，也能包容狗狗们偶尔的调皮和小错误，就像爱护自己的孩子一样爱护导盲犬。

盲人有了导盲犬最大的不同在于可以实现说走就走的愿望，不仅是在家周围活动或去超市买东西，而且能接送孩子上下学，甚至在导盲犬的引导下出门旅行。感受春日的芬芳，体验夏日的晚风，触摸秋天的落叶，享受冬日的暖阳，都不再是遥不可及的事情。

导盲犬让盲人实现独立出行的同时，也成为他们心灵上的伴侣。作为工作犬，它们需要接受大量训练，克制自己不被外界环境所吸引，他们的忠诚至高无上，他们的付出更是无价。

与使用盲杖相比，借助导盲犬的盲人可以更早地避开障碍物，出行安全，行走速度更快，出行次数更多；与借助陪护出行相比，使用导盲犬出行更加自由，减少人为麻烦。与导盲犬一起生活，也有助于增进盲人与外界的情感交流，改善盲人自我封闭的心态，而更多更远的出行也有利于盲人的身体健康。

导盲犬的使用在中国起步较晚，人们对导盲犬的了解并不多，使用者和导盲犬到公共场所会有很多拒绝的声音。通过不断地沟通争取、讲解宣传，我们可喜地看到，越来越多的人接受了导盲犬，加入支持导盲犬的行列，许多公共场所张贴有允许导盲犬入内的标识。每个人迈出一小步，就是无障碍设施建设迈出的一大步，盲人的权利受到大家的重视。

国家出台了《残疾人保障法》等相关法律，明确规定了要保障盲人和导盲犬的无障碍出行。

发展残疾人事业，改善残疾人的生活，使他们拥有同健全人平等的地位与均等的机会，参与社会生活和国家建设，是我们全人类共同的责任。

一个人的付出即使再多，他的能力也是有限的。众人拾柴火焰高，只有我们都加入大队伍中，才能更快实现美好愿景。在导盲犬事业的发展中，离不开那些无私付出的寄养家庭，慷慨相助的爱心人士、爱心团体，默默付出的志愿者，是众人的力量推动着导盲犬事业的前进。我们也将始终坚持"为视障人士找回另一双眼睛"的初心，秉承"爱心、责任、行动、光明"的理念，全力以赴为中国导盲犬事业的长远发展夯实基础，为最终实现让更多视力残疾人拥有导盲犬的目标而努力！

郑　建

　　1981 年生，重庆长寿人，长安大学建筑环境与设备工程专业本科毕业，高级环境督导师。现任重庆市渝中区巴渝公益事业发展中心主任、理事长、党支部书记，兼任重庆市生态环境保护志愿服务总队秘书长，重庆市城市提升志愿服务总队秘书长，重庆市九龙坡区仁爱渝州志愿服务协会理事、副会长，广州市越秀区科莱美特环境保护交流中心监事。曾获全国百名最美生态环保志愿者、中国青年志愿者银质奖章、第四届重庆市十佳青年志愿者、第八届中国青年志愿者优秀个人奖、重庆市青年岗位能手、重庆市最美环保志愿者、重庆绿色年度人物、重庆绿色家庭、重庆好人、渝中区优秀共产党员和感动渝中身边好人等荣誉称号。

郑建音频　　　　　郑建视频

从志愿者到职业公益人

演讲人｜郑　建

演讲时间｜2023 年 2 月 26 日

我叫郑建，一名职业公益人。2000 年以来，我从学生环保社团的一员成长为一名环保志愿者，再到如今专职于公益事业，是一名合格的公益老人。在这里，我想跟大家聊聊那些在环保道路上助益我成长的故事。

误入"歧途"，创办学生环保社团

谈到做环保公益，就不得不提起学生环保社团，那是我迈入环保公益之路的第一步。

2000 年，我来到西安上大学。开学没多久，各个学生社团就开始招新。作为刚到大城市的农村孩子，我有种手足无措的感觉，不知道自己适合什么社团。于是，结合所学环境工程专业的优势，我们几个老乡一商量，成立了长安大学第一个环保社团——资源环境保护与可持续发展协会。

接着，我们像模像样地做起了社团。为了做好社团，我们到处收集信息、链接资源，还专门拜访了陕西省妇联的一个环保志愿者协会，当时接待我们的是一位叫班理的老师，她跟我们分享了很多环保活动的形式。回到学校后，我们开始结合实际情况开展活动：一方面，立足校园做环保主题的宣传橱窗，组织学生学习环保知识，结合环保纪念日开展主题宣传活动；另一方面，走出校门，到植物园、博物馆、公园等地参加各大环保志愿组织的活动。

2001 年 5 月，学院团委书记找到我，想让我负责成立一个院级环保社团，并承诺对社团活动场所、活动经费提供支持，于是我在学院又成立了绿岛环境保护协会。

绿岛环境保护协会成立大会

2001 年 9 月 27 日，绿岛环境保护协会正式成立。院级党政、团委、学工处等领导，以及西安市环保局的代表参加了成立仪式，党委书记、院长担任协会顾问。绿岛环境保护协会立足校园，开展小型环保主题交流会、观影会、学习会，科普环保知识；组织环保知识竞赛等各类环保主题活动；组织大学生走出校园开展环保宣传、环境教育、捡垃圾、植物园环境调查、植树等活动40余场次。绿岛环境保护协会也成为学校里最活跃的社团之一，成立不到一年便在全校百余个学生社团中脱颖而出，获得全校十佳学生社团称号。

绿岛环境保护协会校内展板

北京开会，改变了人生观、价值观

绿岛环境保护协会成立不久，班理老师就推荐我到北京参加第二届中美民间环境组织合作论坛，这次论坛由中国人民大学和美国国际中国环境基金会联合举办。

作为一个从农村走出来的在校大学生，我一个月的生活费还不够西安到北京的往返交通费，况且需要请假一周，学院和校团

第二届中美民间环境组织合作论坛与会人员合影

委都无法批假,我只好天天去磨校长。在我的不懈努力下,校长勉强同意我去参加,校团委还愿意承担我的往返路费。所以说很多事情不能轻言放弃,通过努力可能会有意想不到的收获。

在北京的5天里,我像海绵一样,疯狂地汲取知识,白天收集会议上各大组织分享的资料,晚上又和一些组织负责人去拜访当地其他环保社会组织,返校时带回来一皮箱的学习资料。这次会议是我人生的转折点,在这次会议上,我深入了解了环保公益的领航者们,也认识到环保公益可以当职业、事业来做。

转移阵地,加入西安大学生绿色营

从北京回来后,我逐渐将社团工作交给其他干部,开始参加西安本地公益志愿组织和其他学校学生环保社团的活动。2002年

3月，我参与了西安市树国槐损伤情况调研活动，旨在倡导公众关注国槐问题，为保护国槐做出一点贡献。在这次活动中，我认识了燕照琦、李弘等西安大学生绿色营的成员，发现身边有很多志同道合的人，我便正式加入西安大学生绿色营，并逐步成为执委会的一员。

西安大学生绿色营保护国槐调研

　　大学生绿色营每年组织一次大型环境问题调研，2001年是去甘肃民勤调研沙漠化问题。2002年将关注点转移到陕北毛乌素沙漠，继续关注沙漠化问题。不幸的是，陕南突发洪灾，宁西林场所在的宁陕县新场乡道路被冲毁，很多地方受灾严重。我们很疑惑，此地区1998年已实施了天然林保护工程，但为何会在森林覆盖率如此高的秦岭中段发生泥石流？

　　带着这一疑问，西安大学生绿色营新设一个小组，到佛坪和宁陕进行对比调查，了解天然林保护工程实施后的相关情况。由

实地勘测宁西林场

于受灾严重，我们无法进入佛坪，只能去宁陕县的宁西林场。考虑到此次活动的风险性较高，出发前我在宿舍的电脑上写了一封遗书，对此次参加活动的情况做了简要说明，给家人和朋友留了一些话，并对我在校的所有资产进行了分配处理。

我们一行7人跟着西北大学的李继瓒教授去宁西林场调研，对途经的各种山路进行实地调查，对林业局的干部职工和附近居民进行了访谈。经过两天的调研后，我们发现村民都忙着灾后重建，没有太多耐心参与调研，于是及时调整策略，向乡政府申请参与灾后重建，参加了灌溉水渠疏通工作。

此次调研我们完成了3份报告，涉及天然林保护工程对社会经济、当地教育的影响，也发现了很多问题，并就问题向相关部门提交了建议。

第六届中国大学生环境组织合作论坛与会人员合影

推动交流，参与发起中国大学生环境组织合作论坛

2001 年，参加完北京国际论坛后，我深切体会到论坛带给自己的巨大影响，因此于 2003 年第三届中国国际环境组织合作论坛（前身是中美民间环境组织合作论坛）召开前夕，我和绿色营的几个伙伴向论坛组委会申请在论坛下设大学生环境组织分论坛，组委会批准并提供了相关支持。

我们筹集到 800 美元作为活动经费，通过各种渠道组织了百余名大学生环保社团骨干参加交流。2003 年在北京举行了第一届大学生环境组织分论坛后，又先后在昆明、西安、武汉、长沙、重庆、广州组织召开了 6 届中国大学生环境组织合作论坛。随着互联网的发展，全民对生态环境的关注度提高，交流机会逐渐增多，我们便取消了论坛形式。10 年间，我们组织 7 届论坛，先后吸引近 1000 名大学生环保社团的骨干参加，极大地推动了大学生环保社团的发展，至今这些参会人员中仍有 100 多人继续活跃在包括生态环境在内的公益行业。

一篇报道，催生了一个新的组织

2006 年，第三届中国大学生环境组织合作论坛在西安召开，我们邀请了美国著名的大学生环保机构萨拉俱乐部负责人参加此次论坛。该机构自觉履行《京都议定书》，倡导成员使用自行车和公共交通工具出行，促使部分高校用风力发电机供电。与此同时，国内大学生环保社团的活动多为演讲比赛、捡拾垃圾、拒绝使用一次性用品（塑料袋、一次性筷子）等，尚处于初级阶段。

一篇《人家关心"全球变暖"我们尚在"捡拾垃圾"》的报道对我触动很大，也让我有了更多的反思：捡拾垃圾不是不可以做，而是不能当作主要工作来做，且大学生环保志愿者做的志愿服务不能体现学识、专业、年龄等特征，应该做一些更有意义的事情。经过一段时间的筹备，中国大学生环境组织合作论坛联合绿色大学生论坛、北京大学清洁发展机制小组（学生社团）等 7 个关注气候变化、节能减排等议题的青年环境组织，在 2007 年 8 月召开的

《人家关心"全球变暖" 我们尚在"捡拾垃圾"》报道

中国青年应对气候变化行动网络成员活动后交流

第四届中国大学生环境组织合作论坛上发起成立了中国青年应对气候变化行动网络，之后使其成为一个专注于气候变化和可持续发展领域青年人才培养的平台组织。在过去的 15 年中，中国青年应对气候变化行动网络推动超过 500 所高校开展广泛国际交流合作，广泛宣传并提高民众对气候变化的认识，有力地推动了青年人认识、了解气候议题并积极参与应对气候变化的进程，为有能力的有志青年提供成长的平台和机会，增强中国青年在国际社会的影响力。

组建济溪，打造青年环保组织和志愿者的黄埔军校

论坛过后，我们逐步意识到交流平台的重要性，但针对以全国大学生为主的环保组织交流合作的平台非常少，社团干部流动性强，在参加 2001 年第二届中美民间环境组织合作论坛后，先

后于 2003 年、2005 年依托中国国际民间环境组织合作论坛组织了两届中国大学生环境组织合作论坛，但是由于间隔期较长，大多数大学生环保社团早已换届，因此无法满足日益增长的交流学习需求。

济溪执委会成员合影（左起：郑建、张伯驹、陆莹莹、吴昊亮、周敏）

2004 年底，结合网络发展趋势，我们建立了一个论坛，后来发展成为济溪环境交流网络——青年学生环境组织交流网络。2008 年，济溪已经成为全国包括但不局限于大学生环境组织的所有民间环保组织最重要的交流平台之一。网站聚集了全国众多大学生环保社团的"老人"，不到一天就可以收到几十条分享经验和提供建议的回帖。不少社团的"退休"干部说，他们换届后第一件事就是给下一届负责人介绍济溪，让他们随时关注济溪的动态和信息，有什么不懂的都可以上去问。毫不客气地说，那个时候全国民间环保组织的工作人员，以及做学生环保社团的负责人，如果不知道济溪，基本上可以判定他是一个新人，或者根本就不是这个圈里的人。

北漂归来，将环保公益做成职业

2008年，我结束了在北京的工作，回重庆开始公益创业，计划将重庆青年环境交流中心搞起来。那个时候一穷二白，没有资源和渠道，于是我找了一家书吧做赞助，让我能有场地来组织各类环保主题沙龙。我通过豆瓣发布活动信息，每次活动都有二三十个人来参加，大家虽在不同的岗位，但都热爱环保。我记得某次有名参会人员反馈，他之前在北京上大学的时候，经常参加环保、公益讲座，或者参加植树、捡垃圾、调查等各类志愿服务活动，回重庆后却不知道从什么渠道参加。

我深知平台的价值，为环保志愿者搭建一个平台，才能让大家有更多的参与机会，凝聚更多志同道合的人，让一个人做事情变为一群人做事情。借助平台号召大家关注环境问题，深入了解环境现状和未来趋势，支持环境保护工作，最终自觉地参与到环境保护行动中来。这也是我这几年一直在坚持做的工作。

机构注册，巴渝公益迈上新的台阶

2013年底，随着社会组织登记注册政策的调整和完善，我在民政部门登记注册了重庆市渝中区巴渝公益事业发展中心，中心逐步成为重庆最主要的环保公益力量之一。中心根植重庆本土，致力于推动生态环境保护，通过搭建志愿服务网络，壮大公众参与力量；培养专业化志愿者，提高公众参与能力；开展志愿服务活动，引导公众参与实践。2023年2月，中心被评为5A级社会

低碳生活沙龙

组织，同时获得重庆市最佳志愿服务组织、渝中区先进基层党组织、渝中区五四红旗团支部等称号，得到了党和政府的认可。

一是搭建志愿服务网络，壮大公众参与力量。中心注册成立后，我重点做了两方面的工作：一方面，抓好志愿服务队伍建设。在重庆市生态环境局、市城市管理局的支持下，自 2018 年起，我们逐步建立了 400 多支覆盖全市所有区县的志愿服务队伍，并组织大家围绕无废城市建设、碳达峰碳中和、"六讲"等重点环保工作，开展生态环境宣传进校园、进社区、进机关、进商圈等相关志愿服务活动。另一方面，我发现目前重庆市环保社会组织数量少，公益服务类环保社会组织仅有 10 个左右，关注面较窄；高校环保社团流动性大、专业性低；社区社会组织社区基础虽然好，志愿服务组织虽然参与积极性高，但是专业性都不强；志愿者缺乏组织协调、专业支持，缺少组织带动。针对上述问题，中心通过统战工作，联系到更多社区社会组织、社工机

巴渝公益组织志愿者参与植树活动

构、志愿服务组织、高校社团等各类主体，想办法引导他们参与环保，不断扩大公众参与力量。

二是培养专业化志愿者，提高公众参与能力。任何一个行业的发展，离不开人的发展。回顾我自身的成长过程，各类交流、培训，对我人生观、价值观的形成，服务能力的提升起到了非常重要的作用。因此我们不断地打造服务品牌——巴渝绿色菁英，面向中小学教育工作者开展水环境教育师资培训，结合无废校园建设培育无废使者走进校园开展无废小课堂；针对高校环保社团骨干开展能力提升培训；针对统筹管理志愿服务队伍开展管理层面的培训；为活动志愿者开展岗前培训；针对想参与环保的其他社工机构、志愿服务组织开展一些专业知识和工作方法的培训……全方位培养专业志愿者，提高核心志愿者的参与能力。

三是开展志愿服务活动，引导公众参与实践。针对公众，我们以活动为载体，围绕环保主题，策划形式多样的志愿服务活

组织志愿者参加无废城市宣传志愿服务活动

巴渝绿色菁英计划培养核心志愿者

中华路小学学生参加无废嘉年华活动

动，让公众有更多的机会参与学习，影响更多的参与者。如在日常生活中，大家逐渐意识到一次性塑料制品对环境的负面影响，都想从自己做起，虽然有了想法，但是可能无从下手；或许有些人已经在默默行动了，但又缺少一起行动的伙伴。2023 年 2 月 25 日，中心联合国内 50 余家环保社会组织开展"无塑生活 21 天打卡"主题活动，倡导居民在个人和家庭生活中践行可持续生活方式。同时，希望通过社群互动，扩大影响力，吸引更多居民关注和参与垃圾减量行动，让零废弃成为生活常态。

我们既是环境污染的制造者，也是环境污染的受害者，所以我们要做好生态环境的享有者，当生态文明的建设者，做一名生态环境保护的践行者、倡导者、监督者。

于　强

　　1978 年生，山西太原人，1992 年接触毒品，1998 年第一次被判刑，2003 年、2014 年、2016 年被强制戒毒。2018 年，参与志愿者活动。2019 年，在仁爱社工的帮助下成为注册志愿者，发起微笑行者公益禁毒宣传活动。

于强音频　　　　　　　于强视频

学会感恩，重铸人生

演 讲 人 | 于　强
演讲时间 | 2023 年 6 月 20 日

　　生活不会一帆风顺，人生总是伴随着坎坷。如何看待人生，用什么样的态度去面对人生，很大程度上决定了我们的生活是幸福快乐，还是灰暗颓废。

　　我叫于强，是一个与毒品纠缠了近 30 年的人，是一个在高墙铁网中用 11 年青春才懂得感恩的人。如今的我成为一名公益志愿者，从吸毒者到志愿者的这条路，有过太多心酸与泪水，经历过太多挣扎与无奈，而付出的代价于我而言，太大了！幸亏有许多人的帮助、鼓励和支持，我才坚持了下来。感恩是推动我前进的巨大动力，也是彻底转化我思想的根本原因！

　　我从小生活在一个工人家庭，父亲是一个从农村走出来的孩子。他从农村走到城市，从一个学徒成为一名军人，从一个普通工人最终走上领导岗位，在他身上我看到的是不屈服于命运、敢于拼搏的精神，这也是他留给我最宝贵的财富！我的母亲出生在干部家庭，接受过良好的教育，温婉的性格和善良的品性在我的内心深处种下了一颗善良的种子，这也成为我在灰暗岁月里寻找光明的唯一指引！

我的父亲是一个精明能干的人，赶上改革开放的风口，他抓住机遇承包了几辆大卡车搞起了运输，短短几年时间就积累了不少财富，在那个万元户还很少的年代，我们家已有几十万元的存款，父亲也成了当地小有名气的大能人，我和哥哥也被邻居们戏谑地称为"老于家的两位公子"。

由于父亲的强大、家庭生活的富足，为我遮蔽了所有的风雨，让我错误地认为这个世界上没有任何困难是不能解决的，我也因此养成了不可一世、骄狂任性的性格。初中仅读一年我便辍学了，整天跟着一群社会上的人不是泡歌舞厅，就是混迹街头，到处惹是生非，把欺善怕恶表现得淋漓尽致。那时候，我认为这种放纵、自由自在的生活就是我想要的。

父亲看到我的状况深感担忧，为了帮助我回归正常生活，便让我参了军。作为一名参加过抗美援越的军人，父亲以为部队的大熔炉一定可以把我变成一个有理想、有抱负的好青年。退役之后，我并没有如父亲所愿，甚至产生逆反心理，错误地认为军营生活让我吃尽了苦头，我应该好好地享受生活来补偿自己。于是，我彻底放纵自己，拿着父亲辛苦赚来的钱肆意挥霍，打架斗殴、酗酒，甚至还接触上了毒品！我也因此彻底过上了颓废的生活。

那时，我对毒品的认识仅限于一些老人的谈论和书本上提及的鸦片战争，并不认为毒品有多可怕，反而充满了好奇与不屑，就这么个不起眼的东西就能把人害得家破人亡？正因为这种好奇和从小养成的任性性格，让我最终迷失在毒品的旋涡里！

接触毒品仅几个月，我就几乎把所有亲戚和认识的朋友都借了个遍，直到谎言也借不到钱，我终于认识到了毒品的可怕，然而我不知道的是，这，仅仅是一个开始！

父亲为此想了很多办法，可是为了毒品，我一次又一次地欺骗了他们，最终我还是走上了违法犯罪的道路，被判处6年有期徒刑。我第一次进监狱时才19岁，父母坚信我只是年少无知，所以他们不断地鼓励我，希望我能及时醒悟。出狱后不久，父亲为我介绍了一个往工地送建筑材料的买卖，收入非常可观。或许，在父亲想来，也许一个男人有了事业，就没别的精力胡思乱想了！

然而，我并没有如他所愿。有钱之后，我骄狂、傲慢、贪婪和自私的性格暴露无遗，我又和过去的那些人混在了一起，整天泡歌城、打麻将，再次被毒品拖进黑暗的深渊。这一次，我因吸毒被决定执行劳动教养1年9个月。当时正赶上异地劳教政策，我可能会被送往大同劳教队，到那里就意味着要下煤窑。由于当时下煤窑的各种传说让我感到恐惧，于是我再次想到了我"无所不能"的父亲，我求他一定要想办法把我留在本地，可我的这个要求被父亲拒绝了！

我知道父亲并不是不爱我了，而是对我失望了，这是他表达愤怒和不满的方式。父亲曾不止一次地对我说，人一辈子肯定会犯错，只要改了就好，但是在同样的问题上不能接连犯错，那不是愚蠢，而是明知故犯，是不可原谅的！

在我劳教期间，父亲没有给我打过一个电话、写过一封信、探视过一次，他是在用他的拒绝和冷漠让我感受到他的恨铁不成钢。作为儿子，我知道父亲不会真的放弃我，他是希望我经历这些后有所成长。

再次和父亲见面已经是他生命的最后几天，他被诊断为肺癌晚期，虽然他还是不跟我说话，但是他眼里隐藏不住的喜悦和期盼又怎么能瞒过我的眼睛。这个固执的老人在他生命的最后时刻给我上了最宝贵的一课，他拒绝用药，拒绝打止疼针，他想用行动来证明，人只要有意志，就没有什么是不可战胜的！看着父亲因为剧烈疼痛而变得扭曲的脸，看着他满头黄豆大的汗珠，我一次次地恳求："爸，打一针吧！"他固执地推开我的手，继续和疼痛战斗！

父亲最终离开了我们，在他离开之前，留下这么几句话："人生没有注定的失败，只有懦弱的人才会甘心放弃和命运斗争！犯错不要紧，跌倒了知道站起来就是好样的！"最后他欲言又止，想说什么最终却放弃了。我当然知道父亲的意思，他是对我不放心，也放不下这个家。他走了，而我能不能照顾好这个家，承担起这份责任？

父亲的离开让我心里很不好受，也第一次开始认真反思，毒品究竟带给了我什么？我需要的又是什么？这是不是我想要的生活？我第一次从内心出发，有了戒毒的想法！

在之后的 8 年时间里我没有复吸，一是出于对亲人的愧疚，二是远离了那个环境。可是，我不能一直在农村躲着，我需要重新进入社会。在家人的鼓励下，我再次回到太原，尽可能地不与过去的那些人接触。离开了替我遮风挡雨的父亲，我才明白曾经不可一世的"于二公子"根本啥都不是。以前顺理成章办成的事，现在要几经周折；原来捧我敬我的人，现在不是躲着我，就是很冷漠地对我！一次次碰壁，一次次拖着疲惫的身体回家，一次次面对母亲期盼的目光，我内心的愧疚根本无法用言语表达，我只能无奈地逃避！

而这还不是最糟糕的，最糟糕的是在我心情极度低落之时，又遇到了从前的毒友，并且因为缺乏对新型毒品的认识，我再次陷落了。

我再次因为吸毒被抓之后，我没脸面对母亲，然而母亲没有放弃我，在太原市的看守所、拘留所、戒毒所都留下了她的足迹。我无法想象一个年近七旬的老人，是怎样坚持每天等待第一辆公交车，只为探视时最早站在我的面前，让我知道她没有放弃我。这条探视的路，她一走就是十几年，从曾经的形色匆匆到如今的步履蹒跚。我从不怀疑，如果我还是没有改变的话，这条路她还会一直走下去！

按规定，家属给服刑人员上账的最高限额是 500 元，母亲每次都会给我 500 元。或许对别人来说并不算多，但是对于一个退休金只有 3000 元，还要花 1000 元租房子（每次租房母亲都会给我留一个房间，因为她坚信，我一定会回来的）、供妹妹读高中的老人来说太难了。我曾不止一次地问她：“您的钱够用吗？不要再给我上账了。”母亲总是告诉我：“够用！”这个答案直到我两年戒毒期满后才找到，我偷偷地跟着她去了菜市场，看见她为了省钱，在太阳底下站几个小时，就为了等卖菜的快收摊儿了去买打折的菜。看着母亲近乎满头的白发，看着她为买打折的菜向 30 多岁的小后生讨好地笑着，那带着些乞求的样子让我的心一阵阵刺痛。是我没用，生而为人，不仅不能照顾家人的生活，反而一直要他们来照顾我，我有愧啊！

从那个时候起，我明白了身上承担的责任。我要坚强起来，成为母亲的依靠，不能再让她老人家操心了！

可是，光有决心是不够的。我需要工作，需要一个最基本的生活来源。我每天早早地就起床，精神饱满地出门，笑着对母亲说我去找工作。可是，有谁会愿意招聘一个有吸毒前科的人呢？在人们眼里，吸毒者就是谎言和欺骗的化身，没有什么事是他们干不出来的。我也必须承认，在吸毒的那些年里我的确是这样的，可是我现在已经戒了，不管我怎么保证，依然没有人相信！

因为我有吸毒前科，必须接受仁爱社工的监管。起初，我对他们的工作嗤之以鼻，多不多余啊？一会儿让去尿检，一会儿让去谈话。我没有工作，没有收入，无法生活，这种事情怎么就不管一管呢？所以我经常把他们说的话当成耳旁风，然而他们对工作的态度和帮助吸毒者的热情让我改变了看法。他们为了能让我有一份最低的生活保障不停地帮我跑社区，为了帮我找到一份工作不断地联系用人单位。正是在这些年轻人的鼓舞下，我渐渐地不再颓废。当我拿到最低生活保障的时候，我被他们憨憨的笑容感动了。人生其实就是单纯的快乐，而不是瞻前顾后地自寻烦恼。收获是一种喜悦，可付出又何尝不是一种满足，一种实现自己生命价值的满足。

想通了这一点，我如释重负。过去的我是别人的负担，而今天的我成为一名服务社会的志愿者。我生命中的每一分钟都在寻找付出的快乐，体会帮助别人的满足。我不再计较得失，不需要再背负谎言与欺骗，不需要再为毒品丢掉尊严和底线。我行走在阳光下，坦然面对生活。从这个时候开始，我发现迎接我的不再是怀疑和冷漠，不再是躲避与疏远，取而代之的是满满的善意、

成为志愿者后笑容满面

鼓励和微笑！

我终于明白，做一个什么样的人，一定是因为他做了什么样的事，而做什么样的事决定了他会得到别人什么样的对待。我把做志愿者的想法告诉了仁爱的社工，得到了他们的大力支持，我正式注册成为一名志愿者，并发起微笑行者公益禁毒宣传活动。我开始坦然面对自己的过去，并分享我的故事。我希望可以让更多的人不要再犯我的错误，也希望可以帮助如我一样经历的人，不要一味地抱怨和索取，而是真诚地付出，慢慢改变他人对吸毒群体的看法。在做志愿者的这段时间里，经常会有人问我，得到了什么，为什么这样做。我觉得，我得到了心灵上的宁静和平和。我喜欢看见别人对我笑，喜欢听他们真诚地对我说谢谢。我喜欢这种人与人之间和谐、信任、真诚的关系，那种感觉真的太美妙了！

感恩父母赐予我生命，教会我成长；感恩生活中遭遇的那些挫折，让我学会坚强；感恩每一个帮助我和打击我的人，让我懂得了珍惜，珍惜生命中美好的每一个瞬间！从此，迎接我的都是善意与微笑、感动与鼓励。作为一名志愿者，我在帮助别人的同时，也在帮助自己，走出黑暗，奔向光明！

30年，我从一个深陷毒品泥沼的沉沦者到服务社会的志愿者，从只知道抱怨、指责他人的人变成了一个懂得感恩、学会敬畏生命的人。这条路有太多的坎坷，不仅是一次心路的蜕变，而且是一次灵魂的涅槃。我深刻地认识到，在这个社会中有很多像

在太原明德学校的摔跤训练营中，做来自彝族小选手的支教老师

我一样需要重新回归社会的戒毒者要面对各种质疑与阻碍，他们需要帮助。我觉得我找到了一条回归社会的路，我能够坦然地面对自己，我也希望他们能够和我一样在帮助别人的过程中获得心灵的安宁。这是我的梦想，我希望微笑行者公益禁毒宣传活动可以帮助像我一样的戒毒者微笑面对生活，我们会用自己真诚的行动去获得别人的谅解和社会的接纳。因为吸毒者此时就如同站在悬崖边上一样，如果有人拉一把，或许就能回归正常的生活，反之将会坠入无尽的深渊。

这些年的经历也让我明白了一个道理：无论面对怎样的生活，懂得感恩会让我们的内心变得更加宁静。没有无缘无故的爱，也没有无缘无故的恨，成为什么样的人一定取决于做了什么样的事，而做什么样的事，决定了我们会受到什么样的对待。我发起微笑行者公益禁毒宣传活动，就是希望让更多的人知道我们的存在，希望通过我们真诚的付出得到社会的认可。

就我个人而言，坚持在社区做志愿者，最显著的变化就是邻里关系非常融洽。我每天看到的都是鼓励、支持，是善意的微笑。对我触动最深的一件事是，之前父母退休后便选择搬回乡下老家，很大程度上是因为他们无颜面对邻居对我的各种询问，而现在，母亲没事就下楼散散步，每当有人问起我时，她都会说："又跑去义务劳动了，也不知道瞎忙活啥！"现在的我不再是母亲难以启齿的隐痛，她老人家不会再因为我而只能坐在阳台上孤独地看着窗外的熙熙攘攘。这也是目前我唯一能给母亲的！

李　静

　　盂县社区戒毒社区康复服务中心社工，致力于社区戒毒、社区康复工作，帮助吸毒者及其家庭走向正轨，多次组织参与社区禁毒活动，为社会禁毒做出了一定的贡献。

李静音频　　　　　　李静视频

直面吸毒者，探索戒毒路

演 讲 人｜李　静

演讲时间｜2023 年 6 月 20 日

我叫李静，一名在基层从事社区戒毒、社区康复工作的普通社工。

缘　起

一个偶然的机会，我接触了社区戒毒、社区康复这份工作。当时，年近 30 的我在外闯荡多年，在各方权衡下，选择回到故乡工作。最初，我在盂县公安局交口检查站工作。在与同事的交谈中，我了解到检查站不远的一个村子曾发生过一起命案，犯罪嫌疑人因吸食毒品导致神智错乱，将自己的父母砍死砍伤，酿成人间惨剧。这起案件让我深受震动，原来吸毒会让人失智发疯，以至于罔顾亲情，残害家人，彻底丧失做人的基本道德底线，戒毒康复工作的种子从此便在我心里种下了。

在社戒社康办公室开展日常工作

在盂县的工作结束后，我回到了家乡——秀水镇。早在准备回家的那一刻，我便准备好了从事社会工作的准备。回想当初的坚定，此时已成为社区戒毒、社区康复社工的我无比感谢那份坚定，让我的人生变得更有意义！

感　悟

秀水镇是盂县政府所在地，全县的政治、经济文化中心，也是吸毒人员最多的地方，因此此地的社区戒毒、社区康复工作相当繁重。日常工作中，我常与吸毒者接触，对吸毒者及其家庭有一定的了解。我所认识、了解、服务的每一个吸毒者，每一个吸毒者家庭，无一不是悲惨的：因为吸毒，妻离子散；因为吸毒，子女缺管失教，人格偏差；因为吸毒，家庭从此一贫如洗……新闻上的吸毒者毒瘾发作，致使其精神焦虑、烦躁、产生幻觉，甚至在公众场合持刀乱舞，砍杀无辜群众；报纸上的婴儿出生时患有毒瘾，发作时只能低声啼哭，这些事件真实地发生在我身边的吸毒者身上，每每听见、看见这些案例时，我的想法只有一个——帮助他们、帮助他们的家庭恢复正常。

让我印象最深刻的是一对夫妻同时染上了毒瘾，相继强制隔离戒毒，而他们的孩子只有四五岁，懵懂无知。每次夫妻二人到社区接受谈话、尿检时，都会带着这个小孩。望着孩子纯洁天真的眼睛，我心里感到一阵难受，幼时的这种经历会给孩子的身心带来多大的创伤啊！我不敢想象。

我常常思考是什么原因让这些人走上了吸毒之路，社会各界应该做些什么才能让他们迷途知返，如何帮助他们回归家庭、回归社会，过上正常人的生活。我暗暗地为自己鼓劲，给自己定下工作目标：每年帮助5名吸毒人员戒除毒瘾，从现在到60岁，至少可以帮助100名吸毒人员戒除毒瘾。

为了尽快进入角色，我认真学习有关禁毒的法律、法规和社区禁毒基本知识，深入社区了解涉毒人员的思想状况和表现，有针对性地对他们进行心理疏导和沟通。

积极开展禁毒宣传教育活动

为深入推动禁毒宣传教育进学校，增强在校学生识毒、防毒、

禁毒宣传进校园

拒毒能力和自我保护意识，我在20所学校开展了"未来有约定，青春不'毒'行"宣传活动。通过给孩子们讲解禁毒知识、发放宣传彩页，向青少年开展毒品预防教育，讲解毒品基本知识和吸毒贩毒的危害。同时，针对如何预防毒品的方法及新型毒品的类别进行重点讲解，使大家对毒品的认识更加广泛，提醒孩子们要提高自我防范意识。

6月21日下午，盂县社区戒毒社区康复服务中心围绕"健康人生·绿色无毒"主题，开展"6·26"国际禁毒日禁毒骑行宣传活动，进一步扩大了禁毒宣传覆盖面，有效提升了全民毒品预防知晓率。

开展禁毒骑行宣传活动

本次活动以共享单车为骑行工具，在倡导绿色出行的同时，嵌入全民禁毒理念。骑行队伍从盂县财政局开始，途经步行街、交警队、盂县第三实验小学、盂县二中、盂县一中，沿途开展禁毒宣传，成为一道亮丽的风景线。

此次禁毒骑行宣传活动，向广大群众传递了"拒绝毒品，健康生活"的理念，调动起全民参与禁毒工作的积极性，推动了禁毒工作的顺利开展。

我发现吸毒人员多为无业，而交往的人员也多在吸毒，这样的毒友圈，怎么能让他们重新回归社会呢？春节前夕，我走进吸毒人员困难家庭开展禁毒帮扶一对一平安关爱行动，深入服务对象家中，通过拉家常、心理疏导的方式，叮嘱他们一定要远离毒友圈，谨慎交友，保持积极乐观向上的生活态度，并给服务对象及其家属发放了慰问品，鼓励他们早日走出吸毒的阴影。

为了提高吸毒人员管控帮教实效，大力开展了吸毒人员平安关爱行动。2月23日，盂县公安局禁毒大队民警和禁毒社工到社区康复人员梁某平家中进行走访。

到服务对象家中走访

走访中，通过与服务对象交流、倾听心声，详细询问了服务对象的身体状况，在得知其因腿疼无法正常行走的问题后，民警和社工询问其目前的实际困难，积极联系亲属帮助他进行康复训练，鼓励服务对象重拾生活信心，勇敢面对生活，创建和谐美好家庭。

此次平安关爱行动，拉近了与服务对象的身心距离，营造了和谐稳定、积极向上的氛围。下一步将持续深入推进平安关爱行动，在巩固现有工作成果的基础上推动禁毒工作再上新台阶。

社区戒毒、社区康复宣传和建案工作要求有较强的专业能力，需从已有的研究材料入手，细心揣摩，进行深入加工，反复推敲，保证向领导反映信息的准确性，为领导决策提供可靠依据。

自从事社区戒毒、社区康复工作以来，毒品的危害性已刻进我的骨血。许多人因为无知、好奇、冲动、叛逆、天真、自负……被死神缠绕，最终倒在死神面前。这究竟是为什么？难道，他们被毒品吸引了吗？

这个世上没有真正的神灵，却的确存在恶魔，毒品就是魔鬼的化身。如果你了解这种白色瘟疫诞生至今所酿成的惨剧，你就会明白这绝不仅是一个比喻。因为吸毒者被毒品剥夺的也绝不仅是金钱和健康，而且还有灵魂的沦丧、家破人亡，直至生命消逝。这绝不是危言耸听，因为每年无数生命被这种白色恶魔害死。

珍爱生命，拒绝毒品

我国青少年吸毒人数在吸毒总人数中占比达 85.1%。85.1%，一个令人触目惊心的数字。面对毒品，我们唯有牢记 8 个字："珍爱生命，拒绝毒品。"认清毒品的真面目并彻底与其划清界限不仅需要禁毒知识，而且需要有意识地培养健康的心理和良好的生活习惯：谨慎交友，保持高度的警觉和自制，树立正确的人生观、世界观、价值观。唯有将预防毒品从意识转化为行动，再由行动上的拒绝上升为精神层面的排斥，从生命的高度去抵制毒品的诱惑，才有可能做到远离毒品不受侵害。

一个为了吸毒，把家里的财产全部耗光的人，还有人帮他吗？一个为了吸毒的钱，到处贩卖毒品的人，还有人帮他吗？

没有，答案显而易见。

人的生命是无价的，也是脆弱的。它承载着你的亲人、朋友和整个社会赋予你的责任，所以它绝不仅仅是你一个人的。它承受不起任何不负责任的冒险，所以请珍惜你的生命——为自己，也为所有人——永远拒绝毒品。

禁毒工作事关国家安危、民族兴衰和人民福祉，中国已经全面建成小康社会，坚决不能因毒致贫、因毒返贫、因贫涉毒，坚决不能有贫困人口拿着低保的钱去买毒品现象的发生。这是我们每个人身上沉甸甸的责任！社区戒毒、社区康复工作作为全民禁毒工作中的一个重要环节，能否做好是对我们基层治理能力的重大考验，我们必须做到守土有责、守土尽责。我愿在今后的工作中，继续做好本职工作，尽自己的绵薄之力帮助吸毒人员走出困境，回归社会。

余 飞

山西仁爱社会工作服务中心长治长子工作站主任。

余飞音频

余飞视频

禁毒社工

演 讲 人 ｜ 余 飞
演讲时间 ｜ 2023 年 6 月 20 日

　　我是来自山西仁爱社会工作服务中心长治长子工作站的余飞。2019 年，我有幸成为一名禁毒社工，4 年的时间里我从一名基层禁毒社工成长为禁毒社工项目主任，所在项目队伍由起初的 20 余人发展至 80 余人。虽然项目队伍壮大了，但是我始终不忘初心，仍然牢记自己是一名禁毒社工，一名不断学习、不断实践，拥有热情，带领队伍努力向前的禁毒社工。

　　作为一名禁毒社工，能够帮助戒毒人员戒除毒瘾，回归家庭、回归社会，是一件特别有意义、有成就感的事，就像医者治病救人、灵魂摆渡者助他人度过人生低谷一样。

　　长子工作站开展工作不久，我们接触了一名患有脑梗的社区康复人员罗某。罗某原是一名大货车司机，儿女双全，生活富裕。后来因为好奇，沾染上了毒品，从此一发而不可收拾，吸光了家里的所有积蓄，还欠下外债，最终被公安机关责令到强制隔离戒毒所进行为期两年的戒毒。出所后，他驾照被吊销并失业，因为生活压力妻子与其离了婚，后来又不幸得了脑梗，孤身一人的罗某生活极为窘迫，院子里杂草丛生，屋子里乱七八糟，连一件像样的家具都没有，罗某的生活和心理状态都非常不好。

　　得知此情况后，社工联系了辖区乡政府领导，与村委干部一起带着鸡蛋、牛奶、蔬菜、水果等慰问品到罗某家中进行探望。之后的一段时间里，社工为其提供了力所能及的帮助。社工还积极收集脑梗康复相关的资料，帮助他开展康复训练，并且为其进行心理疏导，让他重新燃起对生活的希望。在社工的帮助下，罗某的身体慢慢恢复，找到了一份养鸡场的工作，生活逐渐稳定下来。

罗某为社工送上锦旗

　　3年转瞬即逝，罗某在社工的积极支持和正确引导下，顺利完成了社区康复，解除了动态管控，恢复了正常生活。出于感谢，罗某为社工送上一面锦旗，这极大地坚定了我们工作的信心，让我们了解了禁毒社会工作的意义。

作为长子禁毒社工的领头人，每来一名新社工，我都会拿出自己的工作宝典，里面记录了许多我从事禁毒工作以来，一步步实践总结出来的禁毒社工工作小技巧，比如"与戒毒人员谈话，要注意眼神交流""要与吸毒人员家属保持联系""多多关注他们的朋友圈和动态"等。日常工作中，为保证服务的有效开展，我们会对所管理的吸毒人员、家庭等信息熟记于心。我认为只有对吸毒人员了解得深入详细，才有可能走进他们的内心世界，从根本上去帮助他们。

作为一线禁毒社工，我们需要到基层服务，涉及的工作内容琐碎繁杂，接触的人员对禁毒社工的工作往往比较抵触、反感，需要我们用真心、耐心和爱心去对待他们。工作中，我们还需发挥不怕苦、不怕累的精神。为落实吸毒人员管控工作，我们不得不频繁往返于各地政府、派出所、戒毒人员家中，无论是县城中心，还是偏僻山村，都有我们的身影。同时，我们还需要不断学习，提高专业能力，面对不同人群、不同需求，我们只有掌握禁毒社工专业知识，才能更好地提供专业服务。

回想工作站刚刚成立之时，虽然有国家政策的支持，但是由于地方人员并不了解我们，在开展工作初期面临很多阻碍。时至今日，很多人对禁毒社工仍缺乏认识，不知道我们具体是做什么的，所以我想跟大家谈谈禁毒社工及其工作。

过去，人们会把社会工作想象成一种手挎菜篮子去帮助穷人的活动。其实，现在社会工作是一种日渐成熟，并运用科学方法和艺术手段去解决各种社会问题的职业。

禁毒是社会工作的一个全新领域，禁毒社会工作又是禁毒工作的重要组成部分，是一种专门化的社会服务活动，能够预防和减轻毒品危害，促进吸毒人员社会康复，保护公民身心健康，有自己的价值理念、专业伦理规范，还需运用社会工作的专业知识、方法和技能。

禁毒社会工作者，也就是禁毒社工是从事禁毒社会工作的专职人员，其服务对象为吸毒人员及其家庭成员、青少年、社区居民和禁毒相关单位。作为禁毒社工，我们在禁毒社会工作中扮演着不同的角色。

禁毒社工是公安机关禁毒工作的后备力量，帮助公安机关开展吸毒人员摸底排查工作并建立相关档案资料，做好强制隔离戒毒人员出所衔接工作，协助公安部门针对重点人员或行业进行毒品检测排查等。

禁毒社工是乡镇街道社区戒毒、社区康复工作的得力助手，帮助乡镇街道督促社区戒毒、社区康复人员定期面谈和尿检，协助开展风险评估，协助办理期满解除、外出请假、协议终止等手续，如果发现拒绝报到或严重违反协议的人员，需要及时上报并负责收集提供有关材料。

禁毒社工是戒毒康复人员的专业服务者。通过调查了解戒毒康复人员行动趋向、生活状况、社会关系、现实表现等情况，为他们提供心理咨询和心理疏导、认知行为治疗、家庭关系辅导等专业服务，帮助戒毒康复人员调适社区及社会关系，营造有利于戒毒康复的社会环境。

禁毒社工是救助帮扶的暖心人。工作中禁毒社工向有需要的人员开展帮扶救助服务，为戒毒康复人员链接生活、就学、就

社工在长子县社区戒毒社区康复中心为戒毒人员开展小组活动

业、医疗和戒毒药物维持治疗等方面的政府资源与社会资源；组织其他专业力量和志愿者为戒毒康复人员及其家庭提供服务，协助解决其生活困难，提高生计发展能力，改善社会支持网络，促进社会融入。

禁毒社工是禁毒声音的传播者。禁毒社工组织开展禁毒宣传活动，普及毒品预防和艾滋病防治等相关知识，宣传禁毒政策和工作成效，增强公民禁毒意识，提高公民自觉抵制毒品的能力。

禁毒社工是城市志愿者。在疫情防控期间，身为社工，我们积极开展疫情防控工作。在创建全国文明城市时，我们又化身为志愿者，在街头巷尾维护交通秩序和环境卫生，为我们所在城市贡献自己的一份力量。

禁毒社工的重点服务对象是吸毒人员，而吸毒人员也有不同的身份，针对吸毒人员不同的身份，禁毒社工也需要充当不同的角色，发挥不同的作用。

社工提供家庭服务

　　在法律意义上吸毒人员是违法者，需要接受法律的惩处。这时禁毒社工需要发挥管控作用，督促社区戒毒康复人员按时报到、接受吸毒检测，帮助他们戒除毒瘾，防止复吸，也防止他们危害他人及社会。

　　在医学界吸毒人员是病人，吸食人员属于药物滥用者，毒瘾是慢性复发性脑部疾病。无论是生理疾病，还是心理疾病，只要是病就要接受治疗。禁毒社工需要督促他们体检，缓解疾病给他们带来的心理压力，增强他们戒毒的信心，为他们提供治疗信息。

　　吸毒人员还是受害者。吸毒人员的吸毒原因是复杂的，不仅有个体的原因，也有家庭或社会等方面的原因。吸食毒品，会导致家庭破碎、生活窘迫、遭人嫌弃、社会边缘化。禁毒社工需要为物质贫困的吸毒人员提供生活资料和资金帮扶，包括协助无家可归人员申请廉租房，满足其基本生活需求；帮助他们疏导心理、修复家庭关系、重建社会网络、培训就业技能、提供就业信息等；

开展禁毒宣传，倡导相关政策的制定和完善，营造一种非歧视的社会环境，有利于他们回归社会。

长子工作站开展工作以来，秉承"以人为本、科学戒毒、关怀救助"的工作原则，在预防戒毒人员脱失、脱管，提高全民预防毒品意识，提升戒毒人员幸福感，维护辖区社会秩序安全等方面取得显著成效。

我们严格落实"1143"工作模式，认真完成在册吸毒人员摸底排查工作，通过逐人见面建档，定期吸毒检测、风险分类评估，不断强化吸毒人员管控工作，提高社区戒毒、社区康复工作要求，完善档案资料，加强与公安机关、乡镇街道的联系与沟通，使社区戒毒、社区康复工作逐步规范化。

社工接管刚出所强制隔离戒毒人员

我们坚持"无缝衔接"原则，落实"出所必接"工作，确保不漏接、不漏管。针对即将解除强制隔离戒毒人员，我们提前半年开展介入工作，联系家属了解其基本信息，在出所当天与派出所民警及出所人员家属共同完成接出所工作，同时带出所人员到乡镇政府或街道办报到并签署社区康复协议，充分把握出所后的黄金24小时，有效防止出所人员脱管、漏管的情况发生。

我们以"先策划、后开展"为原则，以增强禁毒宣传实效为目的，不断创新禁毒宣传形式，丰富宣传内容，共计开展禁毒宣传600余场。我们走进校园、走进课堂，开展禁毒知识讲座，通过授课、知识问答、禁毒小游戏等互动方式，培养青少年的拒毒、识毒、防毒意识，倡导"小手拉大手"理念，鼓励大家争当小小禁毒志愿者。我们走上街头，以街头采访的形式向过往群众讲解禁毒知识。我们围绕传统节日，结合地方特色，走进各行各业开展防毒驾、防艾滋等主题宣传活动。我们走进农村、走进家庭，将禁毒知识送到千家万户并发动村民签署禁毒承诺书，承诺不吸毒、不贩毒、不种毒。我们依托新媒体，自编自导拍摄并制作禁毒宣传视频，对网民普及禁毒知识、法律常识，使禁毒宣传无死角，禁毒观念深入人心。

我们通过个案、小组等专业工作方法，帮助戒毒人员走出毒品阴霾。我们与吸毒人员一起做娱乐活动让他们放松心情，一起做手工陶冶情操，带领他们做公益寻找自我价值感，给他们过生日让他们感受到温暖，与他们一起过母亲节让他们懂得感恩，鼓励他们分享自己的戒毒经历让他们互相帮助、互相支持，尽所能引导他们走向健康人生。

我们落实平安关爱行动，积极开展关爱帮扶工作。对吸毒人员开展了慰问、就业指导、心理疏导等帮扶活动。同时，还救助关爱贫困儿童、留守儿童，切实将关爱与温暖传递到每一名戒毒

社工与禁毒大队民警在长子府前广场开展禁毒主题宣传活动

人员及其家庭。

　　禁毒社会工作是一份有成就感与荣誉感的工作，当然也是需要实践来检验成果的工作。作为一名禁毒社工，我深知任务艰巨、责任重大，我们需要有恒心、有毅力，不断探索与实践，不畏挑战与困难，奋发进取，努力前行。禁毒社工这支队伍是社会工作在禁毒领域的先行者、理论的实践者和经验的积累者，是一支在不断壮大、逐步规范、日渐专业的禁毒生力军，希望我们的队伍越来越强、越走越远。

崔佳旗

山西仁爱社会工作服务中心禁毒社工。

崔佳旗音频

崔佳旗视频

爱自己、爱家人，别让毒品囚禁你的人生

演 讲 人 ｜ 崔佳旗

演讲时间 ｜ 2023 年 6 月 20 日

　　作为一名禁毒社工，我最大的感受是禁毒社会工作是做"人"的工作，秉持专业理念，与服务对象一路同行。我们的服务对象是大众眼中的特殊群体，甚至是有负面标签的"坏人"，然而在真正接触后，我真切地感受到，这些特殊群体仍是普通人，他们有普通人的感情和需求。

　　凭借对禁毒事业的热爱，我克服种种困难，以无数汗水守护岁月静好。因为热爱生命，我对遗祸无穷的毒品，恨之入骨。每个禁毒人的最大心愿便是消灭毒品，希望天下无毒。许多禁毒英雄因毒品负伤、牺牲，他们的事迹感人至深，必将被永远铭记！因为热爱生命，禁毒人勇毅坚守，乃至舍生取义。既然选择了远方，便要风雨兼程，不畏艰辛，向未来奔赴，为禁毒一往无前。

　　在大家的帮助与支持下，"一名社工"抖音账号成长起来，

全年共发布消息100多条，年阅读量超5万人次，其中"拒绝毒品，不忘国耻"的阅读量超1.7万人次。

我的工作虽平凡，但很伟大……

在元宵节来临之际，我们专程前往鼓楼社区看望朱某，并送去汤圆和节日祝福，让他感受到来自党和政府及社会的关爱。

社工到服务对象家中慰问

同时，在霍州市社区戒毒（康复）服务中心开展的小组活动中，我们与服务对象一起揉面团、包汤圆，十几分钟后，几碗汤圆便闪亮登场，大家吃着汤圆，心中美滋滋的，真正体验到了生活的美好。

地球日来临之际，为了深化绿色出行理念，倡导低碳生活，培养健康、环保的生活态度，我们干劲十足，充分发挥不怕脏、不怕累的精神，手持扫帚、簸箕、钳子沿着道路两边认真清扫垃

在社区戒毒（康复）服务中心开展小组活动

圾。大家分工合作，将捡拾的垃圾集中投放到附近的垃圾桶里。通过一上午的工作，地面已经干干净净，极大地改善了中镇公园的环境。这次活动既有意义又有趣味，不仅锻炼了身体，而且营造了整洁、有序、优美的环境。通过这次活动有效宣传了环境保护的重要性，为广大群众爱护环境树立了榜样。

社工在中镇广场清扫垃圾

在母亲节来临之际，为激发服务对象的感恩之情，使其化作戒除毒瘾的动力，奔向新生彼岸，我和同事一起到服务对象王某家中，详细了解其近期生活，询问其身体状况、家庭生活等情况，耐心听取家属反映的实际困难和问题，叮嘱家属要对其给予工作上的支持，同时通过分享亲情小故事来激发他对母亲的感恩之情。随后，我们用带来的食材准备午餐，服务对象在切菜的同时对此次活动表示了感谢。用爱心和恒心营造一个温馨的戒毒康复环境，使他感受到家庭的温暖和亲情。我结合帮扶救助政策，给予其正确引导。鼓励他要保持乐观向上的生活态度，以坚定的意志战胜心魔，尽早脱离毒品的侵害，回归家庭，融入社会。王某表示非常感谢党和政府对他的关怀与帮助，今后将严格遵守社区戒毒协议，远离毒品。

下乡宣传禁毒知识

在罂粟花开之际，为有效打击毒品原植物的种植，彻底铲除毒品隐患根源，切实实现毒品零种植、零产量的禁毒工作目标，我和同事深入农村，在霍州市李涧村、梨湾村，挨家挨户派发禁毒宣传资料，通过面对面宣讲和解答等方式，向村民讲解毒品原植物的特征、种植毒品原植物的危害，以及所要承担的法律后果，积极引导广大村民成为禁毒铲毒工作的参与者、宣传者和监督者，鼓励他们举报非法种植毒品原植物行为，从而进一步提高群众的禁毒意识。

到服务对象家中做疏导工作

我和同事来到服务对象刘某家中，耐心细致地为她做心理疏导工作，宣传禁毒知识和政策，指导家人如何为戒毒人员提供正确的帮助和教导，争取早日恢复健康，使他们戒断毒瘾，树立重新做人的信心，回归正常生活。

为了进一步普及毒品危害知识，提高全民识毒、防毒、拒毒的意识和能力，发挥禁毒宣传阵地的辐射作用，霍州市社区戒毒（康复）服务中心通过自媒体自发参与禁毒宣传工作，利用自身影响力和号召力，从思想上高度重视毒品预防宣传教育。我们创新禁毒宣传方式，借助网络力量探索宣传新渠道，拍摄禁毒主题抖音、快手短视频，通过自编自导自演，宣传禁毒知识，助力提高全民识毒、防毒、拒毒的意识和能力。

为了创建无毒乡镇，我们积极配合乡镇开展宣传。禁毒社工向社区工作人员和居民发放禁毒宣传彩页，让居民远离毒品，使居民对毒品有了更深刻的了解。同时，禁毒社工还运用通俗易懂、风趣幽默的语言为居民群众讲解如何抵制毒品诱惑、如何保护自己及家人身心健

用抖音、快手短视频宣传禁毒工作

康，提高识毒、防毒、拒毒意识，增强警觉戒备心理，让禁毒知识深入人心，极大地提高广大居民的禁毒意识和防毒抗毒能力，为构建平安霍州和谐社区打下坚实基础。

随着时代的发展，毒品也在"进步"，看似平常的饮料可能是毒品，不起眼的"邮票"可能是毒品，就连药片胶囊，都有可能是潜伏在身边的新型毒品。毒品的危害性极大，毁灭自己，祸及家庭。有人为了毒品泯灭人性，变成梁上君子；有人为了毒品自甘堕落，放弃美好青春。别让毒品囚禁你的人生，所谓解脱与快乐，不过是罪恶的陷阱。毒品的每一份收益，都是打在缉毒警察身上的子弹！当他们的脸上不再打马赛克，就意味着他们已经牺牲……为了不让每个家庭失去温暖，为了不让缉毒警察再流

向社区工作人员宣传禁毒工作

血，也为了自己的人生，拒绝毒品！不要让"我以为"变成"我后悔"！

人只要一个不小心就会落入毒品的魔掌。多少鲜活的生命，因为被它妖艳的外表所诱惑，从此踏上了一条不归路。这是一条充满精神和肉体痛苦，充满妻离子散痛苦，充满坚强地生存还是懦弱地灭亡的不归路。在我们眼中，爱是一种神圣而又纯洁的情感，在吸毒人员眼中却是一个发财的工具，一个利用友爱、父爱、母爱牟取金钱的工具。曾经一名戒毒者在接受访问，回想他初吸毒的情形时说："我在家也曾想戒毒，但是毒瘾一上来了就控制不了，只想怎么弄到毒品。"他说，吸毒者六亲不认，为了有钱买毒品，说谎、打劫、杀人……从来不计后果。

我曾在报纸上看到一篇报道，一个人因吸毒，儿子患病没钱治疗去世，妻子悲愤自杀，吸毒者不久也因吸毒过量而死亡。真是一人吸毒，家破人亡，所以说毒品碰不得。它就像一个电脑黑客，一旦进入你的大脑，目的只有一个——控制你的思想。"远离毒品，珍爱生命"，这不是一句简单的口号，而是一口警钟，时时刻刻在你耳边敲响，提醒你提高自我保护意识。

毒品理应被人唾弃，它让一个人失去家人，失去一切人间美好的事物，最终结束自己宝贵的生命。它像隐藏在角落里伺机而动的毒蛇，一朝相遇，满盘皆输。"禁毒是一场没有硝烟的战争"，事实却并非如此。禁毒往往伴随着枪林弹雨，无数缉毒英雄牺牲在禁毒前线。

一念天堂，一念地狱，很多时候，人的选择就是那一刹那，结局却是天壤之别。吸毒者在未接触毒品之前，也许过着平凡的生活，能享受亲情温暖，然而在他们选择毒品之后，在享受片刻快乐的同时，换来的却是地狱般的生活。他们如同行尸走肉，坠入无尽深渊，想回头却发现来时路已经消失。

罂粟能盛放，却结不出善良的果实；毒品能产生幻觉，却带不来幸福的生活。所谓解脱与快乐，不过是罪恶的陷阱。认清毒品，切莫沾染，别让毒品禁锢你的人生！

在此，我呼吁大家，无论自己还是家人和朋友，都要"珍爱生命，远离毒品"。它是恶魔，要的是你的健康、你的生命，让你永无宁日。生命如泡沫般美好易逝，而毒品带着笑靥如花作恶人间。愿我们从此远离毒品！

张默北

　　阳泉高新区社区戒毒社区康复服务中心禁毒社工。

张默北音频

张默北视频

愿做禁毒路上的一束光

演 讲 人 ｜ 张默北
演讲时间 ｜ 2023 年 6 月 20 日

说起毒品，大家会想到什么？是鸦片、海洛因、冰毒，还是有着好听名字的像蓝精灵、神仙水、邮票 LSD、跳跳糖等新型毒品？时至今日，这些毒品已经给我们的家庭、社会及整个国家带来了极大的危害。

我是禁毒社工张默北，来自阳泉高新区社区戒毒社区康复服务中心。在这里，我想和大家聊聊关于毒品的故事。

在没有成为专职禁毒社工之前，我从未接触过吸毒人员，曾经觉得他们离自己很遥远，仅仅是存在于电视新闻中的一个报道而已，而我对他们的印象标签也都是"暴力倾向""不良分子""瘾君子"……直到我踏入禁毒战线，成为一名真正的禁毒社工后，我才深深地感受到毒品对人们生活的危害，了解到吸毒人员的真实情况，这也让我改变了对他们的固有观念。在为他们惋惜的同时，我暗下决心一定要尽己所能帮助吸毒人员摆脱毒瘾，回归正常生活。

作为禁毒社工，我们的日常工作之一就是对辖区内的服务对象及其家属的情况进行详细了解和梳理，通过上门走访、电话联系、微信短信等方式，保持与每个服务对象的联系，充分掌握服务对象的日常工作及生活状况，掌握他们的思想、行为动态。在日常帮教工作中，我接触的吸毒人员大都是因交友不慎、好奇心驱使及缺乏对毒品的认知而陷入毒潭。在戒毒后，如何更好地融入社会，成为吸毒人员的最大困境。我一直认为及时有效地引导服务对象正确看待毒品问题、抵制毒友的诱惑，是促使其重新建立良好人际关系、提高其适应社会环境及处理问题能力的重要一环。

"默北，店里已收拾妥当，这个月25号我准备开张啦！到时候你一定过来啊！"我说："恭喜恭喜，看到你现在的样子，我真的为你感到高兴，到时候我们一定过去！"这是服务对象小李跟我说的第一句话，听得出来电话那头的小李难掩内心的喜悦之情。放下电话，我的思绪回到了第一次见到他的情景。那时的他因为缺乏对毒品的认知加上好奇心，经不起诱惑而误入歧途，迷失了自己。从强戒所出来后，小李每天宅在家中不愿出门找工作，内心深感自己已经无路可走。那时的他心态非常消极，对生活充满绝望，脾气也越来越暴躁，一提找工作就急眼破口大骂。他的妻子见此情形，找到我请求帮助。在交谈中，小李妻子告诉我，她因为常年打两份工维持生活导致身体一直不好，需要每月去看中医，因此希望我们能劝说小李挣钱补贴家用。经我们多次劝说，小李终于重拾起信心，并愿意接受我们的意见出去找工作。

其间，小李积极主动投递简历面试，但因自己有前科被商家拒绝了多次。我们也带领小李到社区登记过帮扶就业，却一直没有合适的机会。一天，小李给我打电话说没吸毒前自己是厨师，现在小区里正好有个合适的车库出租，他想盘下来和妻子一起开

服务对象小李开的面馆

饭店。听了他的想法后我很是开心，并告知可以与家人一同商量。不久，在家人的支持下，小李的饭店就正式开张了。

当我再次来到小李的饭店了解他的经营情况及感受时，小李表示，开饭店虽然很累，但是人很开心，简而言之就是痛并快乐着。以前偷偷吸食毒品虽然有偷着乐的感觉，但是快乐的感觉不踏实，总是提心吊胆地生活，害怕某一天被警察抓住，更害怕被强制隔离戒毒。现在每天凌晨5点起床进货，晚上11点左右收摊，看到每天的收获无比开心。妻子通过治疗，病情也有所好转。"我现在的愿望就是家人身体健康，自己的生意红红火火，能够早日完成3年戒断的目标。谢谢你小张，谢谢你曾经给我的鼓励，给我指出了一条光明大道。"听着小李发自内心的快乐与感谢，我热泪盈眶。这是既欣慰又开心的泪水，因为我深知，对于服务对象而言，他能走出过去，走到今天，是多么艰辛与不易。

小刘曾是一名货车司机，驾驶技能好，因交友不慎，被朋友诱惑去吸毒，花掉了家中所有的积蓄，并且失去了工作，生活变

帮助服务对象小刘重新学习驾驶技能

服务对象小刘给我的反馈

得异常困难。见到小刘的第一面后，我便感到了他的紧张与忧愁。交谈间，小刘告诉我自己现在什么也干不了，没人相信他，现在活得很痛苦。他的话很让我心疼，于是鼓励他重新考取驾驶证。刚开始，小刘担心自己荒废数年考不过，在我们的关心和鼓励下，小刘凭借过硬的技能和努力成功考取了驾驶证，并就近找到了拉货的工作。后来，小刘发微信对我说："感谢当时的您没有放弃我，谢谢你小张，是你给了我希望。"

我想告诉他的是，不管有多艰难，大家都不会放弃他，都会竭尽所能地帮助他，守护那一丝随时会消失在毒烟之中的微弱的人性之光。

这束光是什么？是希望。

做个心里有光的人，这个世界有太多的美好等着他们去体验，戒毒屡屡失败的根源就是因为心中缺少了希望这束光。因为他们不相信还有机会再回头，他们也不相信家人和社会会再次接纳曾经的吸毒人员，他们更不相信自己其实有能力抵御毒瘾，抵抗像纸老虎一样的心瘾。他们总是期待国家、社会、别人给他们这束光，但他们忽略，甚至遗忘了，火种其实早已深深地埋在了自己的心里，只有也只能靠他们自己的不懈努力，才能真正点燃并呵护好这束光。有了这束光，即便是微弱的，也足以照亮戒毒这条荆棘曲折的路。正如一首老歌中的一句歌词是这样的："悬崖上叫一声妈妈呀，儿是多么想回家，走遍了天涯路，哪里有我亲爱的家？"我想告诉他们：路就在脚下，家就在前方，只要心里有光，就会照亮回家的路。

周雪琴

　　陕西省城固县人，现任城固县关爱留守儿童志愿者协会会长。2014年获城固县最美儿媳称号，2015年获城固县孝老爱亲最美人物称号，2022年获城固县委宣传部优秀志愿者称号、汉中市第七届道德模范提名奖。带领协会志愿者开展了80余场公益志愿服务活动，捐赠爱心物资20多万元。

周雪芹音频

周雪芹视频

关爱农村单亲家庭留守儿童

演 讲 人 | 周雪琴

演讲时间 | 2023 年 4 月 8 日

从一名商人到志愿者，再到担任城固县关爱留守儿童志愿者协会会长，一路走来，我亲身经历了很多。每当我想放弃的时

邀请志愿者教学生书法

候，就想到了有那么一群儿童，虽然日常生活中缺少父母的关爱，但是仍然刻苦读书，向着自己的理想前行。

那年，不经意间爱上孩子们

8 年前，我经营着 3 个连锁鞋店、2 个饰品店，闲暇时便与顾客聊聊天，唠唠家常。我本以为我的一生会在无数个卖鞋、卖饰品的日子中度过，从未想过有一天我的人生会被赋予全新的价值。那是平凡的一天，我照常与顾客闲聊。她告诉我，她从山区来，在城里租房照顾孩子上学。我不禁心疼地说道："大姐，你不容易啊！"她笑道："唉，我家娃娃还是幸运的，我们村还有好多娃娃没得父母照顾，给家里老人带。老人年纪大了，对孩子打也不敢打，骂也不敢骂，只能任由孩子的性子来。"听她说完，我便萌生了去山区看看的想法。直至夜晚，我的脑海里都是去山区。

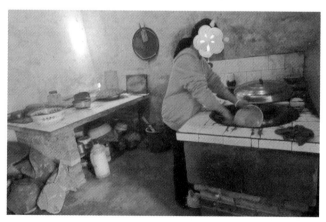

山区走访

第二天，我便驱车近两个小时，来到县城北部秦岭山区的一个小镇上，先去了一所中心学校。这时我还不敢进去和学校交流，只是向学校保安了解了学生们的生活现状。保安告诉我，孩子们每周五中午放假，由家长（爷爷奶奶）接回家，周日中午再送回学校。山区孩子上学都是住校，年龄大的爷爷奶奶就租房子住在学校附近，方便接送孩子。

从山区回来后，我便开始在朋友圈和几个店里号召爱心人士为山区孩子捐赠学习用品等。刚开始参与的人不多，因为没有可信度，还总是被别人误解为我在做营销，因此募捐到的东西并不多，不足以覆盖学校的所有学生，我只能自掏腰包购买剩下的学习用品。一切准备妥当后，我怀着激动的心情来到山区分发物资。当看到孩子们拿着学习用品脸上露出甜美笑容的时候，我的内心瞬间便被温暖包裹，于是暗下决心，我一定要坚持走下去，不管有多难。

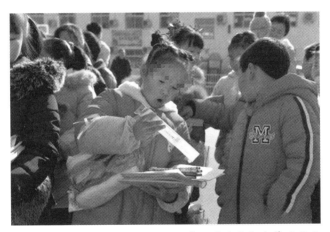

为山区孩子分发学习用品

每次为山区各镇中心学校的留守儿童送去学习用品和为山区的老人们送去生活用品时，我都能看到他们脸上洋溢着无比温暖的笑容，而这些笑容，就是我走下去的动力。

5年前，我做出决定，关掉所有店铺，专心做公益。5年来，我奔赴于巴山、秦岭山区，走访看望困境儿童、留守儿童、孤儿与孤寡老人，开展多样化的活动，从家庭走访、心理素质拓展、安全知识防护教育、生理卫生知识教育、青少年法治教育，到成立山区爱心妈妈工作站，帮助他们改善了生活状态，提高了他们的心理健康水平，让他们真切感受到了社会大家庭的温暖和关爱。

如今，在高楼林立、车水马龙的都市里，打工族的身影无处不在，而在穷乡僻壤这样经济欠发达的农村山区，老人们正辛苦地守护着孩子们。这些儿童的父母远在他乡，用勤劳和智慧为城市的发展和社会的和谐奉献着自己的青春和热血，自己的孩子却孤苦无依。

近年来，随着农村进城务工人员的增多，留守儿童的数量也在不断增加。留守儿童是指因父母双方外出务工或一方外出务工，而无法与父母共同生活、不满16周岁的农村户籍儿童。根据相关资料，单亲家庭留守儿童的形成主要有以下几个原因：父母离婚；配偶之一在子女出生后死亡；配偶之一在子女出生前死亡；配偶之一失踪；配偶之一因虐待子女或受法律监禁及限制，无法行使亲权；配偶之一因身体重度障碍或患有精神障碍等疾病留置医疗院所；配偶之一因遗弃子女等因素未能养育子女；配偶之一因外遇放弃子女。

大家都知道隔代教育有很多弊端，但若身处离异单亲家庭，隔代教育很可能就是必需品。社会发展到今天，大家已经可以理性看待离婚这件事情，三观不合的人一辈子生活在一起，也很残忍。夫妻双方离婚后，虽然法律上规定了子女随一方生活，但是实际上很多直接抚养人外出打工，长年不在家，孩子只能由爷爷奶奶或者外公外婆带。离异单亲家庭留守儿童的生活往往是不快乐的，毕竟祖辈再怎么疼爱，也填补不了父母缺位的痛。

农村单亲家庭留守儿童

农村单亲家庭留守儿童无论是从心态来看，还是从经济状况和受压能力来看，都面临不少问题。

（一）留守儿童在生活、教育上的问题

从所调查儿童来看，由于临时监护人的年纪一般都比较大，缺少精力，再加上还有农活要做，这些临时监护人其实很少能照顾好孩子。大部分孩子没有形成良好的生活、学习习惯，主要表现在对学校作业的态度和生活起居安排上。从调研结果来看，44.1%的孩子对待学校作业的态度是应付。

（二）老师和留守儿童之间的谈心太少

虽然孩子们都很害怕老师，也不希望老师找自己谈话，但是在这些孩子的心里，是非常渴望与老师交流的，因为孩子们大多住校读书，在校时间远多于在家时间。

（三）临时监护人自身文化水平普遍偏低

大部分农村留守儿童的临时监护人是孩子的爷爷奶奶，年龄大，文化层次不高，大多是文盲或半文盲，不能在学习上给予孩子帮助和指导，他们能做的仅仅是照顾孩子的生活起居，在与孩子交流沟通上存在很大困难。

（四）留守儿童的行为习惯较差

隔代教育最大的弊端就是溺爱。部分留守儿童自我控制能力不强，加上爷爷奶奶溺爱，容易养成不良的生活习惯，主要表现在不讲卫生、不经常换洗衣服、挑食、乱花钱等；在家里不听监护人的教导，顶撞祖辈，我行我素。

（五）平时缺乏父母的关爱

父母外出打工对留守儿童造成最为直接的影响便是因缺乏亲情关爱使孩子变得自卑、敏感，应重视对留守儿童进行抚慰与关怀。

（六）留守儿童的安全存在一定隐患

留守儿童年幼无知，又缺乏父母的监护，往往不能意识到自身行为或周围环境的危险性以至于酿成大祸，同时这也易使留守儿童成为不法分子侵害的对象。留守儿童的安全问题还表现为对突发性灾难的应变自救能力差。在安全问题上，留守女童更易受到侵害。她们正处于生长发育阶段，生理、心理尚不健全，缺乏自我保护意识和性健康知识，当发生危害自身安全的事件时，她们往往意识不到问题的严重性，更不知道该向谁倾诉。

让我印象深刻的是一个孩子，今年15岁。在她4岁的时候，父母外出打工，将她交给爷爷奶奶抚养。10岁的时候，父母离婚，她被判给了父亲，但还是跟着爷爷奶奶生活。父亲每年过年回家，可她与父亲无话可说，甚至父亲在时不愿意待在家里。她既不喜欢父亲，也恨自己的母亲，每次母亲寄来衣服，她都拒收。事实证明，父母离婚对孩子的健康成长造成了直接影响，尤其是农村单亲家庭留守儿童，心理问题更令人担忧。如果得不到及时的引导，容易出现一系列不良情绪，自卑、忧郁、心理封闭、憎恨父母，甚至对同龄人也怀有敌意，这些问题在农村单亲留守儿童中最易出现，亟须社会的广泛关注，加强对农村离异家庭留守儿童的法律保护。

2020年12月24日，我们协会在孙坪高桥小学开展"关爱天使，呵护成长"农村儿童安全知识讲座及公益捐赠活动。记得

协会在孙坪高桥小学开展活动

第一次去高桥小学走访的时候，恰逢下课，孩子们都在操场上玩，我便走近与孩子们打招呼，结果孩子们哗地一下全跑开了。后来通过与校长的交流才得知，全校共 48 名学生，基本上都是留守儿童，而离异单亲家庭留守儿童就占了一半。

2021 年暑假，我和协会的教师志愿者梁老师，每隔几天就会去一对龙凤胎姐弟家里辅导功课。他们是我们的帮扶对象，在他们还没有出生前父亲就坐了牢，后来母亲也离家出走了，姐弟俩从小由爷爷奶奶抚养，脾气性格发

为龙凤胎姐弟辅导作业

为留守儿童辅导功课

生了很大变化，特别是男孩，性格变得有些暴躁。

《我想有个家》中唱道："我想有个家，一个不需要华丽的地方，在我疲倦的时候，我会想到它；我想有个家，一个不需要多大的地方，在我受惊吓的时候，我才不会害怕。"家，是心灵的归宿，是避风的港湾。《我想有个家》唱出了所有人对家的渴望，也唱出了我们身边的一个特殊群体——留守儿童，对家的期盼。总有一种力量，让我们泪流满面；总有一种力量，让我们精神抖擞。这种力量来自我们中间的每一个人，用我们的爱心为他们筑起一个温暖的家

关爱留守儿童，不是一时之计，是一项长期的事业，需要社会各界共同努力。让我们手牵手，托起每一个留守儿童的希望，让我们一同用爱呵护他们成长，保护他们更加有力地前行，让他们快乐成长。

王 琼

重庆市南岸区益友公益发展中心项目总监，中级社工师。

王琼音频　　　　　王琼视频

12年社工的助人自助

演 讲 人 | 王　琼
演讲时间 | 2023年2月25日

我是王琼，一名从事公益12年的社工。

助人自助是社会工作最基本的原则，社工期望通过自己帮助，使服务对象（案主）增强其独立性，而非增强其依赖性，以便在日后遇到类似的生活挫折和困难时，可以独立自主地解决。通俗地讲，助人自助就是授人以渔。如何授人以渔，如何助人自助？助人自助的"人"包括哪些对象？多年的社工生涯，带给了我不同的认识与理解。

青铜社工阶段的助人自助：促进个人内生动力

如果用王者晋级之路来形容社工成长之路的话，那么我成为社工的最初那几年可以算是青铜阶段吧。那时，我对助人自助的理解和实践更多表现在个案服务上。在香港督导的带领下，我和同组的小伙伴一起学习个案工作理论，进行个案模拟训练，研究如何挖掘服务对象的内在动力和潜力，努力促进服务对象解决问题。其间，社工主要扮演的是使能者（支持）、教育者、治疗者、倡导者（提供思路或建议）和资源链接者（联系人）的角色，服务形式以个人与个人对话为主，助人自助的"人"便成了特定的个体。

至今令我印象深刻的一次个案工作是对一名轻度脑瘫残疾儿童的服务。当时，她作为随班就读政策中的一员，需要接受我们每周一次的入户个案服务。社工则应根据她的基础档案信息，关注与记录她的学习情况、心理健康和社会融入程度。每次去她家之前，我先与她的家人和老师沟通，了解她在家与学校的生活状况、表现、参与情况等相关信息。到了入户服务时，我尽量选择轻松有趣的话题，听她分享日常小事和她的快乐。不快乐也是时有发生的，因为她是性子有点急的孩子，遇到不会做的题便会着急掉眼泪，偶尔还会发点小脾气，所以每次我都会耐心地鼓励她，帮助她找到解决的办法。

每当看到她的笑脸时，我的内心便会感到一阵温暖，随之而来的是十足的干劲，这大概就是助人自助吧！

白银社工阶段的助人自助：培育志愿者骨干

经过几年的实践，我从普通的社工变成了项目社工，服务内容由单一变得全面，服务对象变得更加综合，大大提高了我的服务能力。在"升级"期间，得益于项目的综合性，我顺利通过了中级社工考试，这也意味着我跨入了社工的白银阶段。

为扩大社工服务范围，推动社区综合服务，我和项目组的伙伴以儿童和青少年为抓手，通过开展社区趣味活动，如四点半课堂、暑期夏令营、社区美食节等，激活服务阵地，让被围在工业区中间的社区服务中心变成了青年、少年儿童的聚集地。在此过程中，我们发现了自身的薄弱点——服务人员数量少，凝聚的服务力量小。于是我们及时调整策略，重新制订计划，将吸引服务人员作为当时工作的重点之一。基于对我们工作的认可，那些在服务中愿意支持和配合我们工作的人，主要是小朋友的家长，便成了我们的志愿者。

众人拾柴火焰高。作为社工，我们发挥赋能者的作用，是服务方案的提供者、教育者、倡导者、推动者、合作者，动员志愿者参与社区活动的策划、执行，这不仅是我们的责任，而且也是我们的义务。

在这个阶段，我们助人自助的关注点，从特定的个体逐渐扩大到社区部分人群，并尝试组建社区志愿服务队伍，为社区综合服务增加力量。

2014 年，我们组织了一场由社工和家长志愿者共同策划、执行的草根暑期汇报演出。演出中，妈妈志愿者们变身带队老师，包揽了彩排、造型、化妆工作；爸爸们变身场务一把手，布置活动场地、搭建舞台都不在话下；小朋友们担任主持人和演员，是演出的主力；社工们作为幕后人员，以丰富的经验指导全程。即使没有华丽的舞台和绚丽的灯光，这场演出依旧吸引了许多周边的居民和来去匆匆的路人。后来的每个暑假，草根暑期汇报演出便成了我们的常态，而它带来的经验也让其他大型活动接踵而至。

此刻的助人自助，是项目团队伙伴之间的协作和信任，更是志愿者们不计报酬、默默付出的奉献。

黄金社工阶段的助人自助：赋能支持的综合运用

随着社区基层治理日渐成为社工探索的重点，社工从"三社联动"发展到"五社联动"，我对助人自助也有了更深刻的理解，我的段位从白银"升级"到了黄金。

专业、支持、赋能、创新是益友精神的一部分，在这里，我们有计划地培育社区在地志愿服务组织，赋能高校志愿服务团队，支持志愿服务队伍的发展，促进行业伙伴机构的成长；综合运用赋能者、中介者、教育者、倡导者、推动者、合作者、参与者的社区社会工作角色，降低公益参与门槛，树立人人公益的理念。特别是人口老龄化以来，我们融合社区基层治理和居家养老政策，将志愿者的范围扩大至低龄老人，积极组建老年人志愿服务队伍，推动其在社区中开展公益服务。在此期间，我们的工作重点是关注和挖掘社区骨干人员，推动他们建立团队或组织，从而促进各个社区社工组织的有序运转。

经过多年的探索，益友成功打造出了如暖心汤、微爱记忆老年失智预防与筛查、微益案、双零社区、山茶花伙伴计划等品牌项目。这些项目既有关注个人的，也有关注群体和组织的，比如双零社区项目，关注的是青少年安全，一方面针对青少年提供安全自护、法治教育，另一方面从家庭、社区、学校层面培育一些服务力量，共同打造青少年成长安全守护网；山茶花伙伴计划，关注青年公益人社群成长。此外，我们也会针对管理者开展项目管理、机构管理、财务管理等培训，以提高伙伴机构的管理能力，促进和推动整个行业的规范有序发展。

在这个阶段中，助人自助的"人"不再局限于个人，而是囊括了群体和组织，赋能他们自助的方式可以是解决自身的问题，也可以是引导他们参与社区事务来服务自己的社区，还可以是增强伙伴机构之间的联系，促进社工本土人才的成长，从而推动整个行业的发展。

咚咚是两个孩子的妈妈，也是我们的志愿者，在青少年参与社会实践、培养人际交往能力、增进亲子感情等方面与我们达成共识。在我的鼓励下，她组建了由不同社区亲子家庭相互合作的亲子志愿服务队，并带领这支队伍走进乡村开展敬老、环保志愿服务活动。从挖掘一个人到培育一群骨干，再到培育一支队伍，是社工不同角色力量的全面发挥，也是社工助人自助理念的综合运用。

王者之路漫长，助人自助就像一束放在桌布上的花，每个人站的角度、高度不同，看到的便是不一样的画面。不同的项目、不同的岗位、不同的社工阶段，赋予了我们不同的意义，也让我们对助人自助的理解多样化。

我相信，对助人自助的不同理解，必定伴随着让人印象深刻的一个个动人的故事，鼓舞着每个社工坚定不放弃！

王菊芳

　　1981 年生，现任渭南市第六届人大代表、渭南市第五届团代表、合阳县第十届政协委员、合阳县青年志愿者协会会长。2009 年以来，全身心投入各类志愿服务，先后策划并组织"三关爱"志愿服务活动 300 余场次，6 万多人次参与。2019 年，零报酬投入花园社区志愿服务基地建设。由其策划并组织开展的"青春讲堂，传承经典"公益项目邀请本地抗战老兵、民俗专家、非遗传承人等做讲师，以公益课堂＋社会实践的形式，将社会资源输送给社区 180 多名留守儿童，受到社会各界的一致好评。

王菊芳音频

王菊芳视频

青春志愿行，奉献新时代

演 讲 人 ｜ 王菊芳
演讲时间 ｜ 2023 年 4 月 9 日

　　从 2009 年到 2023 年的 14 年公益之路，让我感到深刻且温暖。别人问我做了多少事，我早已忘记，因为记忆深处常存的是独居老人的笑脸，是折翼天使们表演的手势舞《感恩的心》，是敬老院里的欢声笑语，是留守儿童走进科技馆的惊喜，是春蕾女童拿到助学金时的哽咽，是爱心企业的慷慨解囊，是一句"明年的'七彩假期'我们继续支持！"是那些信任的目光，彼此鼓励，携手前行。你要问我收获了什么，莫过于 14 年的坚持，与好人同行。

初　心

　　我是吃百家饭长大的，上小学时，父母总是在田间劳作，傍晚也见不到人影，放学的我早已饥肠辘辘，写完作业就跑到邻居

公益之路上的一些印迹

家混饭吃。长大后，在外漂泊打工多年，受到许多社会人士的帮助，有的其至是陌生人。对我来说，做公益是偶然，也是必然。

那时候，我因为喜欢爬山便组织了爬山队伍，周末带着驴友去爬山，好不尽兴。2009年重阳节，我带着驴友来到席家坡夕阳红敬老院，陪这里的老人过节。那是我们团队第一次自发组织敬老活动，我们给敬老院的老人带去了奶粉、面包、水果、拐杖等爱心物资，还自编自演了一场文艺节目，给他们剪指甲，陪他们聊天拉家常。临走的时候，一位老奶奶拉着我的手，迟迟不愿放开，又在贴身的口袋里掏了好久，掏出一颗糖果，放在我的手心，

与驴友到席家坡夕阳红敬老院开展敬老活动

重复说着："丫头，吃。"简短的 3 个字，使我泪眼模糊。之后，我便在驴友群发出倡议，把我们每周参加户外旅行的钱省下来做公益，帮助更多需要帮助的人，我们的志愿者队伍就这样成立了。

传 承

大学生志愿者吉智磊

让我印象深刻的是一名大学生志愿者吉智磊，在大一的暑假参加了中国民间情歌大赛志愿服务，从接机接站，到酒店食宿，演员入场、退场，会场秩序维护，路途讲解等，他坚守了 30 多天。活动结束后，我和他依依惜别。让我没想到的是，一年之后我收到了吉智磊的来信："姨，我是吉智磊。昨天咱们合川举办的活动很精彩，我在业余时间也看了咱们的直播，很棒！本来我作为咱们志愿者的一员，应参与其中，但是由于学校有事没能参加，我很遗憾。嘿嘿！姨，去年的志愿活动让我受益匪浅，是您让我知道了青年志愿者协会，知道了志愿者的初衷和责任！我始终相信，一个人的价值，在于他贡献了什么而不在于他能得到了什么！我也始终牢记我们的宗旨：奉献、友爱、互助、进步。现在我在学校也经常参加志愿活动，秉持青春是我们的名片，服务是我们的志愿理念，服务社会、服务社区。在服务的过程中，我逐渐从一名参与者转变成了组织者，其中的成长离不开您在去年活动中的一言一行对我的影响！"字里行间，我感受到了吉智磊的成长。

当然，我们的团队里有很多像吉智磊一样的孩子。记得多年前，我们为一个白血病孩子筹款，在渭南市的一个广场举办名为"每人十元钱，大爱救少年"的活动，

"每人十元钱，大爱救少年"活动现场

邀请文艺爱好者与书法家进行义演义卖，义演义卖的钱全部捐给这名学生。两个多小时的时间里，我们筹得2万余元的善款，解决了这名学生当月的治疗费。我们一边哭一边数，为生命得以延续而激动，更为社会上的好心人所感动。这名学生在社会人士的帮助下康复，随即复学，如今也已毕业参加工作。工作之余，他坚持参加公益活动，以此来回报社会。他既

是公益的受助者，也是公益的践行者。我想，这就是公益的传承。

三个小项目的故事

合小青"七彩假期"如火如荼。为探索多元教育供给，创新关爱未成年人新模式，切实为广大城乡留守儿童提供服务，2021年我们组建了大学生志愿者服务队，并开展了合小青"七彩假期"志愿服务项目。该项目以公益课堂＋社会实践的形式，围绕党史学习教育、亲情陪伴、素质拓展、心理疏导、女童保护等内容开设课程，旨在丰富孩子们的假期生活，同时为国家双减政策的实施进行有效探索，得到了学生和家长的一致好评。

合小青 2022 "七彩假期" 活动现场

2022年暑假期间，我们在合小青"七彩假期"的基础上创新并实施了儿童科技探索营项目，目的在于通过建立儿童友好、促进性别平等发展的学习环境，开展科技学习实践课，参观高科技领域企业，举办科技创新设计比赛等，以知识讲解＋动手实践的模式，从小培养孩子们的科学思维和意识，提高他们对科学的兴趣，让他们在实践中感受到学习的乐趣，提高他们在科技领域的自信心及核心能力，使他们在数字化时代获得平等的发展机会。儿童科技探索营的30余名学员主要来自城区留守儿童及外来务工人员随迁子女，大学生志愿者以寓教于乐、寓教于学的方式，解锁关爱新方式，引导他们创新思维，培养他们的创造力，提高科学素养，让他们度过一个有意义的假期。

合小青"暖冬行动"暖身暖心。在共青团合阳县委和爱心企业的支持下，我们志愿者协会连续组织开展了9届合小青"暖冬行动"，对全县建档立卡留守儿童赠送壹基金温暖包和助学金，鼓励他们重拾信心，砥砺前行。对全县生活贫困的"三无"（无子女、无人照料、无生活来源）老人进行慰问，并送去米、面、油、棉衣、棉被、洗护用品、热水壶、暖手宝等，确保老人安全过冬，开心过节。截至目前，合小青志愿者累计为贫困户捐助各类物资价值80余万元，受益留守儿童792名、贫困家庭289户，得到社会各界的一致好评。发扬中华民族尊老敬老爱老、扶助弱小的传统美德，是合小青"暖冬行动"的主旨，更是我们协会的宗旨之一。

合小青"邻里守望"，互帮互助。公益第十年，也就是2019年初，我心里想，是时候该给自己、给团队一个家了。于是，我四处奔波，筹钱找场地。我先是找到花园社区的原党委书记吕晓梅，她是干实事的人。听了我的来意后，她马上联系了凤凰园物业和业委会的负责人。几经商讨，我们达成打造花园社区志愿服务基地的共识。场地一定，钱就成了唯一的难题。当时协会筹的钱只够防水和内粉，为尽快建成志愿者之家，我们只得边干边找赞助。也是在这一年，我辞去工作，零报酬专心投入基地的建设。在社会各界的帮助下，历经 8 个多月，我们成功打造出了面积 350 平方米的活动阵地，内设妇儿微家、司法维权、青春驿站、公益图书馆、禁毒关爱工程等功能区域。

医疗志愿者在天合园广场为老人义诊

同时，我们联合共建单位，成立了社区志愿者服务队和医疗志愿服务队，以志愿服务基地为依托，根据民需民意合理设计社区养老、儿童关怀及环境卫生改善等"邻里守望"公益项目，定期为社区居民宣传卫生保健知识，为留守老人提供一对一心理疏导帮扶；建立帮扶台账，以群众点单＋志愿组织接单＋服务队派单的志愿服务模式开展活动，用实际行动表达志愿服务组织为老年人办好事、办实事的良好心愿，营造我为人人、人人为我的浓厚氛围，真正打通服务联系居民的"最后一公里"。

影　响

3 月中旬，我在跟其他机构的小伙伴聊天中得知他们机构不

金源天然气有限公司志愿服务队慰问孤寡老人

用筹款，这令我很是惊讶。要知道，我们光为打造志愿者之家就花了8个多月，他们机构却完全不用担心资金问题。作为县级社会组织，大部分社会组织有一些共性问题：资源较少、生存困难、学习机会难得，参与省市项目的机会几乎为零。

记得我第一次拉企业赞助的时候，由于缺少活动经验，在写了一个简单的活动方案后就跟着秘书长上阵了。来到的第一家企业是合阳县金源天然气有限公司，一路上我们忐忑不安，生怕被拒绝，但令我们欣慰的是，办公室王主任对我们的方案非常赞同，当即便带着我们见了老总。这样，我公益生涯的第一笔爱心善款便在此落实了。直到2023年第九届"暖冬行动"，金源天然气有限公司都在支持我们的活动，不但支持，而且还成立了他们自己的志愿者服务队，跟着我们一起做活动、做项目。我想，这就是公益的影响力吧！

公益路上，我也听到过许多质疑的声音。让我印象最深刻的是一个个体老板，我对他科普了两个多小时，嘴都说干了，他最后来了一句："不就是要钱吗？给你500块钱，给我们一个爱心企业牌匾。"听了这些话，我很是震惊，似乎在他的眼中，无论我们做得再多、做得再好，跟乞丐都没啥区别。为了不让双方尴尬，我在自己腿上狠狠掐了一下，然后故作轻松地说："那您先忙，我们不打扰了。"出门后，我的眼泪唰地一下就出来了：我们这些人到底图什么！有个朋友曾当着我的面说，我们的公益活动是在"作秀"。这个时候，再多的解释都显得多余，我只能回她一个礼貌的微笑。时过境迁，说我"作秀"的朋友如今也成了我们志愿者团队中的一员，且表现出色。我想，她大概是被我的执着感动了吧！

协会获得的一些荣誉

14年的成长，我们团队从十几人发展到今天的四五百人，从居无定所到350平方米的志愿者之家，我们的服务从"授人以鱼"到"授人以渔"。我们协会成为中国善网的会员单位，连续两年作为渭南市唯一入选组织完成了中国志愿服务发展指数问卷调研，先后被陕西省委文明办评为陕西省最佳志愿服务组织，被渭南市民政局授予全市百佳社会组织，被渭南市委文明办授予优

在渭南市第六届人民代
表大会第三次会议现场

秀志愿服务组织，被渭南团市委授予志愿服务优秀组织，被合阳县委、县政府授予志愿服务工作先进单位。

我个人从一个公益小白历练成现在的渭南市第六届人大代表、渭南市第五届团代表、合阳县第十届政协委员、合阳县青年志愿者协会会长，先后被陕西省委文明办，渭南市委文明办，合阳县委、县政府等单位授予陕西好人、陕西省最美志愿者、渭南标杆、禁毒工作先进个人、合阳好青年、合阳县第三届道德模范等称号。这些荣誉的获得离不开团队小伙伴们的付出，是他们给了我前行的勇气，坚定了我做公益的信心和决心。

风劲帆满图新志，砥砺扬帆正当时。今后，我将继续弘扬奉献、友爱、互助、进步的志愿精神，以更高的起点、更严的要求、更优的服务，创新志愿服务新模式，拓宽志愿服务领域，打造志愿服务品牌，以实际行动谱写陕西志愿服务事业新篇章！

刘欣钰

2003 年生，就读于陕西师范大学化学化工学院，担任陕西师范大学雁塔校区学生心理健康咨询中心本科生助理。连续 5 年组织各类志愿服务活动，累计志愿服务时长 1500 小时。曾获陕西省最美志愿者、汉中市最美生态环保志愿者、汉中市优秀共青团员等称号。现任共青团汉台区委委员、汉台区青年志愿者协会会长、汉中市绿色联盟志愿者协会常务理事兼汉台区联络处主任、汉中市少先队校外辅导员、汉中路街道兼职团委副书记。

刘欣钰音频

刘欣钰视频

我的志愿服务之路

演 讲 人 ｜ 刘欣钰
演讲时间 ｜ 2023 年 4 月 9 日

　　我是陕西师范大学化学化工学院的大二学生刘欣钰，一直以来，致力于志愿服务活动，连续5 年组织各类志愿服务活动，累计服务时长1500 小时，被评为五星级志愿者，获陕西省最美志愿者称号。

急救：机缘巧合下接触志愿服务

　　初入校，我陪同朋友参加"MHV"（MHV 为Medicine、Health、Volunteer 的缩写）社团的面试，误打误撞我们俩都入了社团。"MHV"社团致力于公益活动，定期组织各类健康知识宣传活动，邀请医院的相关专家开展急救培训活动。在"MHV"社团的带领下，我接触并深入了解了急救相关知识，学习了一些急

汉中中学"MHV"社团成员合影

救相应措施，日积月累下成功考取了中国红十字应急救护员证。有了急救知识与急救能力后，高中三年我共处理了 100 余起应急救护事件。在担任"MHV"社团社长期间，我知道了创建"MHV"社团的前辈在汉中市内成立了全市唯一的学生志愿服务组织——汉中市绿色联盟志愿者协会，并得到了民政局的认证，而我也在社团的牵引下来到这个组织，走上了志愿服务之路。

2015 年，学校搬迁至新校区，由于新校区距离主城区较远，所有学生都需在校住宿，于是我们便提议在宿舍区成立 5 个急救站，由考取了救护员证的同学来担任救护员以处理突发事件。急救站中处理最多的是烫伤，大多数同学以为烫伤后需立即涂抹牙膏和香油，然而这并非正确的急救措施，像这类不正当操作不仅对伤口恢复无益，反而会导致伤势加重，急救站便通过救护员的正确施救，有效地解决了宿舍紧急医疗处置不及时的问题。在日常生活中，社团常常组织急救知识宣传、讲座等活动，向全校师生普及常用急救知识，辅助老师做好校园活动应急保障工作。我们还会利用周末进行更多的帮扶活动，如前往社区为老人进行急救知识讲解，演示基础急救措施，并送上家用急救包。

让我记忆犹新的事情发生在 2017 年。一天，一名患有心肌炎的学生在打篮球时突发疾病，被发现时已倒地口吐白沫、浑身抽搐，周围的同学不敢贸然上前施救，便第一时间前往急救站寻求帮助。救护员没有一丝犹豫，拿上急救箱立刻赶往现场。由于社团活动教室离操场有 4 分钟左右的距离，救护员赶到时发现该同学颈动脉已消失，血氧浓度持续下降到了 30% 左右，情况很不乐观。救护员们立刻对该同学进行了心肺复苏，直到医务人员到场接手，救护员们也没有停止，但是很遗憾，由于急救不够及时，这名同学最终离世。

事件发生后，学校对此进行了深刻的反思与经验总结，此后更是加强了对"MHV"社团的管理和急救人员培养。之后，学校为急救站配备了AED（自动体外除颤仪）、血压仪、血氧仪、呼吸皮球、担架等，各类急救设备更加齐全、专业。

截至今年 6 月，"MHV"社团累计培养救护员 350 余人，其中有 5 名红十字应急救护培训师、1 名高级培训师。近年来，我们社团的培训师为汉中市 30 余所学校开展了应急救护讲座，更有部分学校邀请我们为高一全体军训学生开展培训。截至目前，参加过培训活动的中学生累计 6000 多人，参与救护员培训考试的共计 900 多人。我相信，在未来，"MHV"社团的高中生会在一代代传承中不断成长，为建设平安校园贡献自己的一份力量。

留守：绿盟的承诺

我从小在城市里上学，很少见到留守儿童和有家庭困难的学生。自我加入汉中市绿色联盟志愿者协会以来，通过参加协会利用寒暑假时间组织的留守儿童帮扶志愿活动，我对留守儿童与家庭困难学生问题有了新的认识，参与志愿服务活动的决心也越来越大。

在汉中市镇巴县村镇开展留守儿童关爱项目

高中毕业以后，我参与了协会的留守儿童关爱计划。2022年9月，在汉中市社会组织发展计划项目的支持下，我们顺利开启了国庆假期汉中市镇巴县村镇留守儿童关爱项目。9月30日下午一下课，顾不得其他，我拿上行李便踏上了回家的高铁。到家简单收拾行李后，我们坐上了赶往镇巴县的客车。一路前行，在傍晚时分我们终于抵达镇巴县。来到镇巴县的第一件事是分装物资，我们靠着手电筒微弱的灯光，经过几个小时的奋斗，完成了100箱，共计6万元物资的分装工作。这些物资包括我们购买的米、面、油、洗衣液、洗头膏等生活物资和图书、笔记本、铅笔等学习用具。

有的人不理解我们为什么要大老远到村镇，每家每户进行走访、分发物资，我们究竟能帮助他们多少，一切疑惑在来到留守儿童的家中就消失殆尽了。发黄的衣服、不合尺寸的裤子、破洞的鞋子，已经被蜂窝煤炉熏黄的屋子，映入我们眼帘的就是这些。看到我们，孩子们有些恐惧不安，小手紧握。在向他们表明我们的来意后，他们才开始与我们交谈，开心地接过学习用具，还会在离开时小声地对我们说："我很喜欢，谢谢你们。"

自7年前第一次走访留守儿童家庭以来，协会志愿者便开启了关爱留守儿童5年计划。5年来，志愿者风雨无阻，走过泥泞小道，越过沟渠，攀过山崖，留守儿童家庭在国家政策的帮扶与协会的关爱下焕然一新，从破旧的泥土房到宽敞的安居房，从泥泞且布满杂草的小路到一眼望不到头的大道，从破旧的穿着到整洁的衣物，一切都在朝美好的方向发展。

开展儿童夏令营支教活动

除了通过走访形式给予留守儿童家庭物资帮助外，协会也关注他们的精神生活。自 2017 年开始，为丰富留守儿童的暑期生活，协会先后在镇巴县、佛坪县、留坝县组织开展了 9 期儿童夏令营支教活动，受益儿童 1100 多名。协会根据志愿者自身的专业背景与特长，以暑期授课的方式，开设思想教育、文体艺术等课程。此外，协会积极同政府与社会组织联系，邀请消防队、红十字会等专家为孩子们开展特色实践课程，以此增长孩子们的见识，提高他们对社会的认识，寓教于乐。学习之余，孩子们能够通过游园会、文艺演出等展示自己的特长与暑期成果，在娱乐中增加信心，在游戏中锻炼能力。

关爱留守儿童 5 年计划虽然已于 2020 年完成，但是协会的关爱从未停止。截至 2022 年暑假，我们在实践的路上还在不断完善旧计划。

协会的成员新旧更替，带来的温暖却越来越多。

团队：坚持的动力

6 年多来，汉中市绿色联盟志愿者协会从最初的 20 余人发展为拥有 1800 多人的团队，建立了 7 个县级联络处，成立了 10 个中学绿盟社团，带动近 5000 名学生参加公益活动，培养了一批汉中市学生志愿服务骨干。这些成绩的取得，不仅得益于协会成员的不断努力与互相帮助，而且得益于汉中共青团市委、民政局的鼎力支持。在做好志愿服务的同时，协会积极组织常态化思想引领工作，开拓汉中市学生志愿服务发展新模式。

协会之于我，是带领我走向志愿服务的导师，是填补我内心温暖的平台，也是我遇到知音的地方。

在这里，我收获了一众志同道合的朋友，我们一起为了筹备活动而彻夜奋战；一起在昏暗的灯光下分装物资；一起扛住经费困难的问题，轮流

绿色联盟志愿者协会成员

买菜做饭。从困境中走过来的我们，每个人在各自的领域闪闪发光，不断进步。

绿盟走向美好的愿景，离不开所有人的支持！

平台：绿盟的传承

汉中市绿色联盟志愿者协会成立以来，不断拓宽发展与服务范围，在全市建立了多个中学生志愿服务社团，致力于为高中生提供更好更方便的校外平台来帮助他们提前了解社会，接触志愿服务，增加社会阅历。在"五育并举"的方针下，协会对中学生社会实践提出了新的要求，以培育与发展学生德智体美劳为目标，带领中学生开展各项志愿服务。在政府部门的支持下，协会策划了多场市级志愿服务活动，积极组织志愿者培训和政治理论学习。

一代代传承推动了协会的不断完善，也吸引了许多优秀的志愿者。参与志愿服务5年来，我最大的收获不是自己帮助了多少人，而是自身的成长：从最初的腼腆、害羞，到现在的落落大

方，无论是我的胆量、勇气，还是语言表达能力、应变能力等都有了极大的提高。在我看来，参加公益，建设协会，搭建平台，不仅是一种互相成就，而且也是我继续前行的动力。无论现在还是未来，我都会与协会的所有人一起，奉献青春，以爱为

在汉中市学雷锋志愿服务月启动仪式上

盟，共同奋进，让绿盟的精神一代代传承下去！

最后，我想说："愿以存心寄华夏，且将岁月赠山河。"新时代青年应该摆脱社会所贴的标签，做自强自立，有想法、有行动的青年，为社会做出贡献。立鸿鹄志，做奋斗者，踔厉奋发，笃行不怠，继续弘扬奉献、友爱、互助、进步的志愿精神，让青春在奋进中国式现代化的新征程中绽放绚丽之花！

罗 义

　　第二届公益训练营高中生营员，后成长为机构志愿者和工作人员，目前担任成都林荫公益服务中心品牌传播主管。

罗义音频　　　　　　罗义视频

愿公益之火代代传递无穷尽

演讲人｜罗 义
演讲时间｜2022 年 8 月 20 日

我是成都林荫公益服务中心品牌传播主管罗义，从公益训练营的高中生营员变成真正的公益志愿者，我与公益的故事源于高中，从未止步。

结 缘

2018 年夏天，我和同学一起参加了第二届公益训练营。这是一个纯公益性质的训练营，营员在营期间无须支付任何费用。正是这次活动，让我结识了许多与以往不一样的朋友，对公益的认知也从简单的帮助到全方位深入服务对象。

公益训练营的生活十分有趣，它不是一成不变地上课讲知识，而是以理论＋实践的形式，在互动中向我们传递公益知识。回想

四川长江职业学院第二届公益训练营活动现场

当时，因为课程有趣，我总是积极地向老师提问、举手发言，时不时地还与其他同学辩论一番。在学校时，我对未来并没有清晰的规划，只知道埋头学习考一所好大学，而对选择什么专业、毕业后从事什么工作，我根本没想过。

来到公益训练营学习后，不同的课程、不一样的老师和同学让我受益匪浅，收获的除了公益知识外，还有对职业的认知和对未来的憧憬。

公益初体验

高二那年，我开始了志愿者的公益初体验。

公益训练营结束后，我回到家乡继续学习，无意间听说，初中母校的一位学弟因校园暴力去世了，尽管相关部门已经针对此事做出处理，但是学生的心理状态、考试成绩和学生入学率还是受到了不同程度的影响。

与公益训练营营员在成都基准方中建筑设计事务所参观学习

　　校园暴力事件对我的触动很大，每每想起，我都十分心疼去世的学弟，心里总想做点什么来帮助他们。犹豫中，我想起了林荫公益创始人之一的钟李隽仁哥哥，也想起了自己曾经的承诺"让我们的公益之火燃烧整个世界"。于是，我模仿林荫公益训练营的模式，开始了我的公益之路。

　　怀揣忐忑的心情，我用 800 元奖学金租下了社区的两层楼房，租期 10 天。在政府的帮助下，我找来同学组建团队，带着借来的桌椅板凳，拿着大喇叭，开始了招生。在这期间，令我感动的是我的老师、同学与林荫公益的营员对我的支持，他们有的捐教材，有的积极宣传，有的帮助我们组织活动，招生工作如火如荼，卓有成效。

　　训练营的重点在于课程设置。在基础课程的设置上，我们请教了师范院校的研究生学姐，以小学课程知识为主，辅之教授课外知识；在日常知识课程的设置上，我们定期邀请医生、警察等专业人员，向孩子们讲授行业常识；在课外活动的设置上，我们

在四川长江职业学院参加第二届公益训练营

开展辩论赛，并邀请退休教师作为评委。

从当初的一腔热血招生到现在训练营方兴未艾，社区的夏令营活动圆满落幕，而我也在这次公益活动中收获了感动与经验，坚定了我从事公益的决心。

传播的力量

如今进入大学的我，已经成长为公益组织里一名合格的公益人。未来，我将继续在这条路上不断成长。

在成都林荫公益服务中心担任品牌传播主管的时候，我主要的工作是为官方公众号编写推文、策划传播方案，也正是这时，我真正认识到了媒体传播的力量：通过文字、图片与视频组成的文章，在网络上一经发布，便能在短时间内获得无数人的共鸣与支持。一些家长通过我们的公众号与《南方周末》的报道，了解到了孩子们的困难，便联系我们为孩子们提供一对一的捐助。

随着媒体的不断报道，林荫公益为越来越多的人熟知，一块屏公益网络班模式逐渐成为各机构的模板，受助学生得到更多人的关注与帮助，康维阳、程肯、杨钰鑫等公益人员被大众称赞……我以前觉得文字很虚，它不能像工科或者技术那样带来实际的生产力，也不能像医学那样治病救人，但是林荫公益的成功，让我见证了信息时代下文字、图片与视频的强大，它们能改变人的思想，影响人的行为，进而影响社会。

新闻学老师说媒体是社会的瞭望塔，社会学老师说媒体能带来阶层流动与代际传递，这些当时听起来空洞的知识点，在公益传播中变得无比鲜活。

志愿者的感动

林荫人很酷，眼中有热忱，内心有温度。当我还是公益训练营的营员时，我就深刻感受到了哥哥姐姐们的热情与真挚；当我成为志愿者时，我感受到了高中弟弟妹妹们内心的赤诚与无限可能。从最初担任主持人的忐忑不安，到后来主持大局的侃侃而谈，在工作组帮助下，我渐入佳境；从不断和营员导师进行沟通交流，到和工作组线上"围炉夜话"，我受益匪浅。

虽然每天要进行大量工作，回复 N 多消息，以至于我时常失眠，但是内心的充实又让我无比幸福。小时候的我又傻又中二，曾经举着"幸运四叶草"许愿：我一定要做一个对社会有用的人。如今，我做到了。林荫公益有一个匿名信箱，塞满了来自各方的感谢信，而那里，也有属于我的感谢信。

小 Q 是我在第八届公益训练营中帮助过的高中生，她的问题

第八届公益训练营部分线下工作人员

是社恐，与人交流时容易害羞。如她所说，当我们发起腾讯会议课程时，她却常常关闭麦克风与摄像头。于是，我们便通过聊天慢慢引导她多说话，多与同学们交流。恰逢训练营举办知识竞赛，在我们的鼓励下，小Q参加了比赛，并与队友一路过关斩将拿到了冠军。作为他们小组的导师，我为他们夺冠而开心，也为小Q的改变而欣慰。夺得冠军的小Q似乎扫去了往日所有的阴霾，她兴奋地在微信聊天中发各种表情，用最真挚的情感感谢老师和同学。在之后的课程上，她打开摄像头大胆发言、回答问题。

那一刻我突然发现，原来他们就是奇迹。做公益的经历，是我平淡生活中的特例，是我来到林荫公益的惊喜，也是我人生中最美的回忆，我很幸运与公益事业相遇。

作为公益人，我亲眼见证了工作组的默默付出与不辞辛苦，导师们为准备各种活动彻夜制作课件，大家为完善线上教学模式而努力。我很幸运遇见教育公益，如今我虽退至幕后，但每每看到营员们身上焕发出的蓬勃生命力与青春活力，我都能感受到公益的力量与光芒。

我衷心祝愿，公益的理念越来越普及，公益事业的影响力越来越大。从公益志愿活动走出去的孩子们，能够受到公益理念与志愿者理念的熏陶，带着收获与启迪，继续成长，将来反哺国家和社会。愿公益之火代代传递无穷尽，愿爱心之花永远盛开不凋零。

和西梅

　　山东泰山人，从事公益15年，帮助了1万多名儿童。2012年参与发起彩虹村项目，在关爱服刑人员未成年子女方面做出了贡献。

和西梅音频　　　　和西梅视频

斯人若彩虹，遇上方有知

演 讲 人 ｜ 和西梅

演讲时间 ｜ 2021 年 1 月 9 日

　　我是和西梅，来自山东泰山，做公益已有 15 年，是一名老志愿者了。15 年后的今天，回想缘何走上公益服务的道路，我的脑海中毫不犹豫地浮现出了彩虹村项目，这是我一生中无比珍贵的人生经历，是我做志愿服务的初心。我希望将彩虹村的故事分享给所有读者，让大家有所收获，亦有所感悟。

　　做公益之初，我们主要进行的是困境儿童和留守老人助学助老活动。在这个过程中，我发现有部分孩子很难正常交流，跟他们说话时从不会与我对视。那时候我很痛苦，因为我不知道怎样才能跟孩子们有效沟通。为了找到原因，我们开始进一步了解这些孩子，努力与孩子们交流，希望从他们的只言片语中获取有用的线索。一个星期的陪伴与关心，终是让我们有所收获。我们发现这部分孩子有一个共性，就是他们的父母双方或其中一方正在

多彩童年主题成长营

监狱服刑，难以想象孩子们承受的压力有多大。于是，我们开始思考如何根据这些孩子的实际情况开展项目，以提供更有针对性的帮助。

2012 年我们开始调研这个项目，2013 年申报立项，2016 年开始了规模化发展。截至目前，全国共有 71 个城市复制开展了这个项目，共有服刑人员未成年子女 2379 人得到关注。

我们有 10 种方式为孩子们服务

在项目开展过程中，我们逐渐总结出了一些帮助这些孩子的方法。

第一，要了解这是一些什么样的孩子。我们通过联系当地司法、监狱、团委、民政、学校等单位获取了孩子们的信息。

入户走访

第二，入户走访。在走访过程中，我们了解到所关注孩子的普遍情况：因父亲服刑，母亲离家出走或者双方离婚，孩子由老人照顾，靠低保或者种地生活，家里比较困难。在学业上，因无人辅导，成绩差。

第三，根据每个孩子的具体情况建档立卡，有针对性地进行帮扶，包括物资、善款、情感疏导等。

帮扶期间，我们开展了自立自强成长营活动，引导那些害怕走出家门的孩子敞开心扉，和其他孩子一起共同游戏，相互成长。针对那些经受了家庭变故、幼小心灵产生了阴影的孩子，我们发动专业心理咨询师，对孩子进行个案心理疏导或特殊个案跟进。为让孩子们感受到妈妈的温暖，我们组织了代理妈妈活动，来帮助那些爸爸服刑妈妈又不在身边、缺乏母爱的孩子们。在加强孩子身体素质上，我们也不甘落后，定期举办军事拓展训练，带着孩子们一起锻炼。闲暇之余，我们以小课堂的形式与孩子们聊职业规划，为他们普及什么是职业，有多少种职业可以选择，让他们提前应对未来人生路上可能会遇到的问题。

我们也会带着孩子们走进高墙，近距离接触他们的爸爸。这个活动缘于一个孩子的梦想，当时我们正在采集信息，问一个孩子："你的梦想或者你的希望是什么？"孩子告诉我们："我最希望爸爸能抱抱我。"我们一时不知如何回应孩子。这个孩子出生前，他的爸爸就已在服刑，被爸爸抱抱在正常家庭里是再

帮助孩子走进
高墙与父亲过
生日

简单不过的事情了，对他来说却是奢望。通过与监狱方面沟通，我们最终帮孩子实现了愿望。在监狱里，爸爸抱起他，他搂着爸爸的脖子，感受爸爸的爱。那一刻，是多么令人动容啊！在此之前，我服务了8000多个困境儿童，走访过无数家庭，自以为能够很好地控制自己的情感，可看到孩子爸爸抱着他、抚摸他时，眼泪竟也不知不觉掉了下来。那时的我看到在大家的共同努力下孩子的心愿已达成，觉得再辛苦也值得！

在培养孩子们如何更好地沟通交流上，我们联合大学生社团、大学生志愿者，通过假期下乡的方式，一是让哥哥姐姐们带着孩子们唱歌、跳舞、讲故事，二是由孩子们带领志愿者认识乡村、走进田野，温暖了孩子们，志愿者也成长了。

2012年到现在，是我们从0向1的成长，更是彩虹村从0向1的发展。志愿服务，我们永远在路上。

关于这些孩子的故事

很多人问我，你为什么要帮助这些孩子呢？我跟大家讲，帮助这些孩子其实也是在帮助我们的家人、朋友和自己。

　　我曾经帮助过一个女孩，她的故事至今深深地刻在我的脑海里。6岁的时候，她亲眼看到妈妈死在爸爸的刀下，而她自己因为保护妈妈被爸爸砍伤了手。事后一年多，我成为她的代理妈妈。暑假期间，我把她带到我家里，我没有主动问孩子的经历，而是讲我小时候是什么样子、我儿子小时候是什么样子。慢慢地，她开始给我讲她的故事，讲她遇到了什么、有什么样的想法。有一天，她非常开心地看着我说："阿姨，我觉得你特别像我的妈妈。"我知道我长得并不像她的妈妈，她只是特别希望有一个妈妈存在她的生活里。上初中填写家庭成员表时，她在妈妈那一栏里写上了我的名字。当她把这件事告诉我时，我内心非常感动，觉得自己无愧于她的信任，也无愧于志愿服务的初心！

项目帮扶的女孩小文

　　还有一个女孩小文，是个缺乏母爱的孩子，无论何时想起都让我心疼不已。关注小文之初，我们都以为她不知道爸爸在服刑，直到有一天，她跟我说起了悄悄话："阿姨，其实我知道我爸爸在哪里，爷爷奶奶都不告诉我，我也不问。我妈妈走了，我去找她的时候，看到她和一个叔叔在一起，我不敢问，就哭着跑回来了。"

有一天，我接到小文的电话，她说："阿姨，我想麻烦你一件事，你能帮帮我吗？"我说："可以，只要是我能做到的都没问题。"她问我："我能叫你妈妈吗？"当时我一下就愣住了，因为我们组织有规定，不能和孩子结亲，我们只是志愿者，是为孩子们服务的，但我想了想还是说："当然可以。"接着，我就听到电话里小文对旁边的小朋友说："我说我有妈妈，不信你问她。"那孩子说："我才不问，你就是没有妈妈，要不你怎么……"电话中传来两个孩子的争吵声，我刚想出声制止，耳边便只剩下了忙音。

"为什么我生在这样的家庭里？为什么我会有这样的爸爸妈妈？"这是小范多年来的困惑，但始终没有人告诉他答案。

项目帮扶的男孩

在我与他谈心时，他问我："为什么我姓范？"我告诉他："你爸爸姓范，你姓范，这不是很正常的事吗？"听了这话，小范皱着眉头，眼中满是郁闷，似乎在诉说着无奈与不甘。我以为我懂他，因为父亲犯罪带给了孩子伤害。殊不知，压死骆驼的不止一根稻草。在多日的交谈中我了解到，小伙伴给小范起了个绰号"范罪"，他辩解不过，于是只能不姓范，这样小伙伴就不会叫他"范罪"了。

无论是父亲的服刑、小伙伴的玩笑，还是我们的追问，小范幼小的心灵必定承受了巨大的压力。或许这是他冒着仅存的一点尊严被践踏的风险告诉我们的真心话，还好，我们在意。

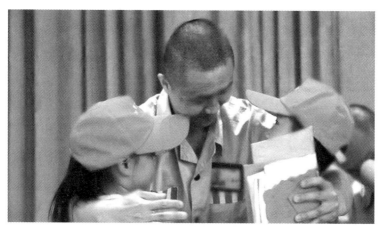

项目帮扶对象（双胞胎）和他们的父亲

世上没有后悔药，但是有重新来过的机会。我们帮扶过一对双胞胎，老大是哥哥，老二是妹妹。当时兄妹俩还在上幼儿园，爸爸因冲动而做错了事，好在妈妈非常坚强，努力抚养孩子，等着爸爸归来，而爸爸早已知错，在我们探访时说："如果再给我一次机会，我一定会选择和家人在一起，而不是现在的样子。"

彩虹村项目的初心是帮扶服刑人员的孩子，发展至今，我们不忘初心，帮助的范围也在扩大。对于服刑人员家庭来说，彩虹村项目重建各个破碎的家庭，让每个家庭重拾信心；对于服刑人员来说，我们的帮扶有效预防了二次犯罪、二代犯罪，使他们出狱后能够融入家庭和社会；对于全社会来说，彩虹村项目拯救的是对社会有潜在威胁的服刑人员，帮助了他们的家庭，最终获得社会和谐发展。

项目规模化发展

　　在提出做彩虹村项目时，我们听到了许多反对的声音，而反对的理由大多是上梁不正下梁歪，听到最多的是龙生龙、凤生凤，老鼠的儿子会打洞。

　　我们团队一开始关注了100多个这样的孩子，而仅凭我们几

东营彩虹村团队

个人的能力，项目的筹款、运作、执行实在艰难，这些成了我们发展的瓶颈。直到 2016 年，我们与南都基金会好公益平台达成了合作意向，实现了规模化发展。

自彩虹村入选南都基金会好公益平台首批项目以来，我们了解到，如果能够在全国各地寻找到志同道合的伙伴组织进行规模化发展，就可以解决项目当时面临的困境，于是我们开始在山东省宣传和推广彩虹村项目。经过努力，做彩虹村项目的公益组织从 3 家变成了 7 家、10 家……

北京大学木兰学院来访

清华大学邓国盛
教授来机构指导
工作

为完善彩虹村项目，我们听取了其他组织包括普华永道等的建议，通过因果链、变革理论等对项目的拆分，彩虹村项目的运作得到了改善。同时，我们邀请清华大学的邓国胜老师、北京木兰学院的老师们进行实地指导，让项目发展得更好。

此外，我们与全国各地同样在做关爱服刑人员未成年子女的小伙伴们进行交流，共同学习。每隔两年，我们都会召开研讨会，讨论相关政策、专家对这一群体的看法，研究如何从心理层面为这些孩子提供帮助等。

2015 全国第三届服刑人员未成年子女社会救助研讨会

彩虹村项目的执行者，都要经过严格培训后方能上岗。我们的整套培训流程，可以保证项目的有效实施。

公益项目规模化发展培训流程图

在公益传播方面，我们做了很多工作，得到了《中国青年报》、央视等媒体的帮助。

泰山小荷公益得到一些基金会的助力和相关媒体报道

彩虹村项目的发展，离不开团队每一个人的齐心协力，更离不开所有支持我们的合作伙伴与组织。这些年在各方努力下，彩虹村项目获得了不少荣誉，这些荣誉是对我们每一次付出的肯定与认可。只要能够帮到更多的孩子，让我们做任何事情都无怨无悔！

荣誉墙

彩虹村合作伙伴会议

　　从开始到现在，彩虹村项目的每个阶段我们都做了详细的规划，衷心希望我们的项目不仅得到规模化发展，而且还能得到品质化发展。彩虹村项目进入规模化发展阶段是 2019 年以后，我们的目标是与全国 100 家公益组织完成合作，服务对象 5000 人。

　　彩虹村项目是为关爱服刑人员未成年子女而设立的，目的是希望更多的孩子能够在经历风雨之后看到彩虹，这是我们的初心，也是我们的宗旨。未来，我们也将为此奋斗！

　　我是一颗公益的种子，我坚信种子的力量。

郑　浩

　　北京浩天（重庆）律师事务所党支部书记、专职律师，共青团重庆市委青年讲师团成员，重庆市青少年校外教育名师，重庆市千名青年律师人才库成员，重庆市律师协会乡村振兴委员会委员，政府、银行、企事业单位常年法律顾问，曾被共青团中央评为第十届中国青年志愿者优秀个人、被中共南岸区委评为优秀共产党员。

郑浩音频

郑浩视频

普法小课堂，法治大梦想

演 讲 人｜郑　浩
演讲时间｜2023 年 2 月 25 日

2022 年，是中国律师制度恢复重建的第四十三个年头。作为一名执业律师，把法治的种子，播撒在基层群众，特别是青少年心里，这是每一个法律人神圣的职责和使命。

志愿服务之旅：从大学生志愿者到社会志愿者的进阶

2011 年夏天，我考入重庆邮电大学。作为一个安土重迁思想比较重的河南人，我来到重庆后有诸多不适应。为了早日融入学校，我开始参加社会活动，积极与同学们沟通互动。对于法学专业的学生来说，有更多的社会阅历才能更好地理解法治的内在逻辑，把抽象的法律条文具象到社会生活中，于是我加入了学院青年志愿者协会，成为一名小干事。

当时，学院的志愿服务是一些规模比较小、容易开展的常规服务，比如清理校园小广告、陪伴敬老院老人、特殊幼儿园关爱活动等。作为一名法学专业大学生，我们也做过校园和社会普法活动。令我印象特别深刻的是一次普法活动，人员由大一大二学生共同组成，服务对象是南坪步行街群众。我们将内容分成劳动纠纷、婚姻家庭纠纷、刑事犯罪三大板块，为做好此次活动，我们准备了几天几夜。本以为这次活动会吸引到青壮年人群，结果当天来咨询的都是一些老年人，问题千奇百怪，我们几个招架不住就在桌子下面偷偷翻法条，可是翻法条也翻不出个所以然来，场面一度非常尴尬。

这件事情启发了我对什么是志愿服务专业化、志愿服务如何供需对接的思考。如何解决这些问题，在我第一次参加大型赛会后，有了一个非常明确的思路。

我参加的第一个大型赛会服务，是第十届中国（重庆）国际园林博览会。当时我是志愿服务督导，每天要为分布在重庆园博园几十个服务站点的上百名志愿者逐一打分。重庆园博园占地3000多亩，相当于300多个标准足球场那么大，为了完成督导工作，我和我的小伙伴要在7个小时内走满两圈。

整个园林博览会期间，我上岗15天，累计服务时间120小时。作为一名大一学生，我成为那一批志愿者里面最年轻的老志愿者。

这次志愿服务让我大开眼界，为我之后参加各种志愿服务打下了坚实的基础。园林博览会结束后，我开始参与南岸共青团区委，甚至共青团重庆市委组织的各种志愿服务活动，担任志愿者小组长、队长之类的角色，协助开展一些志愿者管理工作。尽管志愿服务活动本身没有高低之分，大家一样秉承奉献、友爱、互助、进步的志愿服务精神参与社会服务，但是不同的志愿服务活动之间，组织者、志愿者的专业水平，活动的服务效果、示范效果是有巨大差别的。从志愿服务的参与者，一名普通的志愿者，到志愿服务的管理者，让我开始用更加专业的视角来观察志愿服务和志愿者。

参加第十届中国（重庆）国际园林博览会

从2011年的园林博览会，到2012年、2013年的重庆科技活动周，2014年、2015年的重庆春运暖冬行动，以至于2018年、2019年的中国国际智能产业博览会，2021年的中国西部国际投资贸易洽谈会，中国西部（重庆）国际农产品交易会等，大型赛会的服务经历，贯穿了我读本科、读研和工作的10多年。正是因为参与了大型赛会服务，让我不断褪去青涩和稚嫩，从一名大学生志愿者，变成一名社会志愿者。在大型赛会中得到的锻炼，甚至帮助我实现了当一名律师的职业梦想。

在大型赛会中，作为一名志愿者，我需要了解赛会背景，熟悉服务场地和服务对象，掌握各类应急突发事件的处置预案。同时，要与其他志愿者协作，为来自全国乃至全世界的嘉宾提供高品质的服务。

作为一名志愿者管理者，我要考虑赛会的志愿服务需求，制定服务方案，并有针对性地选拔符合岗位职责要求的优秀青年；要考虑志愿服务团队与赛会主承办单位之间的协作、配合、职责分工，志愿者的餐饮、交通、安全保障，志愿服务可能面临的突发事件及风险，并研究可行、高效的处置方案；要发现和传播志愿服务过程中的典型事件和典型人物，展示重庆青年志愿者的良好形象和赛会志愿服务取得的成果等。我参加工作后，以律师身份参与赛会服务就更加注重利用自己的专业知识和赛会服务经验，协助开展志愿者培训、识别、化解、防范志愿服务风险，起草、撰写、修改志愿服务相关文件。

不同的身份、不同的视角，相同的是力所能及地服务社会。

作为青年讲师团成员开展先进事迹宣讲报告

2021 年 5 月，我有幸被共青团重庆市委选为大型赛会志愿服务行动代表，与其他领域的几位优秀青年志愿者一起组成青春心向党·开启新征程——我的志愿青春青年讲师团，走进机关、学校、社区，向广大青年朋友讲述我们的志愿服务故事。我们从主城走到区县，从渝西南走到渝东北，上车赶路，下车宣讲，连续讲了 10 场，希望让更多的青年朋友了解志愿服务、认识志愿服务，带领大家一起参与志愿服务。

从志愿服务活动的参与者、管理者，到志愿服务理念的传播者，我对志愿服务公益事业有了更加深刻的认识。

公益普法课堂：新时代律师的内心确信

参加工作后，相对来说没有上学期间那么自由，我逐渐把志愿服务活动的重心转移到和本职工作有关的基层普法活动中来。

《中央宣传部、司法部关于开展法治宣传教育的第八个五年规划（2021—2025年）》明确提出了"八五"普法的主要目标："公民对法律法规的知晓度、法治精神的认同度、法治实践的参与度显著提高，全社会尊法学法守法用法的自觉性和主动性显著增强。多层次多领域依法治理深入推进，全社会办事依法、遇事找法、解决问题用法、化解矛盾靠法的法治环境显著改善。全民普法制度完备、实施精准、评价科学、责任落实的工作体系基本形成。"并且提到要发挥群团组织和社会组织在普法中的作用，畅通和规范市场主体、新社会阶层、社会工作者和志愿者等参与普法的途径，发展和规范公益性普法组织。

律师作为中国特色社会主义法治建设的重要参与者，参与基层普法活动既是工作的需要，也是社会的需要。尽管我们国家恢复律师制度已经40多年，但是依旧有许多人不了解律师职业，对律师存在刻板印象。律师参与普法志愿服务，不仅把专业知识送到基层、送到群众身边，而且为完善和健全法律服务市场打下基础。

截至2022年6月，全国共有执业律师60.5万人。美国执业律师大约140万人，但是美国总人口3.32亿人，平均万人律师

普法活动现场

比例为42.17，而我们国家人口 14.12 亿，平均万人律师比例为 4.28。可以说，从律师规模来看，我们和美国还有不小的差距。

所以作为一名执业律师，我希望能为广大群众，特别是青少年掌握法律知识做一些事情，为律师行业的发展和律师形象的树立做一些事情。

于是我开始结合自己的专业特长和办案经验，不断开展各类公益普法志愿服务活动。仅 2022 年，我通过线下讲座、线上交流等方式，面向大学生、中小学生、退休干部职工开展青少年权益保护、大学生求职就业、老年人权益保护等主题普法 21 场次，特别是我走进部分青少年之家，孩子们课后主动留下我的联系方式、收藏我的名片，甚至与我分享他们的零食，让我备受感动和鼓舞。

根据公益+职业的思路，我与各级团组织、高校和青少年社会组织共同研究、设计、实施青少年法治素养教育等公共法律服

在重庆市城口县咸宜村开展基层社区青少年法治教育校外课堂

务项目。作为普法志愿者，我以律师执业经验、真实案例为切入点，以《宪法》、《民法典》、未成年人权益保护、预防未成年人犯罪、家庭教育法律问题、校园安全法律问题等为主题，构建起符合青少年身心发展特点的法治素质课程体系。

在开展基层普法活动的过程中，我很关心自己如何把普法讲生动、讲专业。以我设计的未成年人权益保护普法小课堂为例，是否符合青少年的认知规律和身体特点，是否符合青少年的校园课程和生活认知，是否符合律师职业的内在特性和一般要求，是否体现律师的专业能力和综合素养，是否符合社会需要和家长、学校等教育参与主体的期待，决定了我的普法课堂是否有生命力，是否有可持续性。带着这些问题，我不断修改和完善课件内容与普法方式，通过案例解析、知识竞答、微型辩论、职业故事等环节，引导青少年朋友进入我讲的案例和故事，运用相应的法律知识解决预设问题；通过对抽象概念具象化、知识获取交互化、讲课风格多元化、课程内容体系化这四点尝试，真正把普法小课堂做到有趣味、有内容、有特色，使青少年朋友乐于接受、主动参与、学有所获，逐步理解抽象的概念，筑牢法治意识、权利意识和自我保护意识。

在这一过程中我也受益良多，更加了解了真实的基层法律服务需求，更加理解了法律条文的内涵和法治逻辑，更加坚定了对律师执业的信心，这些是我个人职业发展和人生成长中无比宝贵的财富。

令人振奋的是，我看到越来越多的同行开始参与进来，越来越多的律师事务所开始重视起来，面向未成年人和其他民事主体的各类公共法律服务产品也越来越丰富。每个人享受法律庇佑，每个人尊重法律权威，每个人信奉法治理念，每个人共享发展成果，这难道不值得我们为之奋斗吗？

尼尔·波滋曼说过，在一切事物中，名誉和耻辱，一旦人们喜欢上它们，是最能刺激心灵之物。假如你能使孩子珍惜名誉、憎恨耻辱，你就已经在他们心中植下了正确的原则。其实不光是孩子，内心有原则，行为有底线，生活有追求，是我们在社会中建立联结、收获尊重、寻求认同的基本要求，而我要做的，就是用10多年的志愿服务经验和掌握的法律专业知识，帮助更多的人去追求幸福美好的生活，让法治和理性在寻常生活中绽放其独特的魅力。

范　文

　　山西临汾人，毕业于四川美术学院雕塑系，获文学学士学位，四川雕塑艺术院艺术总监、教授，中国工艺美术学会民间工艺美术专业委员会副主任委员，《中国工艺美术全集·四川卷·雕塑篇》执行主编。在雕塑创作上于石雕、木雕、金属等皆有所长，架上雕塑、环境雕塑等都有涉猎。

范文音频　　　　　范文视频

边城叙永，扎染魅力

演讲人 ｜ 范　文
演讲时间 ｜ 2022 年 8 月 20 日

农村是滋养民间工艺美术的根脉和土壤，民间工艺美术是筑牢农村文化之基、引领脱贫发展之舵，新时期文艺工作者应扛起发扬民间工艺美术的社会责任。

2017 年 10 月，四川省文化和旅游厅对叙永县扎染艺术项目实施精准扶贫，由我具体负责实施。历经五年半，在广大群众的积极参与下，扎染艺术从技术培训发展为扎染作品走向市场，取得了一定的社会效益和经济效益，极大地发挥了"民艺转化文创，助力脱贫攻坚和乡村振兴"的优越性。

开展叙永扎染的背景及概况

为深入贯彻落实习近平总书记在文艺工作座谈会上的重要讲

话精神，以及《四川省文化惠民扶贫 2016 年工作计划》，开创文化惠民扶贫工作新局面，四川省文化厅积极响应党中央、国务院打赢脱贫攻坚战的号召，积极响应四川省政府的相关扶贫工作，发挥自身优势，2015 年以来，按照中央和四川省委、省政府的决策部署，四川省脱贫攻坚领导小组的统一安排，对口帮扶泸州市叙永县水尾镇西溪村和阿坝藏族羌族自治州永和乡腊普村。四川省文化和旅游厅将非遗文化融入打赢脱贫攻坚战和乡村振兴战略工作中，以促进旅游与文化非遗的有机融合为抓手，以民间优秀的传统文化为根基，在"送文化"的同时扎实开展"种文化"工作，持续开展了一系列绘画、音乐、非遗技艺（扎染、羌绣、竹编、竹刻）等培训活动，传授民间技艺，打造民间能人，培养基层文化骨干，并将这些种子播撒到对口帮扶困村，使其生根发芽。

叙永扎染艺术具有易学习和易制作的特点，受到当地群众的欢迎，产生了不错的社会效益和经济效益。

叙永扎染技艺特色及发展

扎染艺术是中国民间传统而独特的染色工艺之一，通过将染色时的织物结扎起来而使之不能着色。扎染起源于黄河流域，在中国已有 2000 多年的历史，现存最早的扎染制品出自新疆地区。据记载，早在东晋，扎结防染的绞缬绸就已经大批生产。唐代，扎染技艺发展到鼎盛时期，贵族穿绞缬服饰成为时尚。由于制作工艺复杂，耗费大量人工，北宋时期已被禁止，扎染逐渐淡出了人们的视线。不过西南边陲的少数民族仍保留了这一古老的技艺，如云南大理与四川自贡的扎染。

扎染艺术是艺术性与生活性并存的国家级非物质文化遗产，在四川称蜀缬。随着人们物质生活和文化生活水平的不断提高，以及服饰时装化的步步升温，扎染艺术逐渐受到国内外消费者和时装界的青睐。

叙永扎染艺术作品采用全手工制造，每一件作品都是独特而不可复制的工艺品。它将大自然的恩惠用扎染的形式呈现出来，并糅合苗族传统蜡染、刺绣等技艺，展现了叙永县苗乡村落的独特民族风格。

实施叙永扎染项目举措及效果

近年来，由四川省文化和旅游厅牵头，四川雕塑艺术院联合各方面专家和艺术人才，积极投身文化定点扶贫工作，找准民族文化传承与文化扶贫的最佳结合点，让扎染艺术真正成为文化扶贫的重要载体。实施叙永扎染项目，旨在提高叙永部分村民扎染、蜡染技艺水平和文创作品能力，增加民族地区群众增收技能，助力叙永扎染产业发展。

参与项目培训的老师有德高望重且成就卓越的老教授，也有年富力强且乐于奉献的科技中坚；有实践经验丰富的民间艺术工作者，也有具有远见卓识的理论工作者；有来自艺术院校的专业教师，也有服装企业、文创企业的负责人。老师们就扎染理论、扎染工艺、图案纹样设计、扎染技术等方面的知识技能对村民进行培训，帮助他们掌握一定的扎染理论和技艺，使其具备独立扎染、独立创作的能力。

四川美术学院工艺系主任、教授钟茂兰，从事染织美术、

在叙永扎染第二期培训班开班仪式上辅导村民

色彩写生和民间美术教学及研究 50 余年，具有深厚的理论素养和丰富的实践经验。当她听说四川省文化和旅游厅的这个文化扶贫项目后，就主动请缨，担任扎染艺术培训班的主讲导师，愿意到需要她的地方继续发挥余热，为传承民间技艺，弘扬传统文化，振兴一方经济贡献自己的力量。

在 2018 年 12 月的第四期扎染艺术培训班中，我们请来自贡扎染非遗国家级传承人、四川省工艺美术大师张晓平前来授课。

2018 年 6 月，叙永县枧槽苗族乡的扎染艺人带着产品，到四川省文化和旅游厅进行工作汇报。四川省文化和旅游厅对叙永扎染取得的成绩予以肯定，并对叙永县枧槽苗族乡、水尾镇西溪村生产制作的扎染作品进行了分析论证，对产品的艺术处理、质量、定价、定位等提出了指导性意见。

2018 年 8 月 31 日，四川省文化和旅游厅组织叙永县西溪村、

钟茂兰教授在叙永扎染第二期培训班授课

群英村的 12 名文化能人赴四川自贡丁丁扎染艺术馆、自贡扎染厂、蒲江明月国际陶艺村、崇州道明竹艺村参观学习，近距离感受在乡村振兴大潮中先进地区农村的发展变化，借鉴先进文创产业的经营模式和管理制度，进一步坚定了走文化扶贫道路的决心，助力叙永扎染产业的发展。

在 2018 年第九届中国西部文化产业博览会上，出现了各种精美的扎染作品，如全部采用纯天然植物染料的贵州扎染和蜡染、简单大方的苏州枫染和扎染、质地精美且价格低廉的泰国扎染作品，对我们有不小的触动：一是我们的产品质量要继续提高；二是手工制作的同时还应辅以机器，否则无法实现量产；三是布料、染料的档次要提高；四是我们产品的价位相对较高，没有市场竞争力。通过"走出去"，我们认识到了自己的不足，从而更好地改变和提升。

我们还通过展示学员作品并接受业内专家、同道及大众检阅的方式，进行技术改进和产品调整。2018年4月18日，第一期扎染艺术培训班学员作品在叙永县文化馆举行汇报展；2020年7月，第二期扎染艺术培训班学员作品在叙永县春秋祠举行汇报展。

经过不断改进，西溪村扎染产品具备了推向市场的潜质。其主旨是生态自然，选择全天然棉布，用天然矿物和植物染料，染出基本的五原色。西溪村扎染糅合了苗族的蜡染、刺绣、麻编等技艺，与养生保健结合，制作出了带有安神、助眠等功效的抱枕、手帕、床上用品等，且将民族风格融入其中，每一件产品都是具有民族特色的艺术品。

叙永扎染发展成果及效益

2017年11月，由我牵头、同合俱乐部支持的"爱心扎染，态度人生——同合一桌茶"活动在成都举办。叙永扎染项目的相关人员和同合俱乐部的部分理事、会员进行座谈，大家就建立文

为参加叙永扎染第五期培训班的村民颁发结业证书

化扶贫长效机制，从"造血"机制上解决精准扶贫问题，从产业培育上让文化扶贫真正落地和走向可持续发展等进行了热烈的讨论，多角度、多方位、多领域地进行思考和交流。活动结束后，组织企业家到项目地叙永县西溪村进行实地探访，拿出切实可行的帮扶方案。

2017年12月19日，由四川省文化和旅游厅主办，以"关注文化扶贫、关爱下一代"为主题的对口帮扶贫困村青少年绘画（扎染）作品展暨扶贫义卖活动成功举办。300余件作品参加展览、义卖，半小时内认购率超过80%。

2018年7月14—15日，边城叙永·扎染魅力文化扶贫扎染作品义卖活动在成都佳兆业科创集团正式启动。本次义卖活动以"传承非遗文化，展现扎染魅力"为主题，以推动苗族文化发展、传承、传播，带动叙永扎染产业快速健康发展为宗旨。由叙永县枧槽苗族乡村民亲手制作的204件扎染作品参加了义卖，有扎染围巾、纯麻围巾（产于枧槽苗族乡）、提包、壁挂、沙发靠垫、T恤衫等，获得社会效益和经济效益双丰收。

2018年9—11月，在四川省文化和旅游厅的支持下，我们带上叙永扎染作品分别参加了在西安举办的2018第九届中国西部文化产业博览会、在成都举办的第十七届中国西部国际博览会、在四川泸州举行的酒城巾帼好产品走向"一带一路"展览、在四川省博物院举办的精准扶贫·艺献真情四川省文化和旅游厅定点扶贫艺术作品展、在四川夹江县举办的四川藏羌彝文化产业走廊文创产品展、在四川宜宾举办的四川省第八届少数民族艺术节乡村艺术大展、在四川泸州举办的第二届工匠杯职业技能大赛展示活动等，受到了社会各界的好评及专家学者的认可，并取得了一定的经济效益。如在第十七届中国西部国际博览会期间，我们带去的叙永扎染作品非常受市场欢迎，共卖出了60件，成交额5752元。

随着一件件叙永扎染产品的问世，文化帮扶由此迈开了闯市场的步伐。2018年10月17日，由四川省文化和旅游厅机关党委主办，四川省博物院、四川雕塑艺术院承办，以"精准扶贫，艺献真情"为主题的四川省文化和旅游厅定点扶贫艺术作品展顺利开幕，通过"艺术之光""扶贫掠影""驻村风采""走向希望"4个板块，用书画、摄影、工艺品、民族服装、音视频等多种艺术形式，多角度、全方位展示了非遗+产业的扶贫工作。展览开幕式吸引了《中国文化报》、中新社、《四川日报》、四川在线、凤凰网、四川新闻网等10余家媒体竞相报道，新华网网络直播累计观看量180余万人次，点赞量超过200万人次，累计观展人数突破8000人次，充分展示了叙永扎染的独特魅力。

2018年11月28日，叙永县委宣传部、叙永县文化产业发展领导小组办公室联合发文，成立叙永县文化扶贫扎染项目推进领导小组。2018年12月7日，叙永县扎染蜡染苗绣专业合作社揭牌。2019年，叙永扎染走出国门，参加在澳大利亚墨尔本的文化交流活动，张开丽的一幅扎染作品以6000元的价格成交；同年5月，叙永扎染作品亮相在德国举行的四川文化旅游推介活动，有效扩大了叙永扎染的影响力。

2022年11月，叙永扎染作品参加在摩洛哥举办的"乡情国韵，非遗焕新"——中国与摩洛哥非遗巡回展；2022年12月，叙永扎染作品将参加在沙特举办的非遗展览。

截至目前，叙永扎染项目已举办9期培训班，叙永县6个乡镇 12 个村的 500 余名村民参加了培训，其中年龄最大的 83 岁，最小的 9 岁。来自水尾镇西溪村的村民张开丽是一名老学员和受益者，她说："扎染培训内容越来越丰富，从花纹、裁剪等技艺，再到扎染历史和市场等，老师们尽可能地将扎染的知识点讲足、讲透，全方位的培训将带动我们进一步脱贫增收。"

叙永扎染未来发展措施及愿景

四川省文化和旅游厅定期组织专家团队深入叙永，为叙永扎染提供技术指导，对扎染产品进行提档升级。四川省文化和旅游厅正在试点跨区域联动扎染模式，将西溪扎染与枧槽乡群英村传统蜡染工艺相结合进行文创开发，并指导西溪成立扎染艺术专业合作社。后期四川省文化和旅游厅还将对西溪村民进行深度培训，使扎染作品质量再提高、创意再丰富，并为叙永扎染提供更多展销平台。

范朴院长和我为叙永扎染设计并注册了产品 logo，四川省文化和旅游厅多次对接四川百世新食品有限公司、香港佳兆业集团控股有限公司等社会力量参与叙永扎染文化产业项目，旨在逐步将叙永扎染推向市场。

我们将非遗与扶贫工作、传统工艺振兴计划、传承人代表性抢救工程相结合，以非遗产品为载体，通过运用互联网等现代技术手段和电子商务运营平台，推动非遗产品的设计、生产、管理和营销模式转化，助力非遗传承人创业增收脱贫致富。

对于叙永扎染，我们将持续改进，一是继续加大培训力量，在扩大覆盖面的同时注意由"博"到"专"的转变，培养工匠型扎染能手；二是原材料方面，将更多选取当地的植物染料，真正打造纯天然、绿色工艺品，同时带动相关产业的发展；三是为解决手工艺扶贫项目面临的产业链条短、农民组织化程度不高、抵御风险能力不足等问题，我们将加强扎染艺术专业合作社的建设，真正让叙永扎染走向市场。

四川省文化和旅游厅叙永扎染项目将非遗事业与民生事业相结合，通过创造性转化与发展，化资源优势为产业优势，拓宽致富渠道，加快脱贫攻坚工作步伐，推动乡村振兴。

裴黎光

　　作家、摄影家、纪录片导演,山西吾同传媒创始人,
山西省作家协会会员,《中国国家地理》特约撰稿人和摄
影师。出版有散文集《与自己同行》《去远方过另一个年》
《山神复活》《大北线日记》和诗集《如果有你在身边》等。

裴黎光音频　　　　　裴黎光视频

山神的故事

演 讲 人 | 裴黎光
演讲时间 | 2018 年 10 月 19 日

有一年，我沿着黄河逆流而上，来到青海的一个地方。突然，眼前的黄河水变得异常清澈。

黄河怎么在这儿是清澈的，往下就是浑浊的呢？

我仔细一看，从另一条峡谷汇入了河水，那条河流并不大，叫隆务河。我们中华民族的母亲河，就是从那儿开始变黄的。

如果从黄河的名字来看，一条清澈的河能叫黄河吗？如果一条清澈的河不能叫黄河，那么隆务河才是黄河，我们的母亲河就从这儿拐进去了。

沿着入口拐进去，是一条彩色的峡谷，彩色的土、彩色的石头，连山都是彩色的，只有零星植被。这种地貌在学术上叫坎布拉地貌，属于雅丹地貌的一个分支。这种地貌的土壤不是紫色就是红色，土质疏松。从这条峡谷发源的河流，很容易将土壤冲刷

雅丹地貌

隆务河浑浊的支流

夏琼山

下来，从而形成泥沙河。

这条河流位于海拔 2600—2800 米，河谷宽阔平坦，是种庄稼的好地方。事实上，这个地方再往上就没有农田了。准确地说，这里是小麦种植的尽头，再往上即使有农田，也只能种青稞，所以这里是游牧文化、农耕文化、商旅文化汇集的地方。

即使是隆务河的支流，不管丰水期还是枯水期依旧浑浊，跟夏天和秋天没关系。

沿着小溪往前走，是夏琼山，最高海拔 3800 多米。在十几二十年前，山上夏天也能见到雪，现在看不到了。半夜从隆务峡谷出发，天蒙蒙亮时就能到达夏琼山主峰，云雾缭绕，风一吹宛若游龙，妙不可言。

在峡谷最平坦宽阔的地方，有 24 个村子，皆以农耕为主。

仁先雕塑

村民们有两种信仰，分别为佛教信仰和乡土神信仰，建有寺庙和神庙。

每个村的来历都不俗，如吾屯村便是热贡唐卡的诞生地。热贡这个名字来自这条峡谷，古时候这里叫热贡峡谷。

女性不能画唐卡，吾屯村的男人十有八九都以画唐卡为生。青海省一共有7位国家级工艺美术大师，其中6位出自吾屯村，唐卡艺术在此地的发展可见一斑。历史上吾屯村分上村和下村，上村以唐卡闻名，汉、藏、回文化在下村交融碰撞，因此下村经常发生冲突。

热贡除了闻名世界的唐卡艺术外，堆绣、雕塑也是其优秀文化艺术。其中，堆绣艺术以年都乎村为首，被世人称为"堆绣艺术之乡"。

郭麻日村以土族为主，城堡是其最具代表性的建筑。郭麻日村的城堡从空中看特别像一座迷宫，易守难攻。

瞻佛节是一个重要节日，为期7天，其中最重要的仪式是将

瞻佛节

大佛堆绣画抬到山上去。除了瞻佛外，还要用一天来跳法舞和金刚法舞。热贡地区对佛教的信仰十分虔诚，如郭麻日村建有郭麻日寺，寺庙弥勒殿木板上有一个脚印，是一个人长年累月站在那儿磕大头留下来的，而这样的脚印，在热贡地区的许多寺庙中都能看见。

弥勒殿木板上的脚印

吾屯村人跳舞似乎是某种仪式，他们从河边跳完后又回村子里跳，围着村里的广场转圈儿。跳完后，便将所有供品扔进广场中间的煨桑台烧。吾屯村跳舞是有规矩的，每个人要跟着自己的所属部落，不同部落有不同的守护神，每个守护神都有一个属于自己的唐卡画像，如马、大象、狮子、老虎等。

开始跳舞前，每个部落都要举着旗子绕场一周。跳舞的过程

不同部落举着不同的旗子

中，我注意到一个特殊的人，他衣着华丽，舞步轻巧，似乎是领舞，
一会儿给长者和尊贵的人献哈达，一会儿将啤酒倒在地上，一会
儿又将糌粑撒到煨桑堆里头，好不忙碌！煨桑堆里烧的是供品，
除了食物外，还有哈达、布匹，成批的绢和绫罗绸缎，以表对佛
的虔诚。

跳舞结束后，一村人围着领舞，问他问题，但是领舞不直说，
只是打哑谜和用手比画。我问村民其中的意思，村民说领舞是自
己村的拉哇，即汉族的法师或巫师，跳舞的时候保护神会附体，
拉哇只能通过打哑谜和用手比画的方式告诉人们答案。

每年的六月十七到六月二十六，是这一地区的六月会，藏语
叫周贝勒如，是六月神舞的意思。

六月会最早开始的是四合吉村，要举办盛大的舞会，跳转
圈舞。

四合吉村的保护神是夏琼神，隆务大寺壁画上画的就是夏琼

霍尔加村拉哇仁青多杰在六月会上带领村民跳舞

神，头戴一种帽子，四合吉村的男人们戴的就是这种帽子。

这个村子24岁以下的未婚女性都要参加跳舞，她们颈戴珊瑚串，背披银质背挂，这些饰品十分贵重。

六月会期间，出家人都不出门。因为那个时候虫子比较多，

四合吉村六月会上年轻女子的服饰

四合吉村六月会上仙女舞（嘎尔）的首饰

出来会把虫子踩死杀生，所以他们不出门就在寺庙里念经。出家人不出来，乡土神回来，回来就带领村民跳舞、祭祀。但也有例外，比如四合吉村，因为隆务大寺的夏日仓活佛的护法神是夏琼神，而夏琼神同时也是四合吉村的保护神，所以六月会的第一天，夏日仓活佛会派他的管家来，给四合吉村的神庙煨桑，以表敬意，但是活佛不来。因为活佛地位高，神的地位并不高。

　　四合吉村的拉哇叫当增本，夏琼神会附在他身上。四合吉村的人跳舞的时候，外面响起一阵锣鼓声，接着走进来一支队伍。同样有一个领舞，两个领舞走到一起互相致礼拥抱，互赠哈达，把后面来的这个领舞迎进神庙里。

　　两个村落之间的保护神也会有比较亲密的关系，相邻的村落在六月会上都会相互祭拜，拉哇带上自己的队伍到邻村去，要煨桑供祭品。

年都乎村的神庙就是他们所说的二郎庙，二郎庙围墙上有许多小壁画，线条流畅，色彩丰富。

这个村子里的拉哇叫仁青先，现在与我是非常要好的朋友。他们村的六月会马上要开始了，作为

《热贡飞神图》

拉哇的他要洁净，六月会前的半个月不能过夫妻生活，两口子也不能住在一起，所以他一个人住在二楼的小房子里。

六月会开始后，他要在神庙里先肃立念经，然后他身边的人会围成一圈，用桑烟熏他，然后在他耳边使劲敲锣震他，这个时候他慢慢进入状态。突然，他暴跳起来，暴跳一圈后在原地打转，嘴里发出突突的声音。

接下来他拿起一面鼓敲着向隆务河边跑去，村民们抬上神轿，轿里面是他们村保护神的塑像，跟着他跑到河边，将神轿放在一眼泉的一个小池塘里，举行洗神轿仪式。洗神轿的仪式很简单，就是人们在那里念一会儿经。

年都乎村有一个学者，是当地文化馆的研究员，叫才项多杰。他说，这个地方过去有 99 个泉眼，住着 99 个龙神，现在就只剩下这一个泉眼了。如果我们村子的泉水都没有了，我们的保护神也就不会回来了！年都乎是泉水之上的意思，年是泉水之义，都乎是上面之义。

打上口扦的年都乎村青年

　　四合吉村的保护神夏琼神是善神，不喜欢血腥祭祀，但年都乎村的保护神是凶神，喜欢血祭。血祭打口扦，从人的腮帮子上直接把口扦穿过去，不止穿一根。打口扦的只有男人，打上口扦后就去跳舞。

　　拉哇分为武职拉哇和文职拉哇，武职拉哇就是跳舞的，文职拉哇就是念经的。文职拉哇是世袭的，别的人不会念，只有他们这一家会念。

　　这一地区普遍信仰二郎神，每个村子差不多都供着二郎神，但叫法不一样，比如年都乎村叫阿郎美如，郭麻日村叫瓦宗日朗，他们还有一个通称叫阿米莫洪，莫洪就是将军之义。也就是指二郎，因为二郎就是个将军。所以在这一地区，你如果想看他们的神庙，当地人又听不懂你的话时，你就问莫洪康在什么地方。康是庙之义，莫洪是二郎或者将军之义，那村子里的人马上就会带你去。

莫洪康供的是二郎，不管是杨戬还是李冰，但都是四川人。这一地区有个村子叫尕堆村，他们村的保护神也是二郎神，这个村的拉哇被神附体后说的是四川话，非常奇怪。他平时不会说汉语，更不会说四川话，所以他说的话村里人也听不懂，还得请个翻译。

年都乎村六月会的祭祀供品非常丰盛，这些供品最后都要烧掉。六月会结束的时候，各村的拉哇也会给全村人宣谕，告诉村里人明年该干什么、不该干什么。村民对拉哇非常虔诚，跪在地上听他讲话。

世界之大，无奇不有。走出去，遇见不一样的风景和人文，丰富自己的人生阅历，收获属于自己的精彩。

后记

本书由山西省娴院慈善基金会收集、整理，由我担任主编，共收录了 21 位嘉宾的演讲内容。

《娴院演讲》是山西省娴院慈善基金会创办的一个公益演讲平台，旨在通过演讲的方式，促进公益慈善组织、慈善人士和需求者的有效链接。随着项目组的不断探索与深耕，《娴院演讲》逐步由单一的演播室内演讲走入省内多所单位，进而走出山西，受众面越来越广。《娴院演讲》项目不仅在 2023 年第一届"山西慈善奖"评选中被评为"优秀慈善项目"，而且随着"走出去"模式的探索，分别在成都、无锡、重庆、西安、大连、沈阳等地留下足迹，在省外也逐渐产生了一定的影响。在充实演讲嘉宾资源库的同时，也促使项目组专门制定了对接公益组织和演讲嘉宾的具体流程和要求，使得项目运行越来越规范，从而更好地与省内外公益组织进行交流。经过 8 年的探索和实践，《娴院演讲》已经成为慈善基金会行业具有一定影响力和知名度的品牌项目。

《娴院演讲》的核心理念是"公益人讲公益事"，栏目分三大板块：《娴院·演讲》《娴院·漫谈》和《娴院·会说》，以不同的方式，从不同的角度，进行公益慈善理念、文化、知识和方法的传播。除了线上传播外，《娴院演讲》还曾受邀走进中国人民大学、中央财经大学、太原理工大学、山西大学、山西综改示范区和太原女子戒毒所等单位，进行过多场演讲。在国内公益慈善领域，以演讲的方式做公益，把演讲作为慈善基金会的核心产品，尚不多见。作为基金会行业独特且具有创新性的实践，《娴院演讲》为国内公益慈善界和基金会行业所关注。

演讲是以视频方式呈现的，其传播渠道主要是自媒体平台，这种方式具有传播速度快、便捷高效和成本低等特点，但相较纸质书籍，还是存在一些明显的缺陷。为了便于公益从业者从中汲取经验、学习方法、深度交流，为公益慈善的理论研究者提供典型案例和研究样本，使公益慈善的行政主管部门能够更好地把握公益活动的发展规律，我们遂决定编辑、出版《娴院演讲》。

演讲嘉宾大都来自慈善组织、社工机构、志愿服务团体等公益组织，也有部分文化工作者和独立公益人。我们能够感受到他们在公益道路上的艰辛努力，也能够看到他们对公益的执着和坚韧。他们为许多孤立无助的需求者提供了遮风避雨的保护伞，也激活了受助者与生俱来的内在潜能，给了这些人顽强生活下去的勇气和信心，使其感受到社会、他人的关爱和温暖。他们也用自己的实际行动，诠释了公益慈善的利他理念和社会价值。

山西省娴院慈善基金会致力于公益研究、公益传播和公益培育，希望在传统公益的基础上探索出新的路径。本书的出版，是这种探索的初步尝试。我们的目的是架通公益慈善组织、慈善人士和需求者之间的桥梁，促使公益链条各主体间的有效对接，实现做"有效率的慈善"的目的。

感谢周然先生、陈为人先生为本书作序，感谢山西人民出版社编辑吕绘元老师为本书出版所付出的辛勤劳动。在公益的道路上，我们愿意与大家共勉。

山西省娴院慈善基金会发起人　彭占龙

2025 年

娴院演讲（三）

公益人　公益事

彭占龙　主编

山西出版传媒集团

山西人民出版社

图书在版编目（CIP）数据

娴院演讲：公益人 公益事．三 / 彭占龙主编. --
太原：山西人民出版社，2025．3. --（娴院演讲丛书）.
ISBN 978-7-203-13528-9

Ⅰ．Ⅰ267

中国国家版本馆 CIP 数据核字第 2024VU4721 号

娴院演讲：公益人 公益事．三

主　　编：彭占龙
责任编辑：吕绘元
复　　审：刘小玲
终　　审：武　静
编纂统筹：杨　梦
装帧设计：尹志雷

出 版 者：山西出版传媒集团·山西人民出版社
地　　址：太原市建设南路 21 号
邮　　编：030012
发行营销：0351-4922220　4955996　4956039　4922127（传真）
天猫官网：https://sxrmcbs.tmall.com　电话：0351-4922159
E－mail：sxskcb@163.com　发行部
　　　　　sxskcb@126.com　总编室
网　　址：www.sxskcb.com

经 销 者：山西出版传媒集团·山西人民出版社
承 印 厂：山西省教育学院印刷厂

开　　本：720mm×1020mm　1/16
印　　张：30.25
字　　数：377 千字
版　　次：2025 年 3 月　第 1 版
印　　次：2025 年 3 月　第 1 次印刷
书　　号：ISBN 978-7-203-13528-9
定　　价：98.00 元（共二册）

如有印装质量问题请与本社联系调换

2023年8月，"娴院演讲"项目在第一届"山西慈善奖"评选中被评为"优秀慈善项目"

2023年8月，"娴院演讲"项目获第一届"山西慈善奖"奖杯

序一

　　《娴院演讲》是娴院慈善基金会打造的一个慈善传播品牌。这些年来，《娴院演讲》秉承"公益人讲公益事"的核心理念，深度挖掘我们身边的慈善草根，讲好慈善故事，思考慈善需求，研究慈善理论，为慈善传播做出了有益的探索和具有创新性的贡献。这本集子是从《娴院演讲》数百位嘉宾的演讲内容中，遴选出的部分精华。基金会发起人彭占龙先生邀我作序，出于对慈善事业发展的关注和期许，我欣然允诺。

　　慈善是一种情怀。我一直敬佩那些带着纯粹的情怀，一砖一瓦做事情的人。他们可能是保护文物、守护文明、为子孙后代留住历史记忆的苦行僧，可能是热心公益、爱做善事、给弱势群体提供社会支持的志愿者，也可能是把自己封禁在哲学或科学问题里、孜孜不倦以求真解的不知名学者。我们要为这样的人鼓与呼！

慈善这一概念来源于西方，而我一直思考，我国传统文化与慈善的边界和交融。我想我们的传统文化内核其实就是慈善，而且我国传统文化还有一个高明之处，就是把家事国事天下事打通为一，引领人们通往超越利己主义的崇高道德境界。而在这种力量感召下，内生地、主动地、一点一滴行动的人，我认为他们就是慈善家，就是我们最值得珍视的社会财富。他们所做的事情也许很微小，微小到做了一辈子可能都没多少人知道，当然，被别人知道也不是他们所追求的。但你若知道了，也一定会像我一样，被他们的平凡善举所感动。

身处后疫情时代，我们的社会从来没有像今天这样需要公益、慈善和志愿服务的力量，党和国家也非常关注公益慈善事业的发展，把慈善组织从业人员纳入新的社会阶层人士队伍，视为不可或缺的统战力量。在基层社会治理中，公益慈善的角色无处不在；在促进社会公平正义中，公益慈善的作用无可替代。而本书中的这些小人物和他们的小贡献，正是在这种社会大潮中涌现出的绚丽浪花。他们走出内卷，实现破圈，给行业带来新的气象，而彭占龙先生的选择又何尝不是公益行业的破圈创新之举？

期待《娴院演讲》越来越好，期待下一本演讲集的问世。

周　然

2025 年

序二

2021年正月初十，我曾走进娴院讲堂，面对3个机位镜头，运用全景、中景、特写，以讲故事的方式，拍摄录制下一段人生的经历，这种庄重的"出镜"场面，让人油然而生一种使命感、责任心。

由此及彼，感同身受，我想当乡村教师讲述乡村文化生活与学生的洗澡问题，点亮山区孩子观望外部世界的眼睛；当环保志愿者分享他在黄河源头采撷到的山神故事；当心理咨询师解救孤独者、抑郁者的心灵；当禁毒社工不厌其烦地直面吸毒者，探索戒毒路；当历史学者娓娓道来民间慈善如何滋养中华文明的根系时……这些声音或许人轻言微，称不上振聋发聩，却如涓涓细流泉水叮咚，终将汇入人类向善的长河。《娴院演讲》正是这样一处让思想微光得以绽放，让善念细流得以汇聚的所在。

自 2017 年 8 月 15 日，《娴院演讲》第一期节目上线，到 2024 年底，累计邀请嘉宾 377 位，共播放 419 期，包括教育公益、心理抚慰、社会工作、养老助残、慈善法规、儿童保护、公益文化、应急救援、志愿服务等，横跨 12 类话题。八载春秋，借助腾讯、爱奇异、微博等 11 家微信和自媒体公众平台广泛传播，形成了系列落地成功案例，触及并影响了大量观众。它不仅为公众提供了一个了解公益、关注弱势群体的平台，而且还激发更多的人投身公益慈善事业。10 多个音频、视频线上传播，数百小时的影像资料，这些数字背后，是一个民间文化机构对公益传播的执着探索。娴院慈善基金会以山西为原点，将视野投向整个华夏大地人性共通的"从善如流"理想。从最初为草根公益组织搭建发声平台，到逐渐形成演讲、闲话、会说"三位一体"的公益话语体系，娴院走出了一条独具特色的民间智库成长之路，而今一朝镌刻成书，白纸黑字再增传播新载体。这里没有居高临下的说教，只有平等开放的对话；不追求一时轰动，而注重思想的长久浸润。

　　公益的本质是人与人之间最朴素的联结。在这个信息爆炸却心灵隔膜的时代，《娴院演讲》回归最本真的交流方式——面对面地讲述与倾听。当扶贫工作者晒出沾满泥土的工作笔记，当非遗传承人演示即将消失的古老技艺，当社区志愿者讲述邻里互助的温暖瞬间时，屏幕前的我们得以触摸公益最生动的肌理。这些真实的故事比任何宏大的理论都更具说服力，它们证明：改变世界的不是遥不可及的理念，而是每个人触手可及的善意。

　　《娴院演讲》作为基金会的公益产品，以"公益人讲公益事"为核心理念，讲述公益故事，推出公益人物，交流公益经验，传播公益理论。参与《娴院演讲》的机构达 267 家，机构类型以公益慈善为主。《娴院演讲》陆续走进山西大学、太原理工大学、山西财经大学、太原科技大学、中北大学、太原师范学院……不仅走遍了山西的10多所大学，还远赴北京，走进中央财经大学、中国人民大学，还走进山西综改示范区、太原女子戒毒所等单位，走出了一条独具特色、初见成效的公益之路。

更可贵的是，《娴院演讲》构建了一个多元思想的交汇场域。在这里，大学教授的学术思考与田间地头的实践智慧获得同等尊重；传统慈善的厚重底蕴与社会创新的前沿探索碰撞火花；山西本土的经验与跨地域的视角相互映照。这种开放性使《娴院演讲》超越了普通的地方文化项目，成为观察中国公益生态的一个独特窗口。

作为公益文化的播种者，《娴院演讲》尤其注重思想的深耕细作。每个演讲者都要经历主题提炼、内容打磨、试讲调整的严谨过程，确保分享的不是浮光掠影的感触，而是经得起推敲的实践智慧。这种对内容品质的坚持，在快餐文化盛行的当下显得尤为难能可贵。正是这份认真，使得《娴院演讲》视频能够走进高校课堂，成为公益教育的鲜活教材；能够被基层社会组织反复观看，转化为实际工作的参考模板。

翻阅《娴院演讲》集子，读者能感受到一种特别的气质：既有三晋大地的朴实厚重，又不乏面向未来的开阔视野。从脱贫攻坚的一线记录到人工智能时代的公益伦理探讨，从传统民间结社研究到社会化媒体募捐案例分析，内容跨度之大令人惊叹。这恰是当代中国公益实践的缩影——在古老文明与现代变革的交会处，寻找善的永恒价值与当代表达。

《道德经》有云："天下大事，必作于细。"公益慈善的宏图伟业，终究要落脚于一个个具体人物的切实行动。《娴院演讲》汇集的价值，正在于它忠实记录了这些平凡而伟大的行动者如何用生命影响生命。当未来的研究者回望 21 世纪中国公益事业发展历程时，这些来自民间的真实声音必将成为珍贵的历史底本。

乔运鸿、赵远二位先生在《技术、媒体与公益慈善文化传播的破圈之路——〈娴院演讲〉公益传播平台的创新性探索》中揭示："信息流转加速、传播链条缩短、社交圈层被打穿，有价值的公益慈善项目借助互联网直接诉诸大众。拆除了时空的藩篱，每一个小小的善意和温暖都被汇集起来，准确传递给请求帮助的事、需要关怀的人。"张雪芹《于微光中做一名开心社工》一文中有言："社工就像萤火虫，虽然很微小，但是能用微弱的身体给予别人光亮。"

正因为持之以恒的不懈努力，2023 年，"娴院演讲"项目在第一届"山西慈善奖"评选中被评为"优秀慈善项目"。

《娴院演讲》集子，成为一扇窗，让更多人看见公益的丰富可能；它还成为一座桥，连接更多志同道合的同行者；更成为一粒种子，在读者心中孕育出善的参天大树。因为每一个被讲述的故事，都可能开启新的故事；每一份被传递的善意，终将让这个世界变得更值得热爱。

有心人天不负，有志者事竟成。祝贺《娴院演讲》闪亮登场！

陈为人

2025 年

技术、媒体与公益慈善文化传播的破圈之路

——《娴院演讲》公益传播平台的创新性探索

乔运鸿　赵　远

　　信息流转加速、传播链条缩短、社交圈层被打穿，有价值的公益慈善项目借助互联网直接诉诸大众。拆除了时空的藩篱，每一个小小的善意和温暖都被汇集起来，准确传递给请求帮助的事、需要关怀的人。这样的泛在连接也给了被传统渠道忽视的小型专业化公益机构一个展示的窗口、一个放大自己声音的机会。从这个意义上说，互联网公益给广大的参与机构提供了一个在统一的规则下互相比较、诉诸大众捐赠者评断的平台，起到促进不同项目间的良性竞争、提升行业整体专业度和透明度的作用。

——摘自《中国互联网公益》

乔运鸿，山西省娴院慈善基金会理事长。

赵　远，山西省娴院慈善基金会《娴院演讲》项目制片人。

爱心尚德的慈善文化，是立人之本，也是立家之本；是兴市之道，也是兴业之道。随着互联网传播优势的不断显现，知识类视频平台逐渐兴盛，从国外的 TED 演讲，到国内的网易公开课、大学开放式网络课程 MMOC 都受到业界较大关注。知识共享在时代交替中不断嬗变，人们对知识的渴求愈加迫切，公益分享传播平台却屈指可数。于是山西省娴院慈善基金会开始思考，如何让积极向上的慈善文化真正融入大众，如何让公众便捷地获得对慈善的认知。带着传播慈善文化的职能和责任，基金会于 2017 年 8 月正式上线了全国唯一的公益文化演讲栏目——《娴院演讲》。

一、《娴院演讲》在做媒体公益

如今，做公益的方式多种多样，每个人、每个机构都可以根据自己的实际情况和兴趣选择适合自己的方式。常见的做公益方式包括捐款捐物、志愿服务、公益项目开展、公益组织支持、公益文化传播等，传播公益理念、弘扬慈善文化则需要借助媒体，媒体公益由此诞生。什么是媒体公益？AI 给出的答案是，各种媒介组织（包括平面媒体、广播电视、网络媒体等）以多种方式参与公益行为具体实施的行为，涵盖公益文化传播、公益活动组织、公益项目推动等多个方面。其角色一是报道者，通过新闻报道、专题报道、信息扩散等形式，及时、准确、全面地传播公益文化，提高公众对公益事业的关注度；二是宣传者，利用自身的传播渠道和影响力，积极宣传公益理念，倡导社会公德，推动形成良好的社会风尚；三是组织者，通过舆论动员、发起组织或直接参与公益活动，推动公益事业的发展。

案例一：我看过你的演讲视频

一位求职者去应聘一家公益机构，在面试时，看到面试官小陈，求职者说出的第一句话就是："我看过你的演讲视频。"小陈感到纳闷，紧接着求职者说："在爱奇艺上，你讲的《拆解公益——青年人如何科学认识与科学实践公益事业》。"小陈恍然大悟，自己前段时间应山西省娴院慈善基金会邀请，参与了《娴院演讲》的录制。

茫茫人海中，看似一场偶然的相遇，但背后是媒体公益的推波助澜，让求职者了解了公益，让小陈的自我价值放大，让社会对公益事业多了一份理解。这是娴院基金会一直以来所坚持做的事情，即构建良性公益生态圈。

山西省娴院慈善基金会是一家4A级社会组织，致力于公益慈善研究、公益慈善培育和公益慈善传播。《娴院演讲》栏目是公益慈善传播的主要载体，其核心理念是"公益人讲公益事"，力图通过演讲平台架通公益慈善组织、慈善人士与需求者之间的桥梁，实现公益慈善组织、慈善人士与需求者之间的直接有效对接，实现做"有效率的慈善"的目的。同时，为传播慈善理念、文化、知识和方法，《娴院演讲》还打造了高端公益慈善文化讲坛，即约请公益慈善、历史文化、科技教育和社会治理等学界专家学者和公益慈善行业知名人士做客《娴院演讲》。此外，《娴院演讲》还寻求与公益慈善有关的会议、沙龙、会客厅主办方合作，适时推出参会嘉宾的精彩发言和会议花絮。

媒体公益传播依赖于多种资源和能力的综合运用，这些资源和能力包括但不限于：媒体资源，即电视、网络、报纸等公益信息传播的主要渠道；资金资源，即一定的资金来支持制作、宣传、组织、执行等各个环节；人力资源，即包括志愿者、专业工作人员、合作伙伴等，他们共同构成了媒体公益传播的主体；信息资源：即包括公益项目的成功案例、数据支持等，这些信息有助于增强公益传播的说服力和可信度；技术资源：即运用现代新媒体技术和表现方式，如微信公众平台、微博、短视频、大数据等做到及时、便捷、有效、快速和多渠道、多方式传播，形成丰富的感性认识和大众扩散效应。

《娴院演讲》搭载媒体公益这条快车道，已经运行数年，体现了其适应公益行业发展的影响力和生命力。在这数年里，得益于娴院基金会所提供资金和人员支持，借助微信公众平台和腾讯、爱奇艺、微博等另外 11 家自媒体平台广泛传播，形成了系列落地成功案例，触及并影响了大量观众。它不仅为公众提供了一个了解公益、关注弱势群体的平台，而且还激发更多的人投身公益慈善事业。

二、《娴院演讲》在做技术公益

技术公益的概念于 21 世纪初开始在英国出现，并逐渐在全球范围内得到推广和应用。国际上与技术公益对应性最强的概念是 tech for good（直译为为了善的技术），它强调技术应被用于改善社会福祉和公共利益。

2012 年前后，技术公益在中国出现并得到推广。在中国，"技术公益"虽然不是流行词语，也没有统一的定义，但是类似的概念如互联网公益、互联网 + 公益、科技公益、IT 公益等逐渐被人们所熟知和接受。技术公益一般指将各类专业技术应用到公益领域，强调利用技术的力量，通过技术支援、运营指导、传播渠道支持、专业志愿者支持等多种形式，为公益事业提供新的解决方案和动力。

当下，AI技术已经成为各大平台吸引眼球、博取流量的技术手段。例如，孙悟空骑上了摩托车扬长而去、甄嬛掏枪等魔改视频，操作者甚至不需要有任何视频剪辑软件的基础，只需要用文字描述一下，不论多荒谬的画面AI都能瞬间做出来。

确实，随着AI技术的飞速发展，互联网生产力也发生了革命性的变化。通过模拟人类的思维和行为，让机器能够像人类一样进行学习和决策，从而完成各种复杂的任务。那么能用AI做公益吗？

在公益圈，AI技术体现于数据分析和预测，帮助公益组织更好地了解社会问题、预测趋势及评估项目成效；智能匹配和推荐，找到适宜的公益项目或捐赠渠道；个性化捐赠方案，根据捐赠者的历史捐赠纪录、偏好及社会问题紧急程度，为捐赠者提供个性化的捐赠方案等，不过前提是要确保数据安全和隐私保护、算法公正性和透明度、技术伦理和道德等一系列问题的有效解决。

《为公益实践提供技术指引〈中国技术公益发展报告2023〉发布》一文称："技术公益的核心理念是将技术与公益紧密结合，通过专业的技术能力，更加高效地解决社会问题和公益痛点，以实现更有效且不断创新的公益服务，为公益活动贡献新的思维方式和行动方式，也为技术企业践行社会责任提供创新性的路径。技术行业参与公益无论是对公益组织进行赋能，还是直接运营公益活动，都成了公益行业的一部分。公益行业的运营、转型与发展，是技术公益的基础。"

（一）《娴院演讲》技术视角分析

《娴院演讲》的目标对象是草根公益组织或草根公益人，由他们讲述自己的真实故事和公益项目，在录制其演讲视频后，根据内容进行剪辑，以8—10分钟为一个片段播出。若是用AI技术，仅输入几句话就能自动生成一段公益演讲视频的话，那么公益效果的真实性将大打折扣，其产生的公益影响也会饱受争议，最初的公益情怀更不值得一提。

《娴院演讲》录制现场

所以在拍摄《娴院演讲》过程中，我们运用3个机位镜头，全景、中景、特写三景别的拍摄方式，以讲故事的形式录制；现场配备提词器，提示关键内容；演讲过程中，如有表述不当，可暂停重新调整，减轻演讲嘉宾的心理负担。后期制作则运用直接切换、淡入／淡出、声音桥接等一些剪辑技术，根据具体需求灵活运用，提升视频的流畅性和叙事性，传递最真实的公益价值。

对于大多数公益人来说，这其实是个不小的挑战：通过这样的形式，静下心来梳理自己做公益的历程；在梳理中总结经验、发现优缺点；第一次面对镜头，能沉稳、清晰地讲述公益故事；播出之后，积极沟通、对接所需的公益资源和需求。

2005 年，学者马晓荔和张健康对公益传播进行了定义，这是国内学术界首次对该概念进行界定。他们将公益传播定义为："具有公益成分、以谋求社会公众利益为出发点，关注理解、支持、参与和推动公益行动、公益事业，推动文化事业发展和社会进步的非营利性传播活动。"

（二）《娴院演讲》技术数据分析

1. 嘉宾分类

从 2017 年创办到 2024 年底，《娴院演讲》累计邀请嘉宾 377 位，嘉宾分类如下图所示：

《娴院演讲》嘉宾分类图

根据以上数据分析可以看出，参与《娴院演讲》的嘉宾占比较高的群体分别为高校教师、机构负责人和项目负责人。

2. 话题分类

截至 2024 年 12 月，《娴院演讲》共播放 419 期，横跨 12 类话题，包括教育公益、心理抚慰、社会工作、养老助残、慈善法规、儿童保护、公益文化、应急救援、志愿服务、文化生活、禁毒、孤独症，如下图所示：

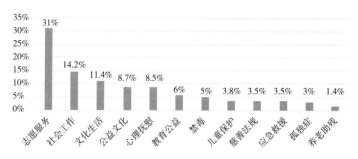

35%
30% 31%
25%
20%
15% 14.2%
11.4% 8.7% 8.5%
10%
6% 5% 3.8% 3.5% 3.5% 3% 1.4%
5%
0%

志愿服务　社会工作　文化生活　公益文化　心理抚慰　教育公益　禁毒　儿童保护　慈善法规　应急救援　孤独症　养老助残

《娴院演讲》话题分类图

参与《娴院演讲》话题分类占比较高的分别为志愿服务、社会工作和文化生活。志愿服务话题通常关注个人或组织贡献时间、精力和技能，以改善社会、促进社区进步或帮助他人，实施方式有较大的灵活性、自发性和自愿性。

社会工作话题则侧重于通过专业社会服务来解决个人、家庭、社区和社会层面的问题，增强个体的社会功能，促进社会公平和和谐。实施方式主要是由专业机构或政府部门倡导组织，具有更强的规范性和系统性

文化生活话题虽然更广泛，但是同样包含了对社会进步和人类发展的关注，通过文化活动和交流来促进社会繁荣和进步。实施主体更加多样，可以是政府、企业、社会组织或个人，以多种形式参与和推动

上述3类话题都体现了对社会责任和人类福祉的关注和追求，相互促进、相互补充，共同传播公益理念，吸引公众参与公益，推动公益行业良性发展。

3. 机构分类

参与《娴院演讲》的机构达267家，机构类型以公益慈善为主，

如下图所示：

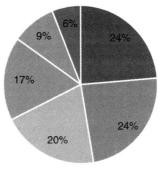

■ 社会工作服务中心　　■ 心理咨询服务中心　　■ 高校
▨ 志愿服务协会　　　　■ 基金会　　　　　　　▨ 公益事业发展中心

参与《娴院演讲》机构分类图

　　参与《娴院演讲》机构占比较高的为社会工作服务中心、心理咨询服务中心和高校。这 3 类机构，一个属于实际帮扶，一个属于心理帮扶，还有一个属于理论帮扶，在公益生态圈各自扮演着重要的角色，既相互独立，又相互促进、转化，共同构成全面而有效的帮扶体系。

　　三者相互独立：实际帮扶，侧重于解决实际问题，如提供经济援助、生活物资、就业创业指导等；心理帮扶，侧重于精神层面的支持，如心理疏导等；理论帮扶，侧重于提升受助者的知识和技能，为其长远发展奠定基础。

　　三者相互促进：实际帮扶的成功实施可以为心理帮扶和理论帮扶提供有力的支持。例如，通过提供经济援助和生活物资，可以减轻受助者的经济压力，从而更容易接受心理帮扶和理论帮扶。同时，心理帮扶和理论帮扶也可以促进实际帮扶的效果。通过心理疏导和技能培训，可以增强受助者的自信心和应对能力，从而更好地面对生活中的挑战。

三者相互转化：在某些情况下，实际帮扶、心理帮扶和理论帮扶之间可以相互转化。例如，对于某些因心理问题而导致的经济困难，心理帮扶可以转化为实际帮扶的一部分，通过解决心理问题来改善经济状况。同样，理论帮扶也可以转化为实际帮扶，通过提供实用的知识和技能来帮助受助者解决实际问题。

三、《娴院演讲》在做传播公益

如前所述，《娴院演讲》嘉宾以高校教师、机构负责人和项目负责人为主体，3类主体传播公益的侧重各有不同。

（1）高校教师进行公益研究，思考公益前瞻性问题。

案例二：朝着让自己失业的方向前行

谢小江，一名高校心理咨询师。学校要求要善于发现有问题的学生，然后找出问题做预防，不能有恶性事件的发生，因此谢小江的眼里都是有问题的学生。时间长了，谢小江就去思考，为什么学生非要到哭的时候才来寻求帮助呢？在他哭之前，如果我们做一些事情，是不是就不用来他那儿了呢？心理咨询在我们国家有一个普及的过程，人们做心理咨询往往有一种病耻感，一般很难启齿，我刚刚去做了一个咨询，我有什么问题，比如我有抑郁症，我有焦虑症，我有双向情感障碍……

谢小江把心理咨询做成了扩展活动，把"去咨询"，说成"去学魔方"，配合着一边做游戏，一边做魔方，一边讲故事。一节课下来，魔方可能学得要慢一些，故事听得可能会多一些，潜移默化中完成了心理疗愈。

（2）机构负责人肩负机构的愿景和使命。

案例三：一朵能量满满的山茶花

2013 年，读大学的范南兰第一次以志愿者身份参与乡村支教和农民工子女陪伴志愿服务，那一段美好的经历在她心中埋下了公益的种子。大学毕业后，她走进重庆市南岸区益友公益发展中心，成为全职公益人。她设计实施的"彩虹守护计划——反毒大篷车"青少年禁毒宣传教育、"微爱记忆"老年失智预防与关爱、"独居老人的暖心汤"等 20 多个项目，直接服务青少年及老人 20 万余人，培育志愿服务队伍 100 多支。从志愿者到管理者再到领导者，范南兰的身份发生了变化。她说，志愿者就是在一线服务，获得价值感；作为管理者，需要对项目有全面认知，从个性化的问题看到群体性的需要；作为领导者，需要开阔的视野和胸怀，包括对整个机构的未来发展要有远见。

（3）项目负责人有一线经验，从实际出发为我们讲述公益故事。

案例四：一碗粥一片情，温暖一座城

2016 年冬天，张昌勤偶然看到一位衣衫单薄、头发斑白的环卫工人坐在路边的三轮车上啃冷馒头、喝凉水。寒风凛冽，他忍不住上前问那位和他父亲年纪差不多的老人："叔，这么冷的天儿，你吃凉馍、喝凉水不冰吗？"

老人笑笑说："习惯了，没事儿，就当吃冰棍哩！"老人回答得轻松、幽默，张昌勤却听得心酸、沉重。他心里想，如果能让这些辛苦付出的环卫工人吃上热乎乎的早餐该多好啊！回到家，他立即召集协会管理人员开会，说出了自己的想法。当天下午，他就和几名志愿者置办厨具、采购食材，一直忙到晚上 11 点多。第二天凌晨不到 4 点，他就赶到爱心粥屋，用砖头支起灶台做饭。2016 年 11 月 17 日，运城市第一时间志愿者协会第一顿免费的爱心早餐就这样出锅了。无论严寒酷暑，还是风霜雨雪，从不间断，协会的这一坚持就是 7 年多，参与志愿者 3.7 万人次，服务环卫工人 23 万人次。

此外，作为一个区域性公益项目，《娴院演讲》也做跨域传播。

项目执行以来，凭借多年的运行与积累，不仅在山西省内形成了较大影响，具有一定的知名度，2023 年在首届"山西慈善奖"评选中被评为"优秀慈善项目"，而且随着"走出去"模式的探索，一方面不断充实演讲嘉宾资源库，另一方面也促使《娴院演讲》项目组专门制定了对接省外公益组织和演讲嘉宾的具体流程和要求，使项目运行越来越规范化。

"走出去"录制情况主要呈现以下特点：

（1）单场录制人数平均 20 人，比以往在省内单场录制人数增加 13 人，使录制更加集中，效果较好，且节省了部分成本。

（2）从录制内容来看，公益主题约占 99%，以演讲者讲述自身公益故事为主。

（3）"走出去"促使每场演讲的录制场地有所更换，不仅丰富了录制场景，而且也更具地域特色。

四、《娴院演讲》实现传播公益破圈

《娴院演讲》将技术与公益结合，利用传播媒介，讲述行业故事，传递公益理念，将有限的公益资源实现最大的公益效益。对于娴院来说，为什么是有限的公益资源呢？公益资源局限在哪里？那就是所在地域对公益的认识度有局限和所谓山西公益圈的大环境。在《娴院演讲》邀请嘉宾的过程中，我们能切实感到，草根公益组织在坚持认真做事情，但是在现场表达中只用几分钟就讲完了，不会概括，不会梳理；觉得自己做就好，不用传播，做公益、做好事不就是这样吗？如果公益生态圈是这样的话，那么我们策划得再好，配备的拍摄机器再怎么高大上，运用的剪辑技术再怎么高超，那么投入和产出还是不成正比。

王跃璇在《网络公益传播研究综述及展望》一文中说："在新媒体时代，公益传播形态发展和传播模式的巨大变化更是引发了学者的关注，不少学者总结了数字化时代公益传播的新特征：一、从基于大众媒体的大众传播转变为基于个体的人际网络传播；二、传播主体更加多元，传播题材多样且呈现草根化特征；三、传播以裂变式的病毒传播方式通过网络不断扩散，使得传播的走向既可通过技术实时监测又难以预测。"

《娴院演讲》是如何将有限的公益资源做出最大公益效益的呢？怎么来定义"最大"？近年来，情感与情绪的力量得到了重视。当公众看到他人遭受苦难时，同情心会油然而生，促使人们伸出援助之手，实现爱心接力，吸引更多的人关注公益事业。在公益活动中，情绪价值的传递也是非常重要的。一个微笑、一句鼓励

的话语、一个温暖的拥抱，都可能成为受助者重新燃起生活希望的火种。这些看似微不足道的情绪支持，实际上对于受助者的心理康复和未来发展具有深远的影响。在公益传播中，人们的爱心、同情心和责任感等积极情感被激发出来，形成了强大的能量，从而有助于构建一个更加和谐、友善的社会环境。《娴院演讲》用8—10分钟的视频，链接优质公益资源，提高大众对公益事业的认识。

1. 公益组织人员的参与

参与《娴院演讲》的嘉宾用最朴实的言语，讲述自己所参与过的公益故事和经验。他们的演讲一方面为自己的公益之行做了梳理，另一方面更加坚定了深耕公益的信念，从而使更多的人受益。

例如，在《娴院演讲》平台上，天龙救援队队长陆玫号召社会广泛参与自然灾害、户外和城市应急公益救援；山西省上善社会工作发展基金会发起人重度残疾者宋卫军用自己的实际行动生动阐释了"慢慢地懂了，这个世界上只有所有的人奉献爱，只有所有人都有爱的时候，我们才能生活得更幸福"的生命真谛；自伤危机干预心理咨询师冯晋渊呼吁"生命的守候从来不是一件容易的事，希望我们每一个人都能活成一道光，用你身上的光，照亮你周围的每一个人"。

2. 链接演讲嘉宾和公益组织资源

《娴院演讲》与公益组织建立了广泛而深入的合作关系，孵化公益项目，推动行业发展，并发挥项目中嘉宾的影响力，将《娴院演讲》带到西安、成都、大连、重庆、沈阳等地，受众数万人次，扩大了项目的受益面。

案例五：娴院"林荫未来"青年成长公益训练营（以下简称公益训练营）

娴院基金会与林荫公益的结识是一种机缘。林荫公益是由一群活力四射的青年人组成的公益组织，通过对县域中学学子开展核心课程、专业课程、生涯课程等形式，邀请来自世界顶尖学校的学生担任班主任，与县域学生面对面交流，积极助力当地教育生态的改变，切实推进教育公平，促进优质教育资源下沉。

2023 年公益训练营课堂

我们将林荫公益的优秀青年张郑武文邀请到《娴院演讲》平台进行演讲，由此埋下了合作的种子。

再识林荫公益是 2022 年盛夏，《娴院演讲》初次探索"走出去"，在省外举办演讲，首站落地成都。演讲活动在林荫公益的协助下圆满完成，双方有了更加深入的了解，寻求合作的想法进一步生根发芽。之后，在两家社会组织的共同努力下，公益训练营成功落地山西。2023 年 7 月，来自山西省汾阳市第四高级中学的 64 名学子参加公益训练营，接受了系统化的大学专业体验和个性化的生涯规划指导。2024 年 7 月，双方再次合作，公益训练营落地山西省交城中学，99 名交城学子受益。在助力学子成长、促进县域教育事业发展的共同目标下，公益组织（林荫公益）、慈善组织（娴院慈善基金会）、承办方（汾阳市第四高级中学和交城中学）三者形成一个良好的公益生态：娴院基金会的资金支持、林荫公益的专业项目运作、两所学校的在地组织和落地实施，各自既是项目资源的提供方，又是项目实施的需求方，三者相互协作、支持，使公益项目顺利落地实施。

2023 公益训练营落地汾阳市第四高级中学

2024公益训练营落地交城中学

在公益训练营项目中，还涉及政府、学校、家长、学生等多个主体。每个主体间的关联、沟通和互动，又形成公益项目运行中的诸多小生态。公益好生态的构建，是公益活动开展的条件。同时，对整个社会大公益的形成，也产生引领、示范作用。从这个意义上来讲，公益训练营的价值已经超越了公益活动本身。

3. 建立互动交流的演讲嘉宾社群

整合《娴院演讲》嘉宾资源，对公益组织及公益话题进行区域和领域的归类整理，建立公益演讲社群，以"演讲"为引，在社群内延伸出活动、人物、案例等全面的公益资源，推动公益行业的发展。

案例六：组建公益社群，举办山西省基金会信息公开能力建设培训会议

《娴院演讲》嘉宾中国基金会发展论坛秘书长、北京基业长青社会组织服务中心执行主任吕全斌，为山西的公益伙伴们做了《基金会中心网介绍与信息公开的重要性》的分享。吕全斌以基金会中心网三大业务板块：数据工作作为底层支撑，是基金会中心网的核心和基础；中基透明指数FTI作为拳头产品，是基金会中心网的重点和亮点；组织作为开放平台，是基金会中心网的探索和发展，说明了基金会中心网是做什么的机构。基金会中心网致力于用数据说话，助力阳光慈善。

山西基金会的同仁也针对各自不同的问题进行了交流，在自我吸收与消化的同时，不断加强行业交流，有效推动山西公益慈善事业的高质量发展。

4.编辑出版《娴院演讲》系列图书

《娴院演讲》不仅形成了大量的音频、视频资料，而且在获得演讲嘉宾同意后，以文字的形式记录下来，陆续出版了《娴院演讲》系列图书。与互联网平台视频、音频的推出相结合，形成视频+音频+文字全面的传播方式，传播公益思想，培育公益精神。

案例七：2022年《娴院演讲（一）》的出版

《娴院演讲》秉承"公益人讲公益事"的核心理念，深度挖掘身边的慈善草根，讲好慈善故事，思考慈善需求，研究慈善理论，为慈善传播做出了有益的探索和具有创新性的贡献。这本集子是从《娴院演讲》数百位嘉宾的演讲内容中，遴选出的部分精华。身处后疫情时代，我们的社会从来没有像今天这样需要公益、慈善和志愿服务的力量，党和国家也非常关注公益慈善事业的发展，把慈善组织从业人员纳入新的社会阶层人士队伍，视为不可或缺的统战力量。在基层社会治理中，公益慈善的角色无处不在；在促进社会公平正义中，公益慈善的作用无可替代。本书中的这些小人物和他们的小贡献，正是在这种社会大潮中涌现出的绚丽浪花。他们走出内卷，实现破圈，给行业带来新的气象。

《娴院演讲》不仅是在记录传播中国的公益慈善事业，而且也是中国公益慈善事业发展的一个缩影，它的发展只能与时代同步，和公益共振。

作为一家非公募区域性基金会，娴院基金会体量不算大，人员有限，财力有限；作为介入传播行业的基金会，《娴院演讲》运营投入成本同样很少，但是娴院基金会的愿景"美"——打造区域性枢纽型基金会；使命"美"——构建山西公益好生态。《娴院演讲》无论是案例故事，还是链接公益资源、落地公益项目，都在尽所能地朝着小而美的模式，不断实现破圈，可持续和韧性地发展。

记录慈善，传播公益

《娴院演讲》的种子是 2016 年 5 月份种下的。

那年那月的某一天，彭占龙先生邀我到桃园北路的陶作坊喝茶。其间，彭占龙先生说想办一个讲人文科技的自媒体，以视频演讲的形式在线上传播，问我愿不愿意做这件事情。彭占龙先生说这番话时，我当时倒没有怀疑我的耳朵听错了，而是怀疑什么时候连茶都有了刺激人说大话吹牛皮的作用了。你一个搞企业的，和文化传媒八竿子打不着。除了有点钱，技术、设备、团队、经验完全是零啊！再说了，做企业就是为了挣钱，你心心念念挣钱就是了，干这个除了花钱，对你又有什么好处和意义呢？还有，现在是信息爆炸的时代、娱乐至上的时代、短视频的时代、注意力分散的时代，你搞这么一档子看起来还很正统严肃的事情，又有谁看呢？

想到这儿，我都被自己的认真气笑了。彭占龙先生只是说说而已，你还真就当回事？然后，看着一脸认真慷慨陈词的彭先生，我虚与委蛇，心里却暗想，3个月之后，你彭占龙要是还记得这事，我信你！

茶叙完毕，走出茶馆门，我在心里提醒自己：看来以后喝茶都要悠着点，小心被茶水刺激得昏了头，说一些不着调的话吹一些无边际的牛。

3个月过去，天下太平，岁月静好，以至于我把这件事都淡忘了。

8月份的一天，彭先生突然打来电话，旧事重提。经过了3个月的冷静期，彭占龙先生竟然对这件事耿耿于怀，看来，他是要来真的了。那好吧，你真来，那俺就只好真干了。

当时我在山西广播电视台工作，在彭占龙先生的大力支持、亲切关怀、频繁督促下，我很快便走出了迎泽大街318号。

2017年8月15日，《娴院演讲》第一期节目上线。

蓦然回首，《娴院演讲》已经走过了8个年头。

8年演讲不辍，10多个音视频平台线上传播，而今一朝成书，再增传播新载体，更有文字久传世。

看来，彭占龙先生对《娴院演讲》这件事不仅是认真的，而且超出了我的预期，他是极其认真的。

话说到这儿，我还得借这个机会，给茶恢复一下名誉：茶水是个好同志，它不仅不会让人冲动说过头话，多饮几杯，也许它还有让你做出靠谱决定的神奇功效。

此刻，手捧一杯清茶，回眸来路，我想说三点感受：

一是初创期的摸索。

1. 请草根人，讲亚文化。这是创办《娴院演讲》首先要解决的问题。彭占龙先生说，我们要讲的是亚文化。什么是亚文化？本人才疏学浅，还专门问了一下度娘。简而言之，俗而释之，亚文化就是区别于主流文化的非主流的局部文化。这决定了我们在初创期邀请的演讲者大都是那些生长在多样性极其丰富的民间草根人物。给草根大众一个展现自我的平台，这无疑也是初创期的《娴院演讲》极易起步的路径。

2. 走出娴院，走进大学。演讲最初的录制是在娴院的展厅，虽然每次录制的时候，现场也是坐满了听众，但毕竟场地有限。如何给演讲者营造更浓厚的现场氛围，如何将现场的传播效果最大化，如何进一步扩大《娴院演讲》的知名度、影响力？我们想到了走进大学。青年是未来的希望，大学生也需要学习鲜活多样的课外知识。《娴院演讲》走进大学，不仅可以助力大学生教育，还可以吸引更多的大学生粉丝。我们的想法很顺利地得到了大学领导的认可和支持。从 2018 年开始，《娴院演讲》陆续走进了山西大学、太原理工大学、山西财经大学、太原科技大学、中北大学、太原师范学院……2018—2019 年两年间，《娴院演讲》不仅走遍了山西的 10 多所大学，还远赴北京，走进了中央财经大学、中国人民大学，甚至还走进了山西综改示范区、太原女子戒毒所。

3. 邀请名家，加持名气。虽然一开始《娴院演讲》就定位传播亚文化，展示草根人，但为了给《娴院演讲》增加点分量，扩大点影响，增加点流量，我们也尝试邀请了一些思想界、学术界、文化界的名人名家来做演讲。本来还担心名人名家架子大不好请，但事实是，你只要捧出你的初心，名人们大都会欣然应允。

二是成长期的定位。2018 年，彭占龙先生发起成立了山西省娴院慈善基金会。已经运行了一年多，本就出于公益初心而创办的《娴院演讲》就顺理成章地成了基金会的公益产品。在《娴院演讲》成长的这一年多时间里，我们渐渐地意识到，像《娴院演讲》这种内容庞杂的同质化、同类型自媒体产品有很多。作为慈善基金会的公益产品，我们能不能根据自身的基因，办出独具特色的《娴院演讲》呢？于是，以"公益人讲公益事"为核心理念，讲述公益故事，推出公益人物，交流公益经验，传播公益理论，为中国"记录公益，传播慈善"。按照这个清晰精准的定位，应当说，《娴院演讲》这几年已经走出了一条独具特色、初见成效的公益之路。

三是成熟期的挑战。而今，已经运行了 8 个年头的《娴院演讲》可以说是进入了成熟期，但是成熟期的《娴院演讲》与我们的预期依然有距离；在未来的征程上，它还面临扩大知名度、提升影响力、增强含金量等方面的挑战。当然，我们也知道，任何事物的发展，都不能脱离时代。公益慈善事业在中国的发展只有40 余年，真正快速地发展才十几年；中国现在每年捐赠的公益款物总额大约 2000 亿元，与中国每年百万亿量级的国内生产总值和几十万亿规模的财政税收相比，这个体量还是太过弱小。所以从这个角度上说，《娴院演讲》不仅是在记录传播中国的公益慈善事业，也是中国公益慈善事业发展的一个缩影。它的发展，只能与时代同步，和公益共振。

那么好吧，就让我们少安毋躁，保持耐心，与时代一起成长！

山西省娴院慈善基金会副理事长、秘书长，资深记者　周　光

2025 年

目录

张郑武文　面对教育扶贫，青年公益组织何以有为　　/ 002

程　肯　在林荫之下，我们是如何实现教育公益理想的　　/ 018

金静雅　传递青春力量，帮助山区学子照亮未来的路　　/ 027

侯凯荣　作为"后浪"，我们如何找到适合自己的

　　　　发展方向　　/ 033

李书凡　我和教育公益的那些事儿　　/ 040

张博涵　进击教育公益的复旦大学博士　　/ 048

熊雪蓉　用行动传递爱，用爱将心相连　　/ 058

周　丽　聚是一团火，散是满天星　　/ 065

郭恩伟　人人公益，利他利己　　/ 082

李丽娇　社工有情，以心暖心　　/ 096

郭益佳　社工需务实，知行要合一　　/ 104

李　敏　看见的力量　　/ 114

刘　利　缘起急救，忠于急救　　/ 123

蒲婵敏　人生舞台，还有你我携手演绎的平常生活　　/ 133

宋　馨　我将爱心融入灵魂　　/ 142

成　剑　我的星路缘起　　/ 152

王　君　这是一部专门为孤独症患者拍摄的电影　　/ 162

张　毅　立足县域中学，我们为什么需要教育公益　　/ 169

蒋　殊　烽火中的青春力量　　/ 177

杨国超　趣谈东西方香文化　　/ 188

后　记　　/ 198

张郑武文

　　1996 年 12 月生，2016 年 5 月加入中国共产党，成都林荫公益服务中心副理事长、原秘书长，四川省红十字基金会林荫专项基金副主任，南京师范大学新闻与传播学院博士。2018 年 8 月，带领中国西南地区县域中学学子代表出席在美国纽约举办的联合国第二十二届全球青年大会。

张郑武文音频上　　张郑武文音频下　　张郑武文视频上　　张郑武文视频下

面对教育扶贫，青年公益组织何以有为

演 讲 人 ｜ 张郑武文
演讲时间 ｜ 2021 年 12 月 18 日

用数字表达林荫公益

我是张郑武文，一名来自西南地区又先后求学于家乡和华东地区的青年。曾经的我是一线项目志愿者，如今已成长为公益机构负责人。我目前服务于成都林荫公益服务中心，这是一家 2017 年 7 月在成都市民政局注册成立的青年公益机构。林荫公益一直致力于两大目标：一是打造教育公益综合体系，通过这个体系促进教育资源的公平分配和均衡发展；二是打造教育志愿服务体系，通过带动全球志愿青年的力量，一起帮助县域中学学子共同成长。

4 年多来，已经有超过 400 名青年参与过林荫公益的各级各类志愿服务项目，超过 40 名同事活跃在部门一线和项目一线，他们大多来自全国或者海外知名高校。此外，还有 200 名分布在

2020 年公益训练营首次落地县域中学，在四川省古蔺县举行开营仪式

全国各地乃至全球各地的志愿青年，以不同方式关心、支持和参与林荫公益的教育公益事业。

我们的起点：公益网络班项目

2013 年暑假，两名来自成都七中的少年走进了四川省乐至县吴仲良中学的教室，他们作为来自中心城市超级中学的优秀学生，被交换到普通县域中学，进行为期一个暑假的学习。

吴仲良中学的同学对于这两名来自成都的同学感到非常好奇，他们问道："为什么你们来自超级中学的同学可以轻松走进自己理想的学府，而我们不管付出再多的时间、再多的努力，也很难考入我们理想的大学？"这个追问，在两名少年的心里埋下一颗种子——原来在我国西南地区，存在显著教育资源分配不均的现象，严重制约着当地的发展。由此，这种切身感受也让他们心里萌生了一个想法——如何调动青年的力量，实现教育资源的

2020年林荫公益团队于四川省青川县开展县域中学调研

均衡发展和公平分配。

后来，这两名少年通过高考，分别走进了北京大学和复旦大学。在高考结束后的那个暑假，他们组织同学编写了一本叫作《我们从七中起飞》的书，书中介绍了他们的成长经验，在全国各地发行。当然，对他们而言，一本书还不足以回应内心的追问，一个可持续、可复制、具有广泛受众范围的教育公益模式呼之欲出。这两名少年就是林荫公益的联合创始人钟李隽仁和康维阳。

在创始团队的努力下，以公益图书为起点，以公益售书所得为起始资金，他们做出了第一步尝试，即公益网络班项目。公益网络班的逻辑，是让教育资源欠发达地区的师生，能够通过互联网异地同堂享受到来自中心城市超级中学的课程资源。众所周知，这种资源长期以来是一种商业项目，需要付费，对于县域中学来讲，需要一大笔开支来购买这样的优质教育资源。于是林荫公益尝试调动社会爱心捐款，通过资源转化的形式，将这样的商业项目转化为公益项目，让来自教育资源欠发达地区的师生，可以无

2020 年林荫公益团队于四川省盐边县开展县域中学调研

偿使用这些优质资源。

2018 年 9 月，第一个林荫公益网络班正式开班，落地四川省盐边中学，通过引入社会爱心资本，导入优质教育资源，让异地同堂的效果得以实现，紧接着我们加快了落实公益网络班的步伐，一年后，公益网络班项目在四川各地全面铺开，覆盖 13 所初中、7 所高中，总共惠及 2000 多名学生和近 100 名教师。后来经过验证，公益网络班项目显著地提升了这批学生的学习成绩，同时也有效地提高了这些教师的教学能力。

"一块屏幕+"更能改变命运

对于林荫公益而言，如何能在一块屏幕的基础上总结出一套更加具有林荫公益特色的项目体系，成为摆在创始团队面前的难题。经过深思熟虑，我们推出了"一块屏幕+"教育公益综合体系。

所谓一块屏幕，就是以公益网络班为代表的优质课内资源。通过优质课内资源，帮助广大县域师生应对应试挑战，维护升学考试制度的公平性。通过中考和高考，切实改变他们的个人命运和家庭际遇。"+"背后的一揽子项目是通过林荫公益青年团队提供的课内课外资源，包括公益训练营、公益线上讲座、林荫学子国际舞台计划，以及林荫学子成长追踪计划等项目，陪伴教育资源欠发达地区的师生长期成长，使其得到全方位、全流程、全时段优质教育资源的支持和支撑。

一是公益训练营。这个项目的底层逻辑是邀请来自海内外知名学府的优秀大学生担任朋辈导师，在为期7天的营期内和教育资源欠发达县域的高中学子同吃同住同学习。这些朋辈导师和营员会被分成不同的学科方向，如文学、数学、工学、政治学、经济学、物理学等，围绕以上学科展开大学体验式的学习和实践活动。通过这个项目，我们旨在帮助县域中学学子在高中时代初步探索自己的专业兴趣和职业方向，在朋辈榜样的引导下，激发他们学习的内生动力。对于孩子而言，如何找到人生更长远的目标，如何发掘人生更长远的动力，同样也是他们的当务之急。从2018年1月首届公益训练营开展一直到今天，我们已经顺利进行了6届8场公益训练营，分别落地成都、泸州、大理、重庆等城市，超过120名来自海内外知名高校的朋辈导师和近500名来自教育资源欠发达县域的高中学子参与其中，这些高中学子大都来自西南地区原国家级贫困县及少数民族地区。经过4年多的发展，公益训练营项目结出累累硕果，很多孩子走进他们理想的学府，其中不少人还被北京大学、浙江大学、中山大学、南洋理工大学等海内外知名学府录取。

二是公益线上讲座。如果说公益训练营是针对个案的深度帮扶的话，那么公益线上讲座更多体现的是普惠的、综合的、打通城乡的基础逻辑。所谓公益线上讲座，就是邀请优秀学子、行业精英、学界专家，围绕学习方法、学生生活、职业规划及相关政策法规等主题进行分享和介绍。通过网络直播平台，可以让这些资源惠及更多的学子和家长。我们在很多县域中学采取集中观看的模式，直到今天，林荫公益已经举办10余期公益线上讲座，5万余名师生和家长参与其中，也有许多优秀的学子、专家、教师、资深职业人士，包括四川省文科理科高考状元，担任了公益线上讲座嘉宾。

三是林荫学子国际舞台计划。这个项目的逻辑是从公益训练营、公益网络班选拔沉淀下来的优秀学子，把他们选送到诸如APEC青年峰会、联合国青年大会及联合国公益组织大会等国际舞台，让他们代表中国青年发声。截至目前，20余名来自教育资源欠发达县域的学子和机构同仁，因这个计划出访国外，他们走进联合国，也走进了APEC的会场。

四是林荫学子成长追踪计划。对于学子来说，我们并不希望他们在结束项目周期之后，就失去和优质教育资源的链接，而是希望他们能够在人生的各个节点，也依然能够与林荫公益保持联系与互动，成长追踪计划因此应运而生。我们组建了一批专业的教学研发团队和学子关怀团队，针对往届公益网络班和公益训练营的学子，进行长时效的追踪和服务，让他们能随时随地找到林荫公益。当然，我们也广泛借助来自机构外的力量，邀请来自不同高校、科研院所的团队或者个人，以林荫学子或者林荫项目作为研究对象去开展教研活动。截至目前，来自哈佛大学、清华大学、

2020年公益训练营于四川省古蔺县圆满举办

北京大学、马德里理工大学等院校的科研团队，以林荫学子为研究对象，形成大量翔实的科研成果，为我们后续开展公益项目和公益服务提供了第一手材料。

4年多来，林荫公益围绕建立项目矩阵的目标不断进发，目前已有3000余名中学生直接参与林荫公益项目，我们的优质教学资源有效覆盖8万多名中学生家庭及20万余名教育资源欠发达地区的学子。同时，我们也与西南地区20余所基层中学和全国各地20多所高校开展了合作和交流，多名学子通过这些项目走进理想的学府，切实改变了自己的命运和家庭际遇。

让项目在精细化的道路上前行

随着大环境的不断变化，我们追求项目精细化的步伐一直没有停止。2020年8月，我们将公益训练营从高校校园搬到县域中学校园，希望直接面对教育资源欠发达地区的一线师生，第六届

2018 年林荫公益代表团赴美国纽约联合国总部出席第二十二届全球青年大会

公益训练营就定在四川省泸州市古蔺县蔺阳中学举办。

我们过去将公益训练营放在中心城市的高校校园，是希望能够让学子走出来，让他们在校园环境的熏陶下，树立远大抱负和长远目标。如今转换思路，让朋辈导师、工作团队走进这些学子日常生活和学习的地方，一起仰望古蔺的璀璨星空，一起书写"一朵云推动另一朵云，一棵树摇动另一棵树，一群人影响另一群人"的动人故事。2021 年暑期，我们尝试在云端举办公益训练营，通过线上会议、网络社群来进行教学关怀和学生管理。

认可是我们前进的动力

4 年多来，我们得到了来自国内外各界社会贤达，以及专家学者、业界精英的认可与鼓励。2018 年 7 月，四川省教育厅在

2019年联合国全球传播负责人到访公益训练营现场

批复中称林荫公益是"值得向中国推广的青年教育扶贫模式"。
2019年6月，时任教育部部长陈宝生肯定了一块屏幕的教育扶贫
模式。2019年8月，时任联合国副秘书长的斯梅尔女士，在盐
湖城举办的中国公益之夜上高度肯定林荫公益的教育扶贫模式。
2021年3月，林荫公益案例被写进了麦肯锡全球报告。2021年4
月，《三联生活周刊》推出一期特别报道《在乡镇中学，找到"我
们为什么要学习"的答案》，这篇报道在微信公众平台的阅读量
为"10万+"。这篇报道的主人公就是我的同事，时任林荫公益
副秘书长林霞，讲述了其由一名来自教育资源缺乏地区的受助学
子，逐步成长为全职公益人的真实经历。

　　这样的故事还在不断地续写着，对我们而言，这些认可和鼓

在西南大学演讲

励，不是值得骄傲的资本，而是我们不断前进的动力。

林荫公益向专业化迈进

我想，没有什么标签比青年公益人更适合向大家讲述我和我们的故事了。对于青年来说，他们是天生的梦想家，理想主义的情怀让他们敢拼敢闯敢干。他们披荆斩棘、乘风破浪，去做一些常人不敢想、不敢做的事情。对于林荫公益而言，如何转化成专业化、全职化、综合化的专业公益机构，是我们4年多来一直探索的方向。2019年9月以来，我们配合项目，一直进行专业化、规范化和体系化的转型。

2020年3月，我们获得公募资格，成立四川省红十字基金会林荫专项基金，紧接着我们配套成立教学研发团队、学生关怀团队，形成覆盖西南、华北、华东和欧美地区的青年交流会体系，增进我们机构在公益领域的专业服务能力。2020 年 6 月，我们尝试在四川各地铺开林荫调研 2020 项目，旨在深入了解县域中学师生的真实需求。2020 年 7 月，我们正式成为联合国全球传播部联络机构，和全球 1600 多个民间组织建立了联系。也就是说，我们正式成为联合国下属机构的一员。2020 年 8 月，为了让我们的公益团队有人才上的源头活水，吸引更多的青年参与项目，我们先后走进清华大学、复旦大学、西南大学等多所高校，进行校园宣讲活动。

此外，我们积极整合现有公益资源，向着更加国际化的方向迈进。如何讲好具有中国特色的公益故事，如何向全球推广具有中国特色的公益模式，是我们作为青年公益人的责任和担当，所以 2019 年以来，我们尝试和更多的国际组织进行联系和沟通。2019 年 7 月，我们在成都主办了联合国公益大会预备会议，邀请来自全球的与会代表，共商公益，共议慈善。

将公益资源覆盖到县域中学

虽然有了仰望星空的理想，但是我们还需要俯下身子，不忘初心，面向中国更加广泛的县域、乡镇师生，进行优质教育资源的输送。2020 年，我们走进公益资源覆盖的县域中学进行调研。

我们和县域中学师生进行面对面、一对一的交流和访谈，聆听他们的心声，了解他们的需求，将我们的服务优化升级，调整项目体系。通过调研，我们了解到县域中学学子渴望更加丰富的课外知识，需要得到更多来自朋辈榜样的示范引领。根据他们的需求，我们制定了对症下药的规划。除了和学生进行交流以外，我们不断赋能教师，努力建设县域中学师资团队，使学生能够在当地享受到优质的教育资源。对这些教师而言，他们需要强化学科知识、提升授课技能和革新教学理念，让来自重点中学的优秀同行引领他们的成长和发展。

未来，我们还尝试走进更多高校，发掘更多的青年朋友加入我们的团队。

让世界听到林荫学子的声音

支撑我们 4 年多来不断迸发、不断创新的动力是"让每位学子未来可期"的信念。在此，我想和大家分享一下来自林荫学子真实可感的成长点滴。

王尧煊是林荫公益第一届训练营营员，被评为优秀营员。那个暑假，我们获得组团参加联合国全球青年大会的宝贵机会，于是王尧煊成为第一批到联合国总部进行分享的学子代表之一。

2018 年 8 月，我们带领 4 名来自中国西南县域中学的高中学子，走进联合国总部。对于这些学子而言，这是他们第一次乘坐飞机，第一次走出国门走向国际舞台。与会代表来自全球，肤色各异，有政府官员，有青年组织创始人，有社会活动家，有高校科研人员等，当他们得知这 4 名学生来自中国西南地区县域中学时，都瞪大了眼睛，向他们竖起了大拇指，将目光齐刷刷地集中在他们身上。我知道孩子们内心万分紧张，作为带队的我同样也忐忑不安。当大会主持人介绍我们，将我们请上主席台的时候，我告诉孩子们别紧张，世界很期待听到他们的声音。这 4 名还不到 18 岁的高中生，用流利的英语向各国代表介绍他们在教育公

2018 年作为中国代表赴美国纽约联合国总部参加第二十二届全球青年大会

益帮扶下的成长和进步。同时，我作为公益训练营项目负责人，也向与会代表介绍了中国教育公益青年的努力和成绩。分享结束之后，与会代表将我们团团围住，有的递上名片，有的和我们亲切握手，说来自中国的经验很值得向全球进行推广，希望能够展开更加深入的合作。

帮他们实现摘星星的梦想

姚宣宇是林荫公益第二届公益训练营营员，第一次见到她是2018 年暑假，她来到公益训练营成为医学方向营员。

那年，我跟随医学方向的师生前往四川大学华西医学院进行实地参访。大巴车上，一位皮肤黝黑、眼神清澈而一直望向窗外的女孩引起了我的注意，我便主动上前和她交流。交流后得知，

2019年林荫学子姚宣宇与王俊凯在APEC未来之声合影

这是姚宣宇第一次走出凉山来成都，也是第一次参加这些丰富多彩的学习实践。我问她为什么要选择医学方向，她告诉我，在她的家乡，包括自己家里，老有长辈生病，但是自己又无能为力，她想通过学医帮助自己的家乡和家庭。公益训练营结束后，在我的脑海中挥之不去的，是姚宣宇那些感人至深的话语，以及她在课堂上吟诵希波克拉底的誓言。

后来推荐APEC青年代表的时候，我脑海中首先闪现的就是姚宣宇的脸庞。我们向会议主办方郑重地推荐姚宣宇作为中国青年代表，登上当时在巴布亚新几内亚举办的APEC青年论坛。收到这个通知几天后，姚宣宇问我："武文哥，我真的可以吗？"我告诉她："你一定可以！"果然，姚宣宇不负众望，通过了层层培训和选拔，最终登上了飞往巴布亚新几内亚的飞机。在巴布亚新几内亚的莫尔兹比港，她见到了来自全球的APEC青年代表，和当时的 APEC 青年大使姚晨和王俊凯进行了面对面的深入交流。回国后,姚宣宇告诉我:"我从来没有想到自己能够在 18 岁的时候,走出国门,走向世界,就像我从来没有想象自己能够有朝一日去摘天上的星星一样。"高考中,姚宣宇也以优异的成绩考上了四川农业大学,用她的努力为家乡、为自己的家庭不断奉献力量。

以上是两位学子的故事,当然在她们背后,还有数以百计、数以千计像他们一样来自中国西南教育资源缺乏县域的学子,在公益资源的帮助下,不断地寻找自己的人生意义。

"教育为公,以达天下为公"

我的校友陶行知先生曾说:"教育为公,以达天下为公。"对于林荫公益的同仁而言,这 4 年多的历程让我们见证了太多公益事业当中的"游客""过客"和"看客",在诸多艰难险阻面前支撑我们走下去的是"让每位学子未来可期"的信念。

正如我的一位同事所说,脱贫攻坚已经告一段落,但是教育公益才刚刚开始。在教育公益这条路上,4 年多的时间远远不够,400 名青年的努力远远不够。我想在下个 4 年、下个 40 年的时候,我或者我的同事,我们所服务的弟弟妹妹们也能够站在这里,向大家分享属于他们的教育公益故事。

期待大家加入教育公益事业中来。

程　肯

　　四川大学工学学士，西南财经大学管理学硕士，成都
林荫公益服务中心秘书长。

程肯音频　　　　　　　程肯视频

在林荫之下，我们是如何实现教育公益理想的

演 讲 人｜程 肯

演讲时间｜2022 年 8 月 20 日

我与林荫公益

我曾是一名国防生，现在则是一名公益人。2014 年，怀着真挚热切的报国理想和意气风发的军旅梦，我报考了国防专业。2018 年，由于政策变动及基于个人发展的考量，我决定回到大学继续深造。2019 年，我正式和林荫公益结缘。

受高中好友之邀，我参加了一场冬令营活动。在这里，我见到了来自山区的孩子们，他们穿着简单统一的白色 T 恤，乖乖地在营地里等着我们，朴实的脸上闪着勃发的风采。那一刻，我心动了。从那时起，我开始像候鸟一样，每个寒暑假都来到这里。最初的原因很简单，因为它使我开心，但是渐渐地，随着了解的深入，林荫公益开始变得和我的个人发展、规划密不可分。2022

年，我正式从张郑武文副理事长手中接过秘书长重任，下定决心将投身教育公益作为我人生的事业之一。在这段旅途中，我结识了一批又一批有着同样理想的青年伙伴，见证了无数贫寒学子的蜕变，而我正是这个蜕变的推手，亲眼见证了这种改变。

林荫青年和林荫学子

几年来，林荫公益从一个由热心公益的中国青年共同参与、蓬勃向上的年轻组织，逐渐成长为一个有沉淀、向着专业化和正规化发展的成熟公益机构。我们逐步孵化出清晰的项目体系，形成规范的机构管理和项目流程，构建起了合理且完整的组织架构，以及召之即来、来则能战的志愿者社群。机构由理事会指导决策，秘书处作为执行枢纽，下设 6 个部门，有 60 余位全职或兼职工作人员，维护机构日常运营和重大项目执行落地。这套体系的背后，则是分布于全球的 5 个志愿者社群，以成都和重庆、北京和天津、上海和南京、广州和香港及欧美为基点，将 500 余名活跃的优秀志愿者凝聚起来，组成团队的人才后备军。整个机构由资深、专业的核心班子领衔，充分凝聚在校大学生志愿者的力量，既修炼内功、厚积薄发，又野蛮生长、富有冲劲。

这些志同道合的林荫青年一直以来投身的是怎样的事业呢？

在我国中西部地区，中学教育资源存在地域和代际差异。地域差异体现在发达地域高中享受了大部分优质资源，代际差异则体现在家庭条件的差距对这种现象的加剧，随着阶级固化的加深，代际的良性循环能让城市家庭子女得到更好的教育与成长，反之贫寒家庭学子享受到的资源却难以得到改善。在此背景下，县域中学教育形成了以地域和代际资源为壁垒的内向闭环，进而导致了教育资源的不均衡分布。不移走这两座大山，教育公平便无从谈起。

于是我们决定通过教育扶贫这一途径，来促进教育资源的均衡分配。据柳建平教授的研究，农户劳动力平均受教育年限每增加1年，平均收益率就会增加5.4%。教育扶贫可以阻断贫困的代际传递，而利用互联网教育的优势，将优质教育资源链接到欠发达地区，并且集结海内外优秀青年的力量，汇聚到县域教育一线，能有效打破地域差异带来的隔阂。这样便能更好地促进教育公平，进而促进社会的良性流动和稳定发展。

确定了我们想回应的问题和行动方针后，我们的受众画像也就呼之欲出了。

调研结果显示，5年来，林荫公益的项目受众中，女生多于男生，学子们普遍是农村户口，家庭背景较差，家长受教育水平低，大多是务农或务工。同时，他们大多来自多子女家庭。不过，很多学子家庭及其本人都希望能接受重点大学本科以上的教育，有的人还希望追求硕士，甚至博士学历。

总而言之，我们帮扶的学子对象有如下特征：一方面，他们缺少学习指导、志愿填报、生涯规划上的资源支持，家庭资源极其有限，且有限的经济、文化资源会在兄弟姐妹之间稀释。与城市学生相比，这些学子在通过教育促进社会流动的竞争中处于弱势。另一方面，他们有着强烈的学习意愿、升学信念，希望通过教育改变命运、改造家乡，其家庭和学校对于他们的学习持全力支持的态度。也就是说，只要林荫公益坚持长期有效投入资源，这些学子就能够实现最大化资源利用，而且在正确引导下，他们也能够在未来成为有担当、有社会责任感的青年，有机会再次投身社会进步事业中。

林荫实践一：公益网络班

为了帮助这些学子成长、成才，我们做了一系列尝试。

我们的第一个尝试，是林荫公益网络班。在四川省，长期以来，超级中学的课程都被以直播形式销售并投放到各个区县，以满足中心城市以外地区学校对优质资源的需求，但是很多贫困地区的学校无法享受这些资源，因为这些学校本身在招生和挽留优质生源等环节已经面临很大压力，县域中学塌陷让他们不堪重负，这些资源能帮助他们解决燃眉之急，一步步提升他们的教育水平。于是我们借助社会爱心企业捐赠，通过卫星直播技术，购买课程资源并免费捐赠给县域中学。同时，实施一系列配套帮扶和追踪措施，为项目保驾护航。

2019 年，公益网络班项目正式在四川省泸州市、巴中市、广元市、广安市、攀枝花市等地的 13 所县域初中和 7 所县域高中铺开，共有 2000 余名学子和近 100 名教师受益。项目实施 3 年，第一批高中项目班级已参加高考，所有班级超额完成了学校布置的任务。其中，古蔺县蔺阳中学一个 29 人的班级，有 2 名同学被北京大学录取，19 名同学考上 985 或 211 院校，所有同学都考上了本科。

据机构调研报告，公益网络班的落地对县域中学教师和学生及学校有着不同层面的影响。对教师来说，双师课堂的教学模式，使他们的教学热情、教学方法、对考点的把握都得到了提高；对于学生而言，紧张的网课学习、前端的朋辈榜样和城市中学风采，让他们的学习能力、抗压能力和认知水平得到了提升；对于学校而言，在此过程中摸索出了一套最适合自己学生的网课方式，在校领导、一线教师、学子和家长的共同努力下，完成了优质资源在县域中学的完美嵌入。

总体来说，公益网络班项目希望通过优质课内资源提升学生的学习能力，提高一线教师的专业技能及学校的升学率和整体教学质量。

林荫实践二：公益训练营

在开展公益网络班的同时，我们还注意到传统课内教育模式难以触及和回应的问题。受限于家庭和成长环境，县域中学生除了在学习能力和教育资源上有所欠缺外，还普遍伴随着视野受限、对大学和专业缺乏了解、自身规划能力不足等问题，他们的人际交往、语言表达、独立思考等非认知能力在平时也得不到足够的锻炼，这些都不是补课或传统支教模式能够弥补的。

于是我们做出了另一项尝试——举办公益训练营。在每个寒暑假举办5—7天的集中营地活动，邀请来自海内外顶尖高校的优秀在校生担任朋辈导师，采用项目制学习模式，为县域高中生开展双导师大学专业小班体验课。2018—2022年，我们先后举办了8届共10场公益训练营，1000余名来自全国各地的优秀贫困高中生直接参与并受益。

公益训练营的内容主要包括教学活动和非教学活动两类。教学活动围绕大学学科内容展开，根据学子意愿，将其分为不同的学科小组，由专业背景相近的两位导师搭档带领营员们开展一系列课程。

课程的主要内容是对大学专业基础知识框架的教学。以小组为单位，一方面，通过灵活的课堂形式，让营员了解该学科内容，培养学科兴趣和学科思维，并进行初步职业探索；另一方面，结合小组讨论、课题研究、翻转课堂等教学手段，鼓励营员表达、思考、研究、输出，提高营员的综合素质。在课程间隙，我们还设计了专题课，通过学科交叉兴趣讲座，让营员们拓宽视野，了解更多的前沿信息。

除教学活动外，林荫团队还设计了丰富的非教学活动，如辩论赛、高考学子经验分享、青年圆桌论坛、国旗班、一站到底、新闻采写等，旨在全面提高营员的综合素质。通过丰富有趣的实践活动，让营员们获得难忘的参营体验。同时，培养语言表达、团队协作、逻辑思维、自主探索等宝贵的非认知能力。

事实上，除了知识的习得和能力的提升外，与导师和志愿者共同生活的经历也给学子们留下了很深的印记。这样的榜样力量不但在营期中，而且在活动结束后很长的时间内，一直影响着学子们。更宝贵的是，它重构了学子与志愿者，以及与社会的关系。

第一届公益训练营的一名营员说，训练营帮助她从懵懂到有了明确的规划，从受助走向助人。第六届公益训练营的一名营员则写道，在林荫的收获让她想成为一颗发光的星辰，将更多的星辰带到小镇的天空。许多这样的学子在考入理想的高校，选择适合自己的专业后，还主动投身公益，反哺林荫，成为志愿者，成为项目的中坚力量。我想，这既是对我们这几年来努力付出的最好回应，也是我们在未来很多年继续前行的力量来源。

林荫实践三：云端转型

5年的公益实践之路当然也并非一帆风顺。新冠疫情暴发后，线下活动不得不面临取消或推迟的风险。2021年夏天，我们决定开辟一条新路径，持续高效地导出教育资源，不让教育公益事业止步于此。我们决定采用线上授课、线下办公相结合的形式，将公益训练营带到云端。于是一场小而美的云端首秀呈现在大家眼前。今年1月和7月，第七、第八届公益训练营沿用这种模式，利用互联网的高效性和普惠性，使更多地区的贫寒学子得到参加活动的机会，林荫团队也借此机会修炼内功，不断推进项目的专业化和精细化。相聚云端慢慢地不再是一个退而求其次的备选方案，反而逐步成为一条在特殊时期有着独特温度且行之有效的教育公益新路线。

围绕公益网络班和公益训练营两个核心，我们逐渐形成了一套林荫之下县域中学学子成长体系，在学期中和假期为县域学子提供课内外资源和支持，为其在高考和个人长期发展过程中做支撑。同时，我们积极走进高校、走进社区，向大学生志愿者及社区青少年家庭导入资源。

林荫之下：我们仍在路上

不知不觉林荫的年历已经翻过了5本，展望未来，挑战和机遇并存。依托现有的项目体系，我们不能在项目的精细打磨上松懈，也不能满足于年复一年机械的重复。要更精准地回应县域教育困境，我们必须更有效地整合资源、导入资源，搭建"高校—公益组织—县域中学"服务体系；必须沉下心来深耕项目，并且把握机遇，真正实现线上线下相辅相成的模式，持续稳定地输出资源；更要积极团结全球青年力量，找到更多有共同理想的人，齐心协力，同舟共济，一起移开挡在县域学子面前的两座大山。

回到个人视角，我想用最感性的方式谈一谈自己在林荫的感受。在放弃成为一名基层军官时，我觉得自己似乎辜负了，或者放弃了曾经炽热赤诚的理想和使命，但是从接触教育公益开始，我慢慢感受到这个理想依然存在，它可能变成了一种更柔和、更润物细无声的形式，但是并没有消失。我想，许多人心里都有这样的理想，这是一个浪漫、坚韧、期望做出什么改变的理想，它让我及和我一样的林荫伙伴，一起在县域的大山上凿出了一个缺口。也许我们还年轻，也许需要走的路还很长，但是我们已经看到了远方的光亮，因此一定会义无反顾地前行！我们也期待更多的人看到我们、加入我们，一起践行心中的教育公益理想！

金静雅

  华中师范大学英语公费师范生，英语学科与教学论专业硕士，现为成都市某公立高中教师。热心教育公益事业，喜欢探索世界和发现生活。曾作为交换生赴洛杉矶留学 1 年，主持国家级大学生创新创业训练计划项目 1 项，发表科研论文 2 篇，连续 3 年参加英语国际教育中国大会并进行论文分享，参加 2021 亚洲语言处理国际会议并进行论文分享。

金静雅音频

金静雅视频

传递青春力量，帮助山区学子照亮未来的路

演 讲 人｜金静雅

演讲时间｜2022 年 8 月 20 日

　　我在林荫公益平台上给县域高中生上课，与他们聊自己的专业相关话题和未来的各种可能性。新世界的一角被掀开，或许他们心中梦想的轮廓变得更清晰，或许他们走出大山的步伐更加坚定。青年亦能在公益中找到心灵的栖息之处，探索出自我发展的道路，赋予青春更丰富的内涵。

　　在我刚上初一的时候，有幸听到高中毕业的学长学姐分享他们丰富多彩的大学生活，他们的分享深深吸引了我。那时我是一个异想天开的少年，对大学和未来开始有了无限的向往。我希望有一天和他们一样到北京、上海走一走，去看一看大城市的灯光，去看一看千姿百态的世界。

　　自此，我开始努力学习，一步一步接近自己的梦想。几年后，我虽然没能去北上广念书，但是我走出了四川，考上了心仪的师

范大学，来到了中原大地，甚至通过努力争取到了去美国做交换生的机会。现在的我，成为一名人民教师。

回想起来，正是因为当初的那个憧憬，我才能一步步走到现在。榜样的力量，在我心中像一颗种子，一点一点地生根发芽，变得越来越强大。

可是，并不是所有的少年都能够怀着那个憧憬，走向广阔的人生。

2018年暑假，我来到湖北省仙桃市的乡镇中学支教。那时我给孩子们播放《侏罗纪公园》，他们看后很是震惊，因为这是他们从未看过的新鲜东西。当问及他们的梦想时，一个男生天真地告诉我，他以后想像他爸爸一样在镇上开个面馆，赚很多钱，这个美好的梦想能让自己和父母过上更好的生活。小男孩憧憬的美好生活是他心中的全世界，他根本不知道外面的世界是怎样的。如果他只是满足于在镇上开一家面馆，他需要很努力地学习吗？学习或许对他来说并不重要。当他长大，有了比开面馆更具挑战性的梦想后，他还有足够多的选择去改变和创造吗？

或许不是能力限制了他们的发展，而是他们所见限制了他们的想象。既然我曾经深受学长学姐鼓舞，感受过朋辈榜样的力量，我为什么不可以像他们那样去让教育资源缺乏地区的孩子看到新世界的一角，帮助孩子们看清楚梦想的轮廓呢？青年一代，是可以将这种对未来美好的憧憬传递下去的。

2021年夏天，我以教育学组导师的身份参加了第六届公益训练营。在这里，我通过网络为县域地区的高中生讲专业知识，聊人生规划，探讨成长的意义，为他们答疑解惑。我带着他们一起探讨教育学和新闻热点，让他们尝试着讲课，体验当教师的感觉。通过训练营的课程，让学子们找到心中所爱、树立理想，哪怕他们在结束后发现自己并不喜欢这些行业，也能在未来选择时排除选项，少走弯路，不必把自己的青春浪费在自己不适合、不喜欢的东西上。

在公益训练营期间，我通过自己的学习经历向他们介绍教育学及基础教育的知识，带领他们体验做老师的感受。同时，动员学子们设计调查问卷，组织互评活动。在开始的几节课上，学子们显得有些害羞，不敢轻易发言，在我的鼓励和引导下，他们变得越来越敢于表达自己的观点，哪怕是很害羞的同学也愿意把自己的想法和思考写在纸上。一个暑假下来，我发现这些学子的见解和文字并没有我们想得那样简单，反而很深刻，他们的学习能力不比那些教育发达地区的孩子差。我们的"以为"只是因为曾经的他们缺少一个表达的机会，缺少想象的契机，所以很少能看到他们的能力，是资源的匮乏和信息的闭塞限制了他们的想象和可能。

随着课程的推进，学子们开始积极与老师互动，共同完成小组任务，独立完成教案的撰写，互相批改。课后，他们还能高效地制作微课PPT课件、练习讲课，没有电子设备的同学甚至能手写完成课件设计。在后来的汇报中，学子们一改最初的害羞，而是像一个小老师一般，思路清晰地把内容讲述出来。虽然讲课时间只有10分钟，但是整个准备和思考过程对他们来说，是一个锻炼综合能力的过程。

通过这样的学习体验，学子们能够清楚地思考自己是否喜欢教师这个职业。公益训练营带给他们的并不只是书本上的知识，更多的是实践活动中的经验。他们身上来自求学者最质朴、最原始的求知欲，以及学习能力深深地打动了我，我能感受到他们每个人身上具有的无限潜能。

在第六届公益训练营中，我对一个叫邱晋的女孩印象深刻。她参加了教育学组的第一次体验，在公益训练营结束后对我说，通过这几天的学习，她觉得自己很适合当教师，未来她一定要成为一名教师。在公益训练营分享会上，她说道："我要加快脚步突破自己，创造一个属于自己的奇迹，将在林荫学到的东西用到生活学习中去。先要使自己成为一颗发光的星辰，才可以将更多的星辰带到小镇的天空上。"

今年夏天，我收到了来自她的好消息。她告诉我她被一所本科院校的汉语言文学专业录取了。她已经做好准备，通过考研考上最好的师范专业，早日加入教师队伍。

如今，这个女孩不仅成为一颗发着光的星辰，还不负自己当初许下的诺言，将星辰带到了小镇的天空上。这个女孩，她回来了。在今年举办的第八届公益训练营上，她以工作人员的身份参与其中，像当年那一批影响着她的哥哥姐姐们一样，成为新一批学子口中的学姐，影响新一批的弟弟妹妹们，帮助他们探索出属于自己的道路。

邱晋的成长经历告诉我们，榜样的力量就像薪火相传，她从我们身上看到了光，也努力让自己开始散发光芒，去照亮更多的县域学子，让他们看到充满希望的未来。或许不是每个人都能像邱晋那样，清楚自己未来想要什么，参加完公益训练营后，还需要更多的时间去探索、摸索，但至少这是一个尝试的过程。在哥哥姐姐们身上，学子们能够看到一种向上的力量，这种力量可以伴随这些十几岁的孩子，在高中阶段更加努力，全力以赴为自己拼搏一个无悔的未来。

邱晋不是个例，许多孩子通过公益训练营变得更加自信和更有目标。当看到学子们在我有限的分享里获益如此之多时，我觉得青年公益人所做的事情是值得的。在第七、第八、第九届公益训练营活动中，我毫不犹豫地参与其中，继续和学子们聊自己的专业，和他们谈未来和梦想。

在林荫公益，学子们看到了未来可能的样子。如果当初我在湖北省仙桃市遇到的小男孩也有这样的资源，或许他的梦想就不会止步于小镇的面馆。当他看到更广阔的未来后，或许他会把面馆开到市里、省里，甚至成为一个全球闻名的面馆；又或者在成长的过程中会发现，原来还有比开面馆更具挑战性的事业。在林荫公益，我想，青年人至少可以做的一点是，将这种美好的未来告诉小孩，让他们知道未来是无比光明的，他们是有能力做到的。公益人要做的就是帮助他们打破局限，让他们看到未来的无限可能。

公益训练营对于学子来说，是成长；对于导师、工作人员来说，是激励。在公益训练营，我们看到了求学者最质朴、最原始的求知欲，映照了我们当初选择这个行业的初心；我们看到了青年身上的力量，在走向远方的路上我们并非形单影只。

青春是什么？是对初心的坚守，是不顾一切奔向理想的勇气，是同辈互相鼓励、共同前行的步伐，是我们一起投身推动人类文明、共同进步的决心。在我看来，它可能还包含了不顾一切奔向自己理想的勇气，而这种青春力量，不只属于青春，还属于不同年龄阶段的每一个群体，它是生命力和创造力的体现。青春的内涵很多，现在我们力所能及地去帮助一小部分人，但是奋斗的青春，不只属于我们大学生，还属于社会各界人士。让我们一起，用自己的方式帮助有需要的人。

侯凯荣

　　伦敦大学学院教育哲学硕士，林荫公益国际发展主管，TEDx 打浦桥策展团队成员，牛津中国公共关系与事务协会财长，全英学联创业部副部长，负责中英创业比赛及项目对接，曾参与 2021 年全球非政府组织执行委员会竞选。

侯凯荣音频　　　　　侯凯荣视频

作为"后浪"，
我们如何找到适合自己的发展方向

演 讲 人 ｜ 侯凯荣
演讲时间 ｜ 2021 年 5 月 15 日

设定目标责任卡

小学的时候，我参加了许多校外活动，这些活动为我日后的发展奠定了基础。步入高中后，我开始规划自己未来的发展方向。我清楚地记得，学校为每个人设定了一张未来想报考学校和专业的目标责任卡。在此期间，我查阅了很多国内大学的专业设置和课程，以及这些大学的历史资料，结合我过去的一些实践经历，确定了我未来的发展方向可能是做一名体育新闻记者。

高二会考结束拿到高中毕业证后，突然出现一个与我之前规划不同的机会。父亲希望我能去英国，接受不同文化背景下的教育，让我感受西方国家在教育上和我们国家有什么差别。

听完父亲的想法，我立刻查阅了有关英国大学的介绍，包括课程设置、大学历史等。在这个过程中，我初步了解了我国的教育体制和国外教育体制存在的差异。

最终，我接受了父亲为我选择的这条道路——出国留学。

高二结束后，我有幸来到清华大学参加预科项目。这个预科项目虽然只有短短的一年，但是我可以在清华校园内和同学们进行近距离的交流，深入体验他们日常是如何学习和生活的。正是因为这次机会，让我有了人生中的第一次改变。

在进入清华校园后的第一个月，我参加了很多校内的社团活动。其中，有两个社团对我产生了深刻的影响，一是清华大学的校记者团，选择这个社团也是遵从了我从小到大一直以来的记者梦。加入记者团后，我有幸在清华大学 107 周年校庆的时候，采访到一位 1977 级的清华校友。作为一名马拉松运动者，他每年会以与清华校庆周年相等的数字跑圈，以此来纪念校庆。他这种特殊的庆祝法，让我近距离地感受到了清华的校训，"无体育，不清华"。对他的采访，让我深刻体会到了我们国家最优质的教育带给人的力量。我意识到，我们国家的教育不应只局限于课本，素质教育同等重要，我们应该激发学生寻找学业之外的兴趣。

什么原因导致了他们现在的认知

我还积极参加相关的国际会议，如国际青年领袖会议 One Young World Summit。

这次会议虽然只有短短的 5 天，但是它让我接触了世界各地各个领域，以及不同文化背景、不同种族的嘉宾，我与他们第一次有了近距离的对话。在对话中，我发现一个很致命的问题，当我问起他们对中国的印象时，他们中的大部分人给我的反馈是，他们并不了解中国的现状，他们的印象还停留在 20 世纪六七十年代。

于是我开始思考一个问题，究竟是什么导致了他们现在这样的一个认知，是信息的不对等，还是他们并不想去了解更多的信息。

这个时候，我想到了我的同学。在多次与我的同学分享观点和感悟的时候，我清楚地感受到因为信息的不对等，他们不知道自己究竟想要什么。于是我和他们分享过去我在实践当中的经历及其感悟，让他们能够接收到不同的信息，对自己的定位进行思考。

在英国留学的两年时间里，我参与了牛津智库的工作。该智库由牛津大学博士生组织发起，关注国际关系和国际政治，目的是希望通过我们的努力，架接起一座中国和英国之间平等对话沟通的桥梁。我加入智库后，参与了一些产品的制作，参与最多的一个项目叫"每周 10 点关于中国"。

通过这样一个项目，能够将中国民众每周最关心的 10 条新闻定时发送到订阅我们产品的英国民众及英国学生的邮箱中，让他们了解中国现在的发展状况。

在这个过程当中，我们找了很多大学的教育机构和大学学院，让他们帮助我们转发这些内容，让我们的产品更有效地推广到大学生群体及教师当中。我们受到牛津大学、伯明翰大学等很多大学的鼓励，这些大学的教师给了我们非常积极的反馈，希望我们能把这个项目推广到英国其他大学。

2019 年，我们组织了一场中英牛津论坛。通过这次论坛，我们有了更多的机会，给外国学者和中国学者建造桥梁，从而构建起更大的对话空间。这次论坛之后，我们继续组织了一些小型会议。这些会议大部分都在英国举办，未来我们希望更多地在中国举办，邀请国外的教师和学生，让他们到中国来看一看我们现在真实的发展状况。

将理念带回中国

大学毕业回国后，我与林荫公益有了更多的交流。林荫公益帮助贫困地区的高中同学，让他们提前了解大学环境、专业设置，以便于他们更好、更早地做出专业规划和选择。

在这个过程中，我与山西的很多高校建立了联系。因为许多内地城市很少有机会接触公益，所以初次沟通时这些高校难以在短时间内接受我们的项目。经过不懈努力，去年我们终于找到一个可以落地山西的机会。

我遇到了一些很有趣的群体，他们中的大部分人大学毕业后计划去国外读研，但是受疫情影响，很多人被动或主动选择了间隔年去读研。

很多学生会利用间隔年这样一个空档期让自己获得一些职业发展规划或者人生规划，有的选择参加实习项目，有的去游学旅行。通过间隔年，这些学生了解到大学专业与未来的职业发展方向有哪些差别，从而更好地选择自己硕士、博士阶段想要继续研究的方向。于是我和一位学姐策划了一场关于间隔年的峰会，我们邀请业界前辈讲述间隔年的经历，吸引了国内各所高校的100多名学生来杭州参加活动。前辈们在现场与同学们分享了他们的感悟和体会，让同学们了解到不同领域所做的事情，能为我们的社会做出什么样的改变和贡献。

峰会过后，我收到了很多同学的反馈，对峰会和间隔年表示认同。他们说这次峰会让自己更加了解了间隔年的意义，明确了自己应该做什么，学习不应该只专注于学业，而应该利用社会实践认识自己，弥补自己的不足，以此去开启自己下一阶段的学术之旅，真正地思考自己究竟想学什么、做什么。

毕业选择与城市选择

国内同学大学毕业之后，大致有三条路可供选择：一是国内考研，二是到国外留学，三是直接就业。有很多同学咨询过我这个问题，其实我也面临同样的问题，我可能会读研，也可能用一年的时间去探索我的职业发展方向。

我问同学和朋友最多的一句话是，你究竟想清楚没有自己为什么要选择这条路，这条路在你未来20年，甚至30年内会给你带来什么样的影响。大多数人可能按部就班地学习，毕业之后按照老师或父母的一些建议去选择，很少主动规划。在此，我想跟所有迷茫的同学分享一下我的经验：一定要在大学期间主动、积极地规划自己未来的发展方向，思考接下来一段时间内你要达成什么样的目标，实现什么样的愿望。

作为土生土长太原人，我对家乡怀有深厚的感情，想回到太原发展，但是另一个问题也在困扰我，小城市能为我们远大的理想和抱负提供适合生存的土壤吗？通过查阅资料与实地探查，我发现很多小城市没办法吸引接纳人才的原因在于缺乏资源、观念落后。因此回国之后，我会选择到更大的城市去发展，这样才会有更多的发展空间，接触更多来自不同环境下的信息，充实自己，获得一个好的发展。

希望在 20 年或 30 年后，我能成为一个有所成就的人，更好地去回馈家乡和社会，帮助更多的同学走出迷茫。

职业规划和选择

大学毕业后，我们每个人都拥有人生中最值得奋斗和最有力量奋斗的一段时间，无论是 22 岁、23 岁还是 24 岁，在我们 30 岁之前，有 6—8 年的时间选择在不同的领域实践。在这 6—8 年的时间里，我们做自己想做的任何一件事情，或许就能从这些实践中找到自己的目标，找到自己真正热爱的一份事业。

30 岁之后，我们可以用 5—10 年的时间深耕这一领域，做出属于自己的成就。

40 岁之后，无论创业也好，还是继续在这一行业奋斗也罢，我相信一定能带动身边的人，这不仅是在帮助我们自己发展，而且也是带动身边的人发展，为社会的发展进步奉献一份力量。

我希望大家在职业发展规划中能更加积极主动地去寻找适合自己的目标，不仅让自己获得更好的发展，而且也帮助身边的人获得更好的发展。

李书凡

2001 年生，毕业于西南地区县域中学，目前就读于沈阳大学机械工程学院。青年大学生志愿者，成都林荫公益服务中心项目部成员，致力于教育公益，关爱留守学生。

李书凡音频

李书凡视频

我和教育公益的那些事儿

演 讲 人 ｜ 李书凡

演讲时间 ｜ 2024 年 7 月 28 日

　　曾经的我，是教育公益的受助学子；如今的我，成为教育公益的一线工作人员。

留守儿童的经历

　　我出生于四川省一个普通农民家庭，在我还不到两岁时，父母便为了生计而外出务工，父亲去了新疆的一个建筑工地，母亲则到广东的一个皮鞋厂做工。记忆里，他们回家的日子只有过年那不到一个月的时间，我们时常处于聚少离多的状态。那几年，国家正在大搞建设，父亲为了能多挣些钱，提高家人的生活水平，2008 年开始在新疆做起了包工头。但天有不测风云，2014 年父亲投资最大的一个项目失败了，甲方拖欠了上百万元的工程款，

我的爷爷奶奶

我的父母

童年时期与家人合影

之前借出去的钱也没能收回来，并且为了给工人们发工资，还欠下了20万元的债务。这一年父亲遭遇了事业上的滑铁卢，整个家庭陷入了经济困境。

彼时，我从小学升到初一，而父母再也没有回家过年。每到新学期开学，我上学的费用就成了全家人的一大难题，尤其是高中进入非义务教育阶段后，我的学费从来没有保障，几乎是靠社会资助念完了高中。高中时，我每个月的生活费少得可怜，看着同学们一顿吃十几块钱肉量丰富的饭菜，喝七八块钱一瓶的酸奶，有时我会心生羡慕。夜晚躺在床上想，我们家什么时候才能好起来，父母什么时候能回家和我们团圆，我能做点什么来改变家里的现状。这些问题在我脑子里就像一团乱麻，越想越乱，越乱越想。大抵是缺少了家人的陪伴与关爱，我变得十分敏感和自卑，言语间总是带有攻击性，慢慢地疏离了同学与朋友，成绩也变得起伏不定。

和公益结缘的故事

本以为我会一直这样浑浑噩噩地度过我的高中，幸运的是，我得到了儿童希望救助基金会的帮助。每个月儿童希望救助基金会会资助我300元的生活费，有了这笔资助，我的生活得到了一定的改善。除了经济上的帮助外，儿童希望救助基金会还同时开展了节假日营会、寒暑假公益组织夏令营等活动，目的是拓展我们的知识面，促进身心全面发展，感恩怀德。

林荫公益便是其中之一，如果说儿童希望救助基金会改变了我的物质生活的话，那么林荫公益就是救赎了我的灵魂。

2018年夏天，17岁的我刚结束高一生活，便来到成都参加了林荫公益夏令营，与我一同参加夏令营的还有四川省其他贫困县的优秀高中学子，而迎接我们的是海内外知名大学的学长学姐。在这里，我们聆听他们讲述象牙塔下妙趣横生的大学生活，他们教授我们各自领域生动形象的专业知识，开展绘声绘色的专题讲座。除了课堂上理论知识的讲解之外，课外活动也精彩纷呈。在小组讨论中，我们可以各抒己见，大胆表达自己的观点；在城市游学中，博物馆里年代久远的文物和大学校园里充满人文气息的建筑让我们流连忘返；在辩论赛中，同学们你来我往，似龙争虎斗。这些精彩瞬间，如今回忆起来，如同电影一般，令人回味无穷！

令我印象深刻的是结营展示时，一位同学说了这样一句话："在林荫公益，我们学的不仅是知识，还有情怀。"当时懵懵懂懂的我也在思考，这是什么样的情怀呢？后来我明白了，这便是教育公益的情怀，是"一朵云推动另一朵云，一棵树摇动另一棵树，

一群人影响另一群人"。

参与公益的经历

我将这份情怀带进了我的大学。曾经教育公益照亮了我，如今我也要反哺公益，去照亮更多曾经和我一样的少年。

进入大学后，我与3名同学做起了公益网课的创新创业项目，当时我还给这个项目取了一个非常好听的名字，叫作"99智慧小课堂"。参考林荫公益的模式，我们邀请北京大学的优秀毕业生，通过网络直播的形式为一些贫困县的高中生上课，主要教授学习方法和疏导学习压力。从制作宣传海报、对接高中学校领导和老师到联系各地生源……所有的工作都落在我们这4个初出茅庐的小孩子身上，其中最难的莫过于面对老师和同学们的质疑。我的大学老师并不看好我们的这个项目，他认为以我们4个人的资源和能力开展起来实在困难而且还不划算，不如做校内废物回收变卖这些短平快的项目。最后我们4人力排众议，还是坚持把这个项目做了起来。项目设计完成后，为了打广告、做宣传，我们在N多个微信群里发布了消息和宣传海报，联系了我们能够联系到的所有初高中学校的领导和老师，耐心向他们讲解我们的项目，解答他们的疑惑。为扩大生源，我们以朋友圈为平台，每天持续输出宣传文案，以至于被当成营销号。

无数个夜以继日修改方案的日子，无数次遭受冷漠怀疑和拒绝，但我们锲而不舍。从最开始课程群里零零散散的几个人到最后共计99个微信号加入群聊，我们的第一节课终于如期展开。起初直播间的人很多，但最终定格在了34人，我的内心无比失落。后来我才知道，这34人其实是34个微信号，一个微信号对应一个班级，是老师组织一个班的学生统一观看。看到老师们发来的照片里，同学们坐在教室聚精会神地听课时，我有一种说不上来的激动，哪里还有失落！

更让我惊喜的是，这节公开课的在线学生超过了600人，实时消息也是老师、家长和学生的好评。现在回想起来，我依旧很欣慰，我们的努力没有白费，付出是有回报的！

大学期间，除了做公益教育外，我还参加了志愿者社团，跟随社团去河边捡垃圾，到敬老院陪伴老人，与残障人士一起游戏；利用寒暑假时间，我来到教育公司做素质教育夏令营的老师，当军事教育夏令营的教官……教过的学生年龄8—18岁不等。同时，我积极参加全国各地的公益交流活动，学习其他公益人的帮扶经验。助老、助学、助残，大学两年我把能做的公益都做了个遍。

2022年8月，我正式加入成都林荫公益服务中心，成为和曾经的哥哥姐姐们一样的人，做着和他们一样的事，只是受助的学子换了一批人，我也换了一个全新的身份，成为林荫公益人。

很多曾经的学子和我一样，有能力后加入林荫公益，成为现在的中坚力量。以全新的身份回到林荫，我有了全新的体验与感悟：前人栽树，后人接力。一群人帮助另一群人，一代人感染另一代人，使我们的教育公益之火越烧越旺，温度越来越高，温暖更多的人。

2023年1月，林荫公益举办第九届公益训练营，我作为工作人员和课程老师参与了这次活动，负责为高中学生讲授知识。在这次训练营结营仪式上，我化用毛主席的一句话寄语学生："同学们，世界是你们的，也是我们的，但归根结底是你们的。同样，今天教育公益是我们的，也是你们的，但未来终将是你们的。你们朝气蓬勃，像早晨八九点钟的太阳，未来寄托在你们身上。"

对教育公益的看法

回顾林荫公益，5年来，公益训练营从2017年的40名学子到如今的4000余名学子，从第一届到第九届，这是每一个林荫公益人的努力！

5年时间、9届公益训练营还远远不够，4000余名受益学子还远远不够，我希望在下一个5年、下一个50年，林荫公益训练营能有4万名、40万名，甚至更多的学子！每一届公益训练营的学子都能够享受到教育公益带来的福利，而这些学子也将接过我们手中的接力棒，站在这里继续讲述我们的故事。

热爱我的热爱，坚持我的坚持。曾经在我需要时，林荫公益

大学时期参加《娴院演讲》

对我伸出援手，如今我也怀着对教育公益的感恩和热爱加入这个大家庭，有一首歌唱得好，"只要人人都献出一点爱，世界将变成美好的人间"。我希望在未来有更多的伙伴加入我们这个教育公益的队伍中来，更多的资源汇聚到我们这个教育公益的建设中来。

我们一起在下一个 5 年、下一个 50 年去书写属于我们的故事！我们一起热爱我们的热爱，坚持我们的坚持！

张博涵

    复旦大学物理学系博士，青年公益志愿者，先后担任两届林荫公益训练营导师。

张博涵音频   张博涵视频

进击教育公益的复旦大学博士

演 讲 人 | 张博涵

演讲时间 | 2022 年 8 月 20 日

科研工作，在大众眼中如星星一般遥远而神秘。我们知道，科研工作者和专业技术人才正进行一场轰轰烈烈的革命，那么这场革命到底是如何进行的呢？我们不得而知。

我是张博涵，作为一名科研工作者，通过公益的方式"折叠"科技，帮助教育资源缺乏地区的孩子触摸科学之光，让偏远山区的学子看到未来，是我的责任和义务。

博士不仅要搞好科研，同时也要用自己的影响力辐射周边的人，传播科研报国的价值观。

我做公益的起源

我是一个学术中人，一个科研工作者，机缘巧合之下，我投

以扶贫专干的身份参与扶贫工作

身公益事业。在这里，每一位公益工作者，都秉持"站在时代前列、践行文化传播"的价值取向。

我公益的种子，要追溯到 2019 年夏天。那是一个刻骨铭心的夏天，我参加了复旦大学一次新疆克孜勒苏柯尔克孜自治州的扶贫工作。那是一次心灵的邂逅，我深刻地认识到教育扶贫的重要性。

我是巴仁村的扶贫专干，担任几户贫困户小朋友的家长。作为他们的家长，我有责任和义务为他们传授知识，完成一名驻村包户干部的使命。在扶贫的过程中，我深深地体会到教育扶贫的重要性，而教育扶贫中更重要的是在思维、视野和观念上扶贫，这样的扶贫才能让更多的学生走出大山，看到世界上更广阔的空间，这便是我走进公益的契机。

随着扶贫工作接近尾声，我必须跟孩子们告别了。临走之际，孩子们问我："博涵哥，你的理想是什么呢？"我回答，我的理

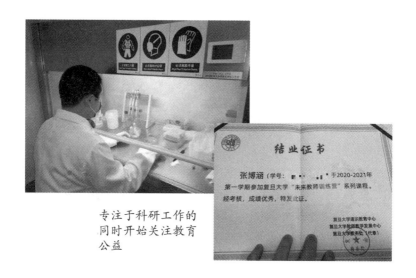

专注于科研工作的
同时开始关注教育
公益

想就是让你们的理想成真。带着这样的信念，我离开南疆，回到
学校，继续做科研工作。

初识公益的思考

回来后，我总在思考，作为一名科研工作者，我的使命是推
动科技进步，但这是否会与公益冲突？

仓央嘉措说："世间安得双全法，不负如来不负卿。"我也
在思考："惠普世间安得双全法，不负科研不负卿。""卿"在
这里其实就是我在南疆的一次心灵洗涤，正是教育扶贫的重要
性，让我开始思考公益的重要性，有没有一种公益可以减少教育
资源缺乏地区和内地的差别。我从新疆回到上海，从教育资源缺
乏地区回到教育资源充足的地方，二者之间的差距让我感触还是
很深的。

作为博士，我是不是只在实验室做科研就够了？在实验室我

参与林荫公益第五届公益训练营

一丝不苟地做实验，而走出实验室，我开始关注在遥远的教育资源缺乏地区的学子，他们就不会像我们一样，能够看到时代最前沿的一些东西。我开始有意识地去学习前沿的生涯教育理念，参加复旦大学的就业指导培训，为将来指导孩子们的生涯规划做知识储备。

在参加复旦大学未来教师训练营的时候，我思考如果让我来设计一门课程的话，那么这门课程一定是如何引领他们的思维和开阔他们的视野的一门课程。

加入林荫做公益

一次偶然的机会，我接触了林荫公益。林荫公益是一个非常有爱心的组织，致力于带给教育资源缺乏地区学子无限的可能和无限的希望。他们的初心和我在南疆时的想法不谋而合，因此我毅然决然地报名成为林荫公益第五届公益训练营物理方向的

参与林荫公益第八届公益训练营

导师。

在公益训练营的活动中，我激动地给高中学子讲激光产生的原理，以及最前沿的超分辨光学显微技术，还讲择业观、价值观。

通过公益训练营，让我意识到自己内心深处的一种需求，就是把自己的知识传播出去。于是我重新给自己下了一个定义，博士不仅要搞好科研，而且要用自己的影响力辐射他人，传播科研报国的价值观。这是我参加完林荫公益的一次反思，也是收获。

当看到学子们两眼放光盯着我时，我的心理得到了极大的满足，这种满足不仅是一种寄托，而且在某些时刻也是一种心理治愈。疫情暴发后，林荫公益开始探索线上线下相结合举办公益训练营的模式，而我也沉迷于导师角色，每一次在公益训练营，我都能够找到一些非常奇特的点。在刚刚结束的第八届公益训练营中，我担任了光电信息科学与工程方向的导师，给学子们讲述我的科研生活。在圆桌论坛上，我给他们讲述了科研十二时辰，以及我们在当代潮流下应该树立什么样的择业观和价值观。

以自己的专业辐射课堂

除此之外，我也不断地以自己的专业辐射课堂，比如参加中国科学院成都分院举办的科普宣讲，给小朋友们讲解科普小实验，这也是我首次把公益事业推广到小学，让低年级的学生更早地去接触一些科学；在西藏日喀则的支教活动中，我跟孩子们热烈地讨论经典与量子，用非常简单朴素的语言讲解，如讲薛定谔的猫这样一些传奇故事，和他们一起赏析仓央嘉措的诗。从孩子们的眼神中，我读懂了这就是一种收获和成长，既是他们的，也是我们的。

在党建引领下做公益

我曾是党支部书记，于是站在更高的平台上去思考公益事业。我发现党的要求与公益事业的要求有很多重合之处，如党建引领，作为一名党员，应该发挥先锋模范战斗堡垒的作用，影响身边的

党建引领-科研报国担使命

不忘科研初心，践行报国使命

——物理学系2020级研究生第二党支部

少科站基地共建：杨浦区第二十届青少年科技节开幕式志愿者工作

国家重点实验室参访接待志愿者

把公益理念带到大学党支部

人，而这与林荫公益的初心就重合。

我开始思考如何把我的这种观念，带给我们支部的党员们。我带领党员们创建复旦大学示范党支部，这也是我给他们定的一个目标，就是不忘科研初心，牢记报国使命。

我们致力于引领更多的孩子，让他们早早地树立科研报国的价值观，这就是我们作为一个党支部的责任和我们所要承担的历史使命。我们参加了杨浦少科站的一些工作，为了让当地的孩子更早地接触先进前沿的科技，我们支部搭建起最前沿的课程。对于孩子们来说，前沿科技似乎很遥远，因此如何将我们看似高大上、先进的科技，以非常朴素的方式传播给更多的孩子，这是我们要思考的问题。在明理课堂，我们把最前沿的科技，以非常朴素的语言，进行资源服务，教育宣讲。

习近平总书记说过，"心有所信，方能行远"。我们秉持自己的初心和使命，用书信向孩子们传达着对这份初心的恪守。

我们也在思考，如何让科技去辐射更多的人，不断地拓展自己的影响力。我带领支部编撰了一本叫《物理的折叠》的书。"折叠"，意味着可远可近，我们希望科技可远可近，虽然看起来离大家很远，但是也非常近地影响大家，让大家改变对科学的态度。如果每个看到这本书的孩子，对科学的态度有所改变，这也就回应了我们的初心。

站在科研的角度，我想向更广阔的领域进军，因此我加入了

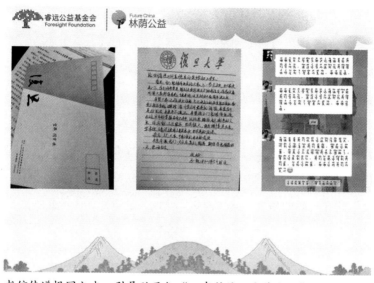

书信传递报国之志，引导孩子们"心有所信，方能行远"

复旦大学生涯教育的一个集体。

　　我开始为上海的孩子们讲授一些生涯规划的课程，比如怎样选择专业、填报志愿，包括他们未来的发展。这也是我把自己的公益初心，用在生涯规划上的一个摸索。在未来，我们还会搭建一个让孩子们更早进入企业、公司，以及最前沿科技领域的平台。

　　我认为每一位公益人，都要有站在时代前列的眼光和格局，要不断学习和有与时俱进的思维。唯其如此，我们才能走在时代的前列，成为时代的弄潮儿，引领时代，引领公益事业的发展，影响更多的人。

熊雪蓉

　　成都林荫公益服务中心项目运营骨干成员，西南地区县域中学毕业生，西华师范大学本科生，林荫公益第四届公益训练营营员，第七、第八届公益训练营志愿者，第九届公益训练营后勤财务组统筹。

熊雪蓉音频　　　　　　　熊雪蓉视频

用行动传递爱，用爱将心相连

演 讲 人 ｜ 熊雪蓉

演讲时间 ｜ 2022 年 8 月 20 日

　　我是来自四川绵阳一个小乡村的熊雪蓉，目前是一名在校大学生，也是成都林荫公益服务中心项目部的成员。在遇到林荫之前，我的生活一直很平淡。我住在一个小乡村，与大多数人一样，我的世界里只有上学、读书、考试，至于未来，或许是听长辈们的话，成为一名护士或者教师，因为这是在他们眼中最好的出路，也是一个女孩子最好的选择。后来，我偶然知道了林荫公益训练营，犹豫了很久，最终决定报名参加了第四届公益训练营，去了大城市，见到不一样的风景，成为现在的我。

　　我与公益的故事，平凡但又令人印象深刻，那些经历像落日映照的河面，我捡拾闪光的珍藏在心中，捡拾有公益的美好画面珍藏在心中最美的地方。

普通却又幸运的我

小时候的我和村子里的大多数人一样，父母早早外出工作，被母亲寄养在外婆家。在那个重男轻女的年代，我的爷爷奶奶不愿意抚养女娃。在外婆家暂住一段时间后，由于种种原因，我被爷爷奶奶接回了家，跟着爷爷奶奶生活。只有过年或者过节的时候，我才能见到从外地风尘仆仆赶回家的父母，那几天也是我最开心的时候。

年复一年，我在乡镇完成了小学和初中的学业。乡镇学校虽不像城市学校那样教育资源丰富，但比偏远山区的教育资源要好一些。我很幸运，遇到的绝大部分老师都耐心温柔、充满善意，他们不仅关注我的学习成绩，关心我的生活状况，而且还给了我很多展示自己的机会，让我感到自己存在的价值。让我印象最深刻的是小学的两任班主任，在我的心中他们是那样神圣、伟岸。我小时候特别爱哭，他们耐心地听我诉说原因，帮我找到解决问题的办法。在我考试、表演失利的时候，他们鼓励我。这些点滴都被我珍藏在了心底，我想将来自己也要成为这样耐心温柔的人，给更多的人带去光，能照亮一点便照亮一点。

我所在的小学曾组织我们去敬老院帮助打扫卫生，和老人们聊天，为他们表演节目。在整个过程中，我的精神世界无比充实，内心无比温暖。我当时便想，这是多么有意义的一件事啊，等我长大了，我也要经常去附近的敬老院和孤儿院，献出自己的一份力，给予他们一些陪伴，为他们带去爱与关怀。

我的爷爷奶奶虽然文化水平不高，但是他们总能说出很多富有深意的人生道理。他们时常对我说，现在不努力读书的话，以后就只能和他们一样，面朝黄土背朝天，每天背着太阳过山。那时的我虽然并不完全理解这些话的含义，但是在他们的严格督促下，我的学业称得上优秀。我考到了县里最好的中学，得以继续学习，考上大学，所以我是一个非常幸运的人。

我与林荫公益

说到我和林荫公益的故事，就不得不提明德班。明德班是儿童希望救助基金会在三台中学开展的一个项目，帮扶一些家境比较贫困的学子。我进入高中后，弟弟读初中，两个孩子同时读书导致家庭经济压力大。当我听说这个项目后，便向他们提交了我家的资料。经过一系列的审核后，两名大学生到我家进行了家访。这是我第一次见到大学生，巧的是那名男大学生曾经是明德班的学生，我的心中便有了等我将来有能力时为贫困学生提供力所能及帮助的念头。我们聊了很多，我也对大学有了更多的认识。明德班的曾阿姨告诉我，明德班这个名字来源于《大学》里面的一句话——"大学之道，在明明德"。我想，我要成为一个光明磊落的人。

明德班每个月为我们提供 300 元的救助金，并在节假日和寒暑假组织许多有意思的活动。志愿者来到我们学校，分享他们的学习经验、大学生活等。李书凡学长向我们详细地介绍了林荫公益训练营。当时我们正处在学习压力较大的高二期末，大多数人不愿意去，可我还是很心动，在和父母、班主任沟通后，最终决定提交报名表试试。至今我都很庆幸自己当时做出的那个决定，抓住了这个机会，我和林荫公益的故事就这样开始了。

2019 年暑假，母亲将我送到了活动地点——四川长江职业学院。为期 7 天的公益训练营，让我看到了外面的精彩世界，接触了许多优秀的同龄人，也让我真正明白了什么是人外有人，天外有天。乡村之外不仅是县城，而且还有大城市。大城市之外会是更大的城市吗？那时的我真的想不出来。在 7 天的一系列活动中，我和其他同学慢慢熟悉了起来，我们一起听课，一起讨论，一起吃饭。最开始的时候，我的话比较少，因为到了一个新的环境，还不怎么适应。后来，我慢慢地变得活泼起来。

让我记忆深刻的事情其实很多，比如上课时的无领导讨论，这是在我之前的学习中没有接触过的，所以刚开始的时候我的话比较少。在一次又一次的讨论中，我变得大胆起来，开始积极主动地提出自己的想法。又比如，在听完一些讲座后的提问环节中，看到有的小伙伴自信大方地站起来提出自己的问题，我在做了一次又一次心理准备后，最终也敢于站起来提问了。再比如，有幸参加辩论赛的决赛，虽然感觉自己的表现并不好，但是非常开心能有这样一个站在台上展示自己的机会，也认识了很多有趣的小伙伴。在去公益训练营之前，我的世界只有那么一点，对大学的了解也只存在于老师的口中。是到了训练营之后，了解到导师们来自厉害的大学，觉得好不可思议。在后来的学习生活中，我会想到见过的优秀的人，用他们来激励自己。在公益训练营的几天里，带给我最多的是信心。回答问题时，没有固定的答案，只要自己愿意说，导师们便认可，随后将我们的观点延伸，引导我们去发掘更多的东西。高中的学习压力很大，参加公益训练营对我来说也是一种放松，不是死板学习，而是用另一种方式去思考。

快乐的日子总是短暂的，一眨眼的工夫，公益训练营就结束了，但林荫公益精神会永续，它会一直影响那些受益于训练营的学子们，一代又一代。记得我的导师可意姐曾提到一句鲁迅先生的话："无尽的远方，无数的人们，都和我有关。"我一定要快快成长，去做自己觉得有意义的事。

公益训练营结束之后，一切复归平常，但是在后来的学习生涯中，我总会想起那些可爱的同学和优秀的导师们。想起他们对待学习的态度，我也会在心中对自己说，不要害怕，积极提问。

事情的转折是在 2022 年 1 月，成都林荫公益服务中心的程肯秘书长发消息问我，是否愿意协助第七届公益训练营在我曾就读的高中招生，我答应了下来。招生结束后，我作为志愿者参与了第七届公益训练营。于是我的公益之路开始了，我是一个很幸运的人。

作为营员时，我在训练营中感受到了温暖；作为志愿者，我在公益训练营中同样感受到了温暖。因为刚接触志愿者的工作，很多地方不熟悉，便由公益训练营里的哥哥姐姐带着我慢慢去学习。从开营仪式、破冰活动、讲座到专业课，我一直跟着管理学方向的同学们，和他们一起听课，一起做笔记，学到了很多东西。大学第一学期，一开始我很难适应，进入大学后，身边优秀的人数不胜数，学习成绩好，有特长。我总是悄悄地羡慕，默默地自卑，觉得自己一个小乡村走出来的人，只会机械地做题、背书。大学老师不会催作业，大多是放养式教育。我每天参加很多活动，一是为了学分，二是为了让自己忙起来才不会去胡思乱想，可是我好像找不到自己的方向，只是在胡乱地参加活动。直到我再次与林荫相遇，我看到了高中学子们身上那股朝气蓬勃的精神，我开始思考，自己的初心是什么，开始回想自己曾经的壮志。

遇到林荫公益后，我一直被肯定，增强了自信心，让我能更自信地去生活学习。很多时候，我的生活平淡得不起一丝波澜，可是林荫就是一股风，一股带来新力量，让我能够有勇气去面对新环境的风。第七届公益训练营结束后，在林荫公益工作的哥哥姐姐们的邀请下，我加入成都林荫公益服务中心的常规部门。在林荫公益参加活动对于我而言，并不是我在公益路上的终点，而是起点。再次回到学校后的我，似乎找到了自己的方向。我关注志愿公益活动的消息，参加了几次校园献血、公益捐书捐物活动及校外的公益表演。

我的日子就这样普普通通地过着，感受着生活中的种种美好，努力在有限的时间里充实提升自我，抓住每一个机会，做一个爱与希望的分享者和传递者。我希望和我一样的人去做自己想做的事，在追逐梦想的旅途上永不停息。

周　丽

初级政工师，国家二级心理咨询师，高级团体心理行为训练师，催眠师。"相伴长者　共同成长"公益心理服务项目发起人。在工会系统工作期间创建了 40 个职工心理疏导室，建立一支职工心理咨询师队伍。工作中多有创新和成果，曾被评为辽宁省优秀工会工作者、大连市模范工会干部等。

周丽音频

周丽视频

聚是一团火，散是满天星

演 讲 人 ｜ 周 丽

演讲时间 ｜ 2023 年 5 月 27 日

  我是周丽，"相伴长者 共同成长"公益心理服务项目的发起人。半年前如果有人问我是否会牵头做公益，我一定会说不，因为我对公益知之甚少，况且时间和精力也不够，所以从来没有这方面的想法，只是单位有公益活动时报名参加一下而已。同样，如果有人问我是否会选择去做一些和老年人相关的服务项目，我也会说不，因为老年人的一些特点决定了做老年项目常常是出力不讨好，事倍功半。现在的我既牵头做公益，也做老年人的心理服务项目，这一切都源于学习。

  2022 年 10 月，我参加了一场培育社区社会组织的学习。2 天的学习和随后举办的 10 次沙龙使我对公益有了粗浅的认识，对社区社会组织从备案到发展也有了一个大概的了解。结合自身特长和资源，我开始做心理学和健康养生方向的项目。

参加培育社区社会组织的学习

在报项目的时候，我们有过讨论，多数人认为应该报少儿项目，因为一个家族的钱是向下流动的，为孩子大家都舍得花钱，做起活动来相对容易，后期也好转化，而我倾向于做老年心理服务项目，有三个原因：

一个是差异化，在大家都报少儿项目的时候，做老年项目能够避开同质化和扎堆拥挤。

二是据《国家应对人口老龄化战略研究总报告》，我国从1999年进入人口老龄化社会，到2022年已经进入积极老龄化阶段，老龄人口从18.5%增至29.1%，总人口规模达到峰值并转为负增长。

未来几十年中国陆续进入老年社会的都是独生子女家庭，而且高龄化趋势显著。古人说，人生七十古来稀，而现在90岁以上的老人随处可见，且身体都比较健康。目前成年子女有多少人婚后是和父母居住在一起的？一对夫妻，上有4个老人，下面有2—3个孩子，会有多少时间和精力去照顾老人？人是群居动物，

在大连市甘井子街道为社区书记讲解项目

需要人际交往和社会支持，长时间的孤独会产生种种心理问题，主要有抑郁症、焦虑症、强迫症等，而心理问题又会影响身体健康，出现各种不适和疾病。早期介入、干预和引导，是防止老年人产生身心疾病的重要方法和手段，所以未来社会对老年人的心理服务会有很大需求。

三是源于我个人的经历。我母亲今年96岁，老人家目前总体来说身体还算健康，生活能简单自理。

我父亲是在我母亲80岁那年去世的，母亲在80—93岁这段时间一直是独立生活，我们会经常回去看她。有些人可能觉得老人这么大岁数了还叫她独立生活，不孝顺，但是老母亲身体确实挺好的，平日买菜、做饭、生活都能自理，而且她一个人独立惯了。我们一直动员她选一个子女一起生活，方

2023年6月，母亲96周岁生日

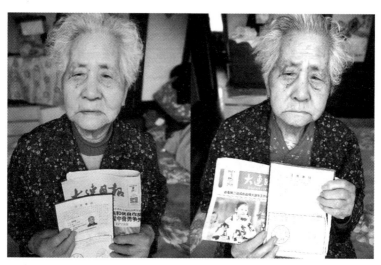

母亲摔伤前后对比

便照顾她，她永远都是说："到谁家我都不得劲儿，我现在还能动弹，等我不能动弹了再说。"母亲93岁的时候，因为自己不好好做饭，我们兄弟姊妹就一天回来一个给老母亲做饭，晚上留个哥哥陪她。

2年前老母亲意外摔伤，当时摔得很重，头部外伤后又亚急性脑出血，2根肋骨骨折，卧床3个月。我在母亲家照顾她，在这期间，我发现老母亲抑郁了。刚开始我以为是因为摔伤卧床需要人照顾，她觉得给儿女添麻烦而产生的内疚情绪，因为母亲一直念叨还不如当时一下摔死，活着没有意思，自己浑身疼遭罪还给儿女添麻烦。后来我发现她可能是因为受伤而加重了抑郁，因为3个多月以后老母亲身体基本康复了，但她还会整天向你倾诉一些不开心的事，一脸的不高兴和委屈，觉得自己是全天下最不幸的人，直说的你脑袋又胀又大。

发现母亲抑郁后，我非常自责和后悔。我们是多子女家庭，平时逢年过节和老母亲的生日,一大家子二十几口人热热闹闹地聚会,老母亲家平时你来我往也不断人,我们从来没有发现老母亲有什么异常,怎么就突然抑郁了呢?

顺着时间线往前推,我才慢慢捋清楚,实际上早在几年前老母亲的抑郁症就出现了端倪。记得有一阵子老母亲总是丢东西,比如衣服、钱等。我们原以为真的丢了,但渐渐地,老母亲却把罪名安在我们子女身上,丢了衣服就说是我拿的,衣服找着了就说是我又给偷着送回去了;钱少了就说是我哥拿的等,找又找不着,说又说不清楚,使我们很无奈。当时我们都以为是母亲年纪大了,前脚放完东西后脚就忘了,从来没有考虑老人精神和心理方面的问题。当时有亲戚提醒我说老母亲是不是老年痴呆了,我一口否认,在我的印象中糊涂了才叫老年痴呆。母亲说话思维敏捷、幽默风趣、丝丝入扣、逻辑清晰,面对这样的人你说她是老年痴呆?谁信呢!

这期间我也认真地进行了一些关于老年痴呆知识的学习。老年痴呆实际上是个很宽泛的概念,有血管性痴呆、阿尔茨海默病,还有甲状腺功能减退引起的痴呆等,但大部分是阿尔茨海默病引起的痴呆,所以老年痴呆症也叫阿尔茨海默病,是一种起病隐匿、进行性发展的神经退行性疾病。普通老年痴呆症患者均在 60 岁以上,其发病缓慢或隐匿,早期症状不明显且容易被忽视,病人及家属往往不知何时发病。由于老年痴呆的发病具有隐匿性和潜伏性,前一阶段基本不影响日常生活和工作,没有相关知识和经验很难判断老人是否患有老年痴呆症。早期发现需要医生鉴定,病人通常是到了中后期才会到医院就诊。老年痴呆症常常与老年抑郁、焦虑等心理及精神方面的病症纠缠在一起。如果不是因为

90 多岁的母亲给曾孙们做小老虎鞋

这次老母亲摔伤，我和她共同生活，我可能发现不了她的问题。

由于老年痴呆症的症状是一系列脑功能退化的表现，所以其早期症状主要是记忆力日益衰退，丢三落四，常常近事遗忘，甚至瞬间忘记；语言表达不流畅，常常忘词，不能确切地表达自己的意愿，絮叨；处理熟悉的事情有困难，判断能力下降，经常跌倒，或乱吃东西；敏感多疑，喜怒无常，情绪不稳定，性格变化；计算能力下降，抽象思维受损；目光散淡，无法集中注意力，失去做事的主动性。

老年痴呆症无法治愈，预防尤为重要。国内外研究已证实老年智力有可塑性和潜能，采取适当措施可延缓老年人智力减退，甚至还可以得到改善，其中有大量潜能可挖掘。怎样减少老年痴呆的风险呢？

一是积极补脑，注意补充脑营养，改善大脑血液循环，保障脑细胞血氧的充分供给。饮食要均衡，少糖、盐、油，经常吃含有胆碱、维生素 B12 的食物。控制好血糖、血压、血脂。二是积极用脑，防止脑力衰退。坚持适度运动，活动手指，经常做一些复杂的手工活。三是不过量饮酒，不吸烟，生活要有规律。尽量不要用铝制饮具和餐具，吃饭七分饱，多咀嚼。四是保持活力，丰富老人的娱乐生活，增加自身的兴趣爱好，保持良好的人际关系，子女多陪伴老人参加社交活动，给老人足够的关爱等，保持其愉快的心情，提高其幸福指数。五是对老年人日常生活环境中的危险因素进行排查，防止跌倒、烫伤、中毒等这些意外伤害。

老母亲摔伤时脑 CT 诊断为右侧脑室旁钙化灶、脑白质脱髓鞘、脑萎缩，由于缺乏相关知识和经验，我有些不知所措。

其实，脑萎缩和老年痴呆症是两种疾病，只是它们的临床症状很相似而经常被人误判，脑萎缩和老年痴呆症在发病年龄、病变机理方面都是有区别的。发病年龄上，脑萎缩患者没有特定性，任何年龄段的人群均可发病；老年痴呆症，顾名思义，以 60 岁以上老年人群为主。病变机理上，脑萎缩多以脑实质萎缩为主，同时伴有脑神经元凋亡；老年痴呆症多以大脑皮层上老年斑形成为主，也伴有脑神经元凋亡。通过脑部核磁共振检查可以精准区分脑萎缩和老年痴呆症。

脑萎缩的全身症状：病变早期患者会头痛头晕、失眠多梦、腰膝酸软、手足发麻、耳鸣耳聋，兼之反应迟钝、动作迟钝、喃喃自语、答非所问；躯体方面常显为老态龙钟、发白齿落、皮肤干燥、色泽沉着或偏瘫、癫疯、共济失调、震颤等。

记忆障碍：患者近事记忆缺损发生较早，如经常失落物品、遗忘应诺的事情等，渐至记忆力完全丧失。

性格行为改变：性格改变常为早期症状，患者变得郁郁寡欢，不喜欢与人交往，表现为没有理想、欲望，对子女没有感情，生活习惯刻板、怪异，性格急躁，言语增多或爱发牢骚等，同时有失语、失认表现，患者所有高级情感活动如羞耻感、责任感、荣耀感和道德感都有不同程度的减退。

智力和节律改变：智能减退、痴呆，表现为理解力、判断力、计算能力等智力活动能力全面下降，不能适应社会生活，难以胜任工作、家务，渐致不能正确回答自己的姓名、年龄，近视和不知饥饱，出门找不到家，大小便失禁等。

因为老母亲平日身体相对来说比较健康，除了常常丢东西以外，行为及说话也没发现有什么异常，所以我们也从来没往老人可能有心理或者精神方面的问题上去想，不知道人到老年会有这么多潜在的器质性和心理精神方面的问题。我也在反思，我们其实缺乏对母亲有质量的陪伴，往往只关心老母亲的吃喝拉撒，很少关注她的心理需求。老母亲也在我们回家时给我们展现出好的一面，时间长了不开心累积到一定程度便形成了负面的心理状态。虽然老年人抑郁、焦虑等发病原因复杂，但是缺乏有效的陪伴和疏导是其中的重要原因之一。

经过大半年的陪伴和照顾，母亲的心理状况有了很大的改善，不再成天抱怨，有时还唱唱歌，和我们开开玩笑，这说明对老年人的心理陪伴和干预非常必要。

在我学习查阅资料的过程中，发现社会上对老年人并不友好，对老人摔伤等的评论，大部分是指责和批评，认为老年人就应该待在家里，不应该出来给社会添乱等。在刷短视频时，常常会刷到一些老人责骂家人的视频，评论也是一边倒地谴责老人，而有经验的人一眼就看出，实际上是老人生病了。我认为发表这些评论中的大多数人并非不善良和不厚道，而是不了解老年人的身体和心理特点。以我的亲身经历来讲，我年轻时坐公交车看到有人为抢一个座位争吵不休很不理解，认为一个座位真不值得吵。随着年龄的增长，尤其是有一阵子身体不好的时候，同样乘车，我站着扶把手的手是麻的，快下车之前得先活动一下腰身才能比较灵活地走动，这时候才理解为什么有些老年人需要一个座位。

现在有一些体验老年的设备，让年轻人佩戴护目镜、耳塞、手套、护膝等，亲身感受眼花耳背、心肺功能受限、腿脚不便等变老后的身体状态，让年轻人更好地理解老年人的处境。只有感受了、理解了才能够更好地关爱老年人，不了解老年人的身体和智力、心理状况，往往会对老人造成伤害，也给自己留下遗憾。实际上人老了，随着生理结构和功能的变化，智力也会随之变化，但绝不是人们过去所说的"人老了，脑子糊涂，老而无用了"。智力老化是很正常的，但智力的不同方面变化是不同步的，有的减退得早些，有的晚些；有的快些，有的慢些，不能笼统地说老年人的智力都减退了。20 世纪 80 年代有人曾做过一项研究，比较了 20—89 岁成年人的智力变化。凡是与知识经验积累有关的方面，随着年龄增长智力减退较晚，直到七八十岁才有所减退，而且减退缓慢，有的甚至还有所提高，比如常识、词汇等。这部分智力称为晶态智力，它们像晶体一样比较稳定，不怎么变化，是后天获得的。另外一些与神经系统和感觉、运动器官等生理结构和功能有关的方面，成年后随着年龄增长智力减退较早，而且减退较快，60 岁减退明显，比如近事记忆、与注意力和反应速度有关的能力等，这类智力称为液态智力，它们是流动的、不稳定，容易变化。这说明智力老化的规律是：当液态智力减退时，晶态智力仍保持较好，可以作为其补偿。

老年智力的个体差异很大，因为智力受很多因素影响，生理老化与心理老化不同步，因此每个人的智力老化不一样，有的老年人头脑清晰、思维敏捷，智力不减当年，到晚年仍能做出成就，而有些老年人智力退化得就比较快，尤其是这些年高发的老年抑郁症、焦虑症、老年痴呆等，使有些低龄老人的智力退化也很快。

所以有时老人明明是有病的状态，但是我们不知道，或者即便知道老人有病，因为平常老人智力正常，总把他们当成正常人，发生矛盾时与老人争吵或者指责老人。这样不仅会引起老人的痛苦和不安，而且还会加重老人的病情。

目前，国家虽然在应对老龄化方面做了大量的工作，但是仅限于物质层面的解决，甚至物质层面的解决都不够充分，这一点我在陪伴和照顾老母亲的过程当中体会非常深刻。比如，托老所可以有效地解决尚能简单自理的老人和家属们的困境。老人们在托老所互相陪伴说话，中午又有地方吃饭，既没有一个人在家时的孤独寂寞，又没有觉得拖累了子女的负担。子女则既没有把老人一个人留在家里面的牵挂和负疚感，也能更好地干自己要干的事。物质层面的需求尚且跟不上，心理层面的需求就更顾不上了。尽管近几年国家也出台了一些关注老年人心理健康的文件，但是落到实处尚需时日。

随着长寿，高龄老人生活的幸福感和价值感却在下降。我陪老母亲在小区里散步时常会碰到几个90岁以上的老人，一见面就和老母亲说："大姐呀，你说老天怎么还不给咱收走，活着自己遭罪，还净给儿女添麻烦。"老人们年龄大且没有能力了，觉得不被子女和社会需要，反而需要儿女们来照顾，活得没有价值。我们到养老院去体验陪伴老人，几位90岁以上的高龄老人也是这个想法。如果高龄老人都是这种心理状况，那么长寿对他们而言又有什么意义呢？

正是基于自身陪伴高龄母亲的切身感受，我觉得更应该关注老年人的身心健康。从商业的眼光来看，做老年项目可能面临不能盈利、转化困难、团队建设和管理会有挑战等一系列问题，但我觉得选择一项对社会有实际意义的事情比个人的小目标更有价值感和成就感，而且我们不只是做一款养老公益产品，而是想从更宏观的角度去关注整个老年社会的心理服务问题，探索养老心理服务模式，让老年人树立乐观的生活态度，引导老年人积极应对老龄化，通过老有所养、老有所依、老有所为、老有所乐，实现适老、安老、乐老，提高老年人的幸福感。我们设计的活动丰富多彩，力争让老年人喜爱。

从国内著名心理学专家大连理工大学的胡月教授、知名实战心理咨询专家黄鹤老师，到大连医科大学附属一院的路岩教授，再到队员一个又一个陆续加入，对团队和我本人而言，是一次又一次美丽的邂逅。

团队部分成员活动合影

我们没有对外公开招募，都是通过熟人推荐。那些有公益情怀，愿意一起在心理学的道路上共同学习和成长的伙伴不断地加入进来。目前，我们有45名队员、5名专家，队员中有大学教授、公务人员、中小学教师、企业高管、退休人员等。我们有共同的

心理行为训
练活动

沙盘培训

参观吴运铎
广场

价值观：成长自己，奉献社会；我们有共同的使命：让心理学更好地服务社会。

我们是专业的心理技术服务团队，每次活动前都要进行相应的培训，团队从2月24日启动以来一共组织了12场培训、8次活动，培训的次数大于活动。一方面，心理咨询师行业本身就是一个需要不断学习、不断自我体验、不断成长的行业；另一方面，我们努力把团队打造成一支具有创新能力、高素质的学习型组织，实现心理咨询师的全面成长。大家拧成一股绳在提高自己的同时，也不断推动团队向前发展。

甘井子街道海鸥社区是一个有红色故事的地方。我从小读过《把一切献给党》和《党的好女儿赵桂兰》，知道故事的发生地就在大连。

到了海鸥社区才知道，这里就是当年兵工厂的所在地，一些老军工还健在。海鸥社区的启动仪式结束后，我们组织了一场名为"军歌嘹亮"的专题活动。

在海鸥社区"军歌嘹亮"专题活动上，赠送炮弹壳做的笔筒

12名老军工和10名大连商业学校的学生，以及我们的部分队员参加了此次活动。会上，3名老军工介绍了为建立新中国造炮弹不怕牺牲、勇于奉献的事迹，00后的学生代表做了发言，表

示要学习老军工为国奉献不怕牺牲的精神。

社区曼陀罗绘画活动

在我看来，老军工们勇往直前、不怕流血牺牲的精神，身居陋室、心盼国家强盛的情怀，不仅刻印在我们60年代和70年代人的记忆中，而且将作为民族的优秀基因传承下去。从00后的发言中，我感受到了这次活动带给他们心灵的冲击和震撼。

活动结束后，我无意中听到一个社区的工作人员说，好久没看到某大爷这么高兴了，今天讲了这么多话。第二次活动时我们组织曼陀罗绘画活动，同时做了抑郁和焦虑量表调查。结果曼陀罗老师提示这位老人需要注意和观察，做量表的老师也反馈这位老人有焦虑倾向。从社区了解到这位老人是独居，患有慢性病，生活态度比较消极，既不看病也不吃药，顺其自然。我们搞了几次活动后，有一次他主动留下来与我们交流，并询问我们能否教老年人使用智能手机，老人由以前的被动转变为主动应对生活中的难题，这个变化就是我们所追求的。

我们在一个社区讲老年心理学，会后一个阿姨跟社区干部说，原来对自己老头的有些行为难以理解，二人为此常常吵架，现在来看和我们讲的老年人抑郁的症状非常像，可能老头也是抑郁了，一场讲座使人与人之间多了一些关爱和理解。在讲夏季养生的时候，社区老人们跟着宣讲老师认认真真地按压穴位，并且结束后

中医养生健身队员在社区讲夏季养生

热情邀请宣讲老师下次再来社区讲。

我们有一个小组被派驻到一个社区陪伴家庭困难的孩子。这些孩子都是因为家庭特殊，定期接受社区志愿者的捐助。原生家庭对一个人的成长非常重要，每个孩子都应该向阳而生，不能因家庭影响他们的健康成长。我们选择了富有经验的陈阳老师作为组长，每周日带领孩子们活动。初次见这 6 个孩子时，他们都很

社区团体心理行为训练活动

陪伴社区特殊家庭的孩子，让他们心理健康成长

羞涩腼腆，不擅言语，有的还有意躲避老师。老师们就想方设法消除孩子们的戒备之心，通过借阅他们的书、赠送学习用品、用击掌或拍肩等方式鼓励这些孩子，让孩子们愿意从心里与老师建立联系并接纳老师。

老师们通过根据孩子们的现状设计的食指有力量团体游戏、添加画小组合作、表达心意的沙盘游戏等心理团建内容，促进孩子们的心理健康。最腼腆的一个男孩最初的语言表达磕磕巴巴连不成句，在心理老师的耐心引导下，现在这个孩子基本上能够语言流畅地表达，并且生动形象。

从这些老人和孩子的变化中，我们看到了团队工作的价值和坚持的意义。尽管目前我们也遇到了一些困难，但是我们始终坚持心中的那个梦想。作为个体，我们每个人的梦想和坚持也许是微不足道的，但是作为一个团队，我们聚在一起就是一团炽热的火焰，传递温暖与爱；散开也会像满天星辰，照亮我们的发展之路。一个人走得快，一群人走得远，我们坚信：我们在一起就会了不起！

郭恩伟

　　国网咸阳供电公司亨通施工保障公司党支部书记，咸阳市小桔灯公益服务中心负责人，咸阳市少工委副主任，曾经 3 次被评为国网咸阳供电公司劳动模范，获咸阳市优秀共产党员、国网陕西省电力公司优秀共产党员等多项荣誉称号。做志愿者以来，先后被评为陕西省最美志愿者、国网陕西省电力公司十佳社会公德模范、陕西省第三届三秦慈善楷模奖，并在 2018 年荣登中国好人榜。

郭恩伟音频　　　　　郭恩伟视频

人人公益，利他利己

演 讲 人 ｜ 郭恩伟

演讲时间 ｜ 2023 年 4 月 8 日

2013 年，我开始参加志愿服务活动。这 10 年来，有记录的志愿服务时长 7700 多个小时，有收据的慈善捐款 6200 多元。

人生遇到大事，引发生命觉醒

我于 1990 年在国网咸阳供电公司参加工作，先后在变电、后勤、物资等多个部门工作，从一个普通员工一步步成长为中层干部。领导和同事对我的普遍评价是非常敬业，我从没有查过词典里关于"敬业"的定义，但是我对"敬业"有自己的解释："敬业就是用追求完美的态度去工作！"敬业让我在 10 年之内 3 次被评为国网咸阳供电公司劳动模范，还获得咸阳市优秀共产党员、国网陕西省电力公司优秀共产党员等荣誉称号。

多年的努力工作让我取得了显著的成绩和进步，然而因为忽视了身体健康，我经历了一次生命的考验。2011年7月，我因身体不适被诊断身

做公益活动

患大病，之后辗转西安、广州、上海等地诊治，休了近半年病假，直到2012年初我才基本恢复健康，重新回到工作岗位。

这次身患大病的经历，让我深刻地认识到生命的宝贵，也引发了我对人生意义和追求的思考：怎样对待今后的生活？怎样让生命更有意义？我给了自己这样的一个答案："微笑面对每一天，让每一天都过得有价值、有意义，在有限的时间内去做更多有益的事情！"从此，我的世界发生了变化，开始以更加积极的态度面对生活，以更加饱满的热情去开创新的事业。

对工作我积极认真，取得一系列的成绩和荣誉。在做好工作、照顾好家庭之余，我于2013年初主动寻找并参与社会志愿服务活动，成为一名志愿者。起初我只是一名参与者，但是很快我就喜欢上了这件事情，并决定把志愿者当作人生爱好和第二职业（这也是人生最美的第二职业）来做，今后的人生时光要努力在志愿服务中度过。

因为在单位有过多年的管理经验，能力比较强，我在3个月之后就成为一名组织者，先后带领志愿者开展敬老、助学、留守儿童微愿望、关爱孤残儿童、助残、关爱困境儿童、帮助贫困家庭等多

项活动。为加强志愿服务理论的学习，我参加了许多相关培训。

2013 年 10 月，我作为主要成员发起一场名为"牵手咸阳、传递爱心"的大型慈善募捐演出活动，为咸阳的李欢乐、高缨 2 名白血病女孩募捐善款 85283.6 元。

我积极联系社会上的多个爱心企业，先后对接 8 所农村学校，开展关爱农村留守儿童活动，捐赠物品价值 4 万余元，受益儿童 600 余名。

邻里守望助残，彻底改善处境

2013 年 7 月，我认识了咸阳彩虹小区一名叫杨秀芳的残疾女士。她意外致残下肢瘫痪后，被丈夫遗弃，无依无靠，平时连床也下不了，靠着每月几百元的低保和社会上好心人隔三岔五的照顾艰难度日，饥一顿饱一顿是她的生活常态。看到她的生活状况后，我很想让她的生活处境好起来。于是我在社会上招募了数十名志愿者组建了残疾人杨秀芳帮扶服务小组，设计创造出了"网上发生活信息，志愿者抽空帮你"的智慧助残新模式，从 2014 年元旦开始为杨秀芳提供日常生活帮助直到现在。

残疾人杨秀芳帮扶服务小组为帮扶对象洗头

2014—2022 年，志愿者累计服务 5373 人次，服务时长 14148 小时，捐款 44707.96 元，捐物 2604 次，让杨秀芳的生活处境得到了彻底改善。

小组被咸阳市委文明办评为 2018 年度最佳志愿服务组织。新模式的成功实施，使杨秀芳的生活处境从饥一顿饱一顿得到了彻底改善。曾经的杨秀芳对后半辈子的生活失去了信心，但是现在她最常说的一句话就是："我是最幸福的人！"

为感恩社会对她的帮助，杨秀芳从 2016 年下半年起开始为咸阳公益组织做志愿服务记录的录入和志愿云、志愿汇系统的管理工作，她用这种方式成为一名特别的志愿者，努力回报社会。

关爱事实孤儿，改变孩子命运

2014 年 12 月，我认识了咸阳电建学校的 8 岁困境女童朵朵。她的父亲在她 2 岁左右的时候遇车祸当场死亡，她的妈妈 3 个月后离家出走再也没有回来，事故责任人赔偿了 2 万元后也销声匿迹。奶奶从农村来到城里照顾朵朵的生活，祖孙俩相依为命，依靠政府低保生活。那个时候的朵朵自卑怯懦、沉默寡言，学习成绩一般，还经常被人歧视，永远都是坐在角落里的孩子。第一次和朵朵说话时，我问她想要什么，我尽量想办法来帮她实现。朵朵怯生生地抬起头，迟疑了一下说："我想和奶奶快快乐乐地生活！"这一句话让我流下了眼泪，对于一个正常家庭的孩子来说，这是多么简单的一件事情，可是对于朵朵来说，这就是她最大的需要！

从那时起，我决定长期帮助这个孩子。但是，怎样才能让孩子得到更好的帮助呢？我找到了这样一个办法：物质帮助暖人心，精神引导长其志。我招募了十几名志愿者发起并成立了关爱朵朵成长志愿服务小组，开始为孩子提供力所能及的物质帮助和高质量的精神陪伴。我还经常带着朵朵参加公益活动，做志愿者。在公益活动中，朵朵学会了感恩和珍惜生活，学会了坚强和乐观，在热心又真诚的志愿者的启发引导下，朵朵不再抱怨自己坎坷的命运，用善良和勤奋来改变未来。不到一年时间，朵朵就发生了翻天覆地的变化，成为一个阳光灿烂、成绩优异、乐于助人、自强自立的优秀少年。2016年朵朵被评为秦都区美德少年、咸阳市美德少年、最美咸阳红领巾、秦都区十佳自强女孩，2017年被评为陕西省美德少年，之后还获得咸阳市模范市民、阿里巴巴公益基金会评选的首届中国好少年等荣誉称号。

现在的朵朵阳光自信，笃定前行。她特别感谢社会各界对她的关爱和帮助，也希望能够用自己的成长经历去影响更多和她一样在困境中的孩子们。

许多人都对我说："朵朵遇到你，真的很幸运！"我回答说："遇到朵朵，我也很幸运，帮助她也让我的生命更有价值、更有意义！"

在赠人玫瑰的同时，我也从奉献中获得了快乐，获得了前进的力量。当然，我也有苦恼和遗憾，我想去帮助更多的人，但是个人的力量真的是太小了。

2016年6月，我和几位同事在国网陕西省电力公司、国网咸阳供电公司的支持下，在咸阳市民政局注册成立了咸阳市小桔灯公益服务中心，走上了组织化、规模化的公益之路。

小桔灯公益服务中心成立后，得到了社会各界的大力支持。国网陕西省电力公司爱心基金每年为小桔灯公益服务中心提供

小桔灯公益进校园

10—20万元的捐赠资金，国网咸阳供电公司为小桔灯公益服务中心免费提供500平方米的场地，咸阳市民政局也通过政府购买服务为小桔灯公益服务中心提供每年10万元以上的资金支持，江苏泰州慈善总会通过苏陕扶贫协作项目捐赠8万元支持小桔灯公益服务中心购买面包车一辆，一些爱心企业也为小桔灯公益服务中心提供小额捐赠。

江苏泰州慈善总会捐赠现场

小桔灯很快成为志愿服务实践和教育基地，先后有 10 余所高校的学生公益社团、数十家单位企业来小桔灯开展过公益活动。我也走进数十家单位、学校、社区开展志愿服务宣讲培训和道德讲堂活动。许多学生、志愿者、社会爱心人士和市民通过我的宣讲对志愿服务有了更加深刻的认识，感受到了助人自助的美好，小桔灯所倡导的"人人公益，利他利己"的理念得到了广泛认可，越来越多的人加入小桔灯志愿者的行列。

6 年多来，参加过小桔灯公益活动的志愿者有 1.3 万余人，志愿服务参与者 3.3 万人次，志愿服务时长累计 15 万小时。

小桔灯公益服务中心是一个项目化运营、专业化发展、规范化运作、实体化运转、常态化服务、品牌化管理的现代慈善组织，主要服务领域有绿色环保、扶弱济困、关爱老幼，主要运营暖心衣橱公益项目、暖心玩具馆关爱儿童健康快乐成长公益项目、社区智慧课堂中老年人智能手机学习培训、咸阳公益小天使青少年社会实践项目、小桔灯助学等项目。

暖心衣橱公益项目着眼绿色环保，服务保障民生。暖心衣橱

暖心衣橱公益项目现场

公益项目以"改善贫弱人群穿衣状况"为目标，通过衣物募捐、分拣整理、自选捐赠、废弃处置等四大主题活动，形成了一条完整的闲置衣物回收再利用慈善公益产业链，在陕西省率先开创了给人尊重尊严的"分类悬挂，各取所需"自选捐赠新模式。这种捐赠方式极大地体现了对服务对象的尊重，满足了服务对象的个性化穿衣需求，杜绝了捐赠浪费。暖心衣橱公益项目提供了大量较高品质的衣物用于无偿捐赠，降低了贫弱群体的生活成本，让宝贵的社会资源得到了最佳利用。

暖心衣橱公益项目6年多来在陕西25个区县开展了240多场次自选捐赠活动，共捐赠各种衣物19万件，直接受益人口3.9万余人。小桔灯公益还在永寿县马坊镇耿家村、渠子镇八寨村，长武县彭公镇南峪村等地开设了6个固定式暖心衣橱公益超市，为周边低收入群体提供长期的衣物捐赠服务，真正做到了让困难群体不仅不愁穿，而且还能穿得好！

小桔灯公益还协助暖心衣橱所在村子建立了农村志愿者服务队，动员村民成为志愿者，参与村内的志愿服务活动。这种做法在改善民风的同时，也为乡村良性治理奠定了良好的群众基础。暖心衣橱公益项目先后被中央电视台、新华社、《人民日报》、《陕西日报》等数十家媒体宣传报道。

2017年5月，我又设计开发了

暖心玩具馆关爱儿童健康快乐成长公益项目现场

暖心玩具馆关爱儿童健康快乐成长公益项目，这也是陕西省第一个专门做闲置玩具回收再利用的公益项目。项目开展5年来，已经收到3万多名儿童捐赠的玩具共6万余件，经过志愿者的分拣、消毒、分类处理后，将可捐赠玩具用于无偿捐赠。

小桔灯公益在陕西省18个县区举行过140多场次流动式暖心玩具馆外出自选捐赠活动，面向乡村困境儿童、留守儿童等捐赠玩具4.5万余件，直接受益少年儿童1.5万多名。小桔灯公益还在城乡社区开设了4个固定式暖心玩具馆儿童活动屋，为社区儿童提供安全有益的活动场所，提升孩子们的人际交往能力，促进社区融合。

社区智慧课堂中老年人智能手机学习培训公益项目现场

2017年底，社区智慧课堂中老年人智能手机学习培训公益项目为城市中老年人提高智能手机应用能力提供服务。

社区智慧课堂先后开展授课活动80多次，通过科学合理的教学方法、齐全完备的学习资料、志愿者的耐心辅导，让参加培训的500多名中老年人在一个半月的时间里学会智能手机的各种

咸阳公益小天使
青少年社会实践
项目

应用，使他们的生活更加便利，精神世界更加丰富，人际联系更
加紧密。

2019年，小桔灯公益开展咸阳公益小天使青少年社会实践项
目，致力于为小学生和初中生提供利他型公益活动和利己型研学
活动。项目运营3年来，组织开展了80多场次的青少年社会实
践活动，参与的青少年有1800多人次。通过参与式和体验式的
系列活动，让小天使们思想上有触动，行为上有改变，精神上更
加强大！

小桔灯助学项目开展4年间共捐赠26万元，资助大学生和

中小学生 80 余名。

在疫情防控期间，小桔灯公益在没有发出一份募捐倡议书的情况下，收到社会各界价值 30 多万元的捐款捐物，从而组织开展了疫情防控人员关爱项目，将捐款捐物全部用于慰问赴鄂医护人员家庭、疫情防控一线单位，以及受疫情影响导致生活困难人员。

小桔灯公益还与其他社会组织在礼泉县、三原县的 3 所农村初中合作开展"爱伴晨星　驻校社工"——西部留守儿童和流动儿童教育保障项目。招募社会工作者进驻学校开展全职工作，通过个案帮扶、小组活动、生涯规划教育、团体辅导活动、心语信箱、家校合力、助学金资助等方式开展工作，促进农村初中青少年健康成长，降低辍学风险。

赢得广泛认可，收获众多荣誉

小桔灯公益在我的带领下获得了一系列荣誉：中央文明办2019 年度最佳志愿服务组织，团中央第十二届中国青年志愿者优秀组织奖、第十二届中国青年志愿者优秀项目奖和第四届中国青年志愿服务项目大赛金奖，民政部主办的 2018 年中国公益慈善项目大赛百强项目，陕西省民政厅第三届三秦慈善项目奖，共青团陕西省委第十七届陕西青年五四奖章集体、第三届陕西省青少年公益项目大赛金奖、第五届陕西省青少年公益项目大赛铜奖，陕西省委文明办陕西省最佳志愿服务组织、陕西省最佳志愿服务项目等。

我也被评为秦都区十佳志愿者、咸阳市最美志愿者、国网陕西省电力公司十佳社会公德模范、陕西省最美志愿者、陕西省十六运形象大使，2018 年荣登咸阳好人榜、陕西好人榜、中国好人榜。此外，我还被陕西省志愿服务联合会评为疫情防控优秀志愿者，被陕西省委文明委评为第六届陕西省道德模范提名奖和第七届陕西省道德模范提名奖，被陕西省民政厅评为第三届三秦慈善楷模奖，被咸阳市文明委评为咸阳市精神文明建设先进个人，被咸阳市关工委评为咸阳市第三届关心下一代工作关爱大使，被咸阳市环境生态局评为咸阳市十佳最美环保志愿者等。

小桔灯公益还被中央电视台、新华社、《人民日报》等数十家媒体多次报道。

提升思想境界，增添更多感悟

走进小桔灯，打开新世界。在做志愿者的过程中，人会对人和人之间的关系、人和社会之间的关系、人为什么而活着、人到底在追求什么等问题产生更多的思考。

人有两次生命：第一次是父母给的自然的生命，第二次是生命的觉醒，也就是一个人知道为什么而活着、应该怎样活着。第二次生命比第一次生命更重要。

人生有两种财富：第一种是物质财富，包括金钱、财物、利益。物质财富的总量是有限的，人们在获得的过程中往往是相互争斗的关系，这给人们带来许多烦恼、压力和困扰。物质财富的多少只决定人的生存状态和生活状态。第二种是精神财富，包括阅历、知识、能力、尊严、快乐、满足、成就、价值。精神财富的总量是无限的，自身就可以不断积累，人和人之间不用争抢，精神财富只会给人带来愉悦，不会带来烦恼。精神财富的多少决定人的生活品质和生命状态。

很多人曾经问我为什么要做志愿者，我的回答很简单："因为需要！国家需要，社会需要，服务对象需要，自己的人生需要！"

在我的生活中，还发生过这样一个故事：有个人问我，有人说，大部分人恐惧的往往不是死亡，而是走到生命尽头时，蓦然回首，才发现自己从未真正活过。怎样就算是真正活过？

我回答他："体验过人生最美好的事物，达到过生命的最佳状态，最终进入无怨、无悔、无憾的境地，这就算是真正活过！"

"那什么是人生最美好的事物？怎样又算是生命的最佳状态呢？"

我回答他："人生最美好的事物应该就是温暖和爱！生命的最佳状态就是让自己的品德、能力和智慧发挥出最大价值！"

人人公益，利他利己；与爱同行，温暖常伴！我坚信：社会上做志愿者的人越多，中国梦就会越早实现！

李丽娇

仁爱文水项目社工。

李丽娇音频　　　　李丽娇视频

社工有情，以心暖心

演 讲 人 ｜ 李丽娇

演讲时间 ｜ 2023 年 6 月 20 日

　　我是仁爱文水项目社工李丽娇，从 2020 年迈入社会工作至今，已经 3 个年头了。比起在机构内各个案室的访谈，去案主生活的场景才真正让我深切体会到每个生命故事，感受到社会工作的巨大能量，让我更加认同这个职业。案主和他的家庭向着更好的方向发展，是我们社工肩负的使命，也是我们前行的源动力。

　　回望过去，3 年中服务过的对象人群、开展过的活动、到过的村庄、参与过的培训学习等，如电影画面般一帧帧地在脑海里回放，每次想起都会让我有成就感，坚定我投身社工行业的决心。

　　2021 年 5 月，我们深入农村入户做排查工作，因社工行业的社会认可度不高，在开展工作时比较困难，尽管多次与村干部、派出所民警进行沟通，但是依旧没有得到帮助与支持。11 日，我们来到了隆泉村的小娜家，小娜母亲有些戒备，嘴里不停地重复

对服务对象进行家访

着他们也找不到小娜，始终与我们保持着距离。这一次的入户走访无疾而终。

在村口告别村干部与派出所民警后，我们不甘心地再次来到小娜家，耐心地与小娜母亲谈心，小娜母亲慢慢地放下了戒备心。她告诉我们，自己有3个女儿，小娜是大女儿。本来小娜在小学阶段成绩一直不错，但是到了青春期非常叛逆，成绩大幅下滑不说，还偷偷拿家里的钱，因逃学被学校要求退学。她忍不住说了小娜几句，还被小娜嫌弃，一脸的不耐烦。慢慢地母女之间的沟通越来越不畅，相互之间越发得不理解，母女之间充满了矛盾。

初中毕业后，小娜跟随亲戚上北京打工。2014年，小娜因不想跟着亲戚打工而回到市里独自工作。2015年，在毫无征兆的情况下，小娜与家里人失去联系，全家人用尽各种办法也没有找到她。直到2019年禁毒办第一次上门走访，小娜母亲才知道女儿吸毒了。得知这个消息后，全家人很是生气，气她不争气，沾染

与服务对象小娜见面

上这样的不良习惯，误入歧途。

2020 年，妹妹在火车站等车的时候，看见一个很像小娜的女生，便追了上去，但因为人太多，妹妹没有追上那个人。小娜母亲说她 6 年来不止一次梦到女儿回来，醒来后整夜整夜地哭泣。她想知道女儿现在在哪里，是否还活着。小娜母亲不停地抽泣，她告诉我，自己的女儿怎么能不亲呢，父母与孩子之间哪有什么隔夜仇。她早就不生气了，只想让女儿回家。小娜母亲求我们帮她找回女儿，我们是她唯一的希望。

11 月 4 日，我们协同当地派出所民警，很幸运地通过打疫苗信息排查到小娜的所在位置和联系方式。第一次电话联系，因小娜对社工服务能带来的帮助并不了解，表现得非常抗拒。我们真诚地介绍自己，同时对小娜的反应表示理解。随后，我们加上了小娜的微信，与她约好，等她出差回来后见面。

26 日，我们在派出所见到了小娜。小娜瘦瘦小小、干干净净，有些胆怯，我心里一颤，和她母亲口中那个叛逆的女孩不一样，小娜看起来是个性格乖巧的小女生。我问她，你想家吗，想回来吗？她说想，但是不敢，她害怕。这几年她偷偷回来过，不过只是远远地看看家人，不敢回去。我们柔声地与她交谈，知道她是一个很有想法的女孩，现在有一份收入可观的工作，也在好好地生活。

小娜自诉第一次接触毒品是在 2015 年，当时和朋友一起玩，因为好奇心与从众心，受到朋友的诱惑，开始吸食冰毒。这么多年，她一直独自在外地工作生活，所以是瞒着家人吸食的。2015 年，因吸食冰毒被公安机关行政拘留，因为怕家人感到失望，也害怕亲朋好友说闲话，所以她选择了逃避。从 2015 年至今，6 年多的时间里，她换过很多次手机号、住址和工作，只是为了把自己藏起来。

通过我们，她知道家人并没有放弃她，家人的关爱让她很感动，也让她愧疚。现在，小娜的毒瘾戒了，并且答应会好好配合社工的工作，也希望社工监督她，她不想再让家人失望了。

在与小娜及其父母的交谈中，我们找出了小娜与家人之间的问题，从而联合现有资源改善她与家人之间的关系，建立良好的家庭互动模式，增进亲子关系。为了使这个失散多年的家庭早日团聚，我们于 26 日再次见到了小娜母亲。我们引导小娜父母调整家庭关系，告诉他们怎样与孩子进行有效沟通，关心孩子的成长环境和心理健康，给予孩子尊重与支持和必要的教育引导，帮助小娜在正向的道路上脚踏实地一路向前，避免孩子再次误入歧途。孩子在成长的过程中，免不了会犯各种错误。父母对孩子犯错的态度和处理方式，会对孩子一生产生深远的影响。小娜母亲说，这么多年她想明白了，也看开了，现在满心欢喜地期待女儿回来，家的大门一直都向小娜敞开着。

当天我们带着小娜回到了阔别6年的家，见到母亲，她低着头不停地抽泣，说着对不起。我们通过帮助小娜重新建立自我价值感，改变既往的认知与行为，让小娜知道家人并没有放弃她，让小娜与家人团聚。

之后，我们多次去小娜家复访，见证了小娜与父母一步步的改变。每次去，小娜母亲都非常热情，她说很感谢我们，永远欢迎我们来家里。家是一个藏着爱、有包容、被接纳和信任的地方，所以我们也希望小娜的家人能成为她最可靠的避风港，给予她最真诚的爱，小娜也要懂得爱和珍惜家庭幸福。

在开展个案初期，我们综合整理了小娜的生理、心理、社会、生活等方面的资料，对其进行分析和判断，针对小娜存在的问题及需求与其进行了沟通，共同探讨解决问题的方法和技巧，制订并实施服务计划，定期不定时地对其进行尿检、面谈、走访，并将其在服务过程中的成长和改变进行反馈，巩固服务开展成效。

小娜的家庭结构简单，家庭和睦，虽然在青少年期间遇到不良之人，社区里也存在少许不良风气，但是家人的相亲相爱与村人之间的友好相处、相互关爱，形成了一个良善的生活环境，让小娜保持了纯良的本性。现在她能够正确地认识自己的思想和行为，对过去所走的弯路有深刻的悔悟。她希望能彻底戒掉毒瘾，过上正常生活，让爱她的人与关心她的人不再担忧，一家团聚的生活是她目前最向往的目标。

从法律角度来看，小娜属于被监督者，这让她在我们面前有意识地将个人地位降低，只听不说，或迎合我们的意思来表达看

在工作中

法。鉴于小娜的特殊身份，在开展服务之初，当小娜出现沉默、抵触等不良情绪时，我积极地聆听，同时关注她的肢体语言，对她所说的话进行判断和分析。一方面，小娜感到我们的真诚，与我们进行坦诚交流，从而让我们获得有关她更多的真实资料，发现其潜在的需求及问题；另一方面，避免被小娜误导而做出错误的判断。

我们通过耐心疏导和反复沟通，运用倾听、同理心等技巧取得了小娜的信任，得以与其建立了平等、尊重、信任的关系，增强其对社会的信任感与责任感，促使其思想、行为的改变，帮助其彻底戒掉毒瘾，杜绝复吸。

我们秉承"助人自助"的价值理念，采用非批判的原则，运用引导、鼓励、倾听、支持、自我披露等服务技巧，让小娜从最初的抗拒到后来敞开心扉，使其积压多年的情绪得到了释放。在我们的支持下，小娜内心的自我支持力量开始建立。我们也让小娜相信，曾经的错误不能否定自我价值，而是一个让她成为更好的自己的良机。

从了解其背景到深入帮助，最后达成目标，我们在这个过程中付出了不少的努力。我们的力量虽小，能做的也不多，但对于身在困境中的人来说无疑是雪中送炭。

由于小娜是吸毒人员，所以最初建立关系比较困难，小娜从心理上比较抗拒，但是通过我们的耐心疏导和反复沟通，运用倾听、同理心等专业技巧取得了她的信任，得以建立信赖关系。在服务过程中，会遇到种种问题，有主观问题，也有客观问题。就尿检问题来说，由于需要占用小娜比较多的时间，她对此也很不满意。我们通过多方沟通，本着管控零脱失的原则，严格履行请销假制度。我们对其进行动态跟踪与管理，加强与其交流沟通，定期电话通知让其就近做尿检，检测结果通过微信传回，日常通过电话、视频等方式了解其生活、工作近况，时刻掌握最新动态，从行动上帮其解决各种困难，缓解心理压力，使其回归社会，迈向积极健康的生活。

在个案工作过程中，我们主要以服务对象的需求为出发点，和服务对象一起共同面对生活中遇到的问题，并一起制定改变的目标，尊重、接纳他们。同时，社工不断地给予服务对象支持和鼓励，逐渐使其增强自信心，以积极的态度去面对和解决问题，最终和服务对象一起达成服务目标。

回望3年的工作历程，有失望，有委屈，但每每看到服务对象的变化，我们的内心都会无比开心和满足，这不仅是服务对象的成长，而且也是我们社工的成长。在未来的日子里，我努力从社工小白转型为专业社工。

郭益佳

　　吕梁市离石区社区戒毒社区康复服务中心禁毒社工，从事社会工作 3 年，专注于禁毒服务工作。

郭益佳音频　　　　　郭益佳视频

社工需务实，知行要合一

演 讲 人｜郭益佳
演讲时间｜2023 年 6 月 20 日

我是离石区社区戒毒社区康复服务中心的禁毒社工郭益佳，作为一名禁毒社工，我清楚地认识到这份工作对服务对象、大中小学生等不同群体有着重要的影响。

关注时政，思想先行

思想上的滑坡是最严重的病变，要是"总开关"没拧紧，我们就不能正确处理公私关系，而缺乏正确的是非观、义利观、权力观、事业观，各种出轨越界、跑冒滴漏就在所难免。因此我们一定要时刻拧紧思想阀门，保持战略定力，筑牢信仰之基，严守政治纪律和政治规矩，要持之以恒用党的创新理论滋养初心、洗礼思想、锤炼党性。

当前，境内和境外毒品问题、传统和新型毒品危害、网上和网下毒品犯罪相互交织，对群众生命安全和身体健康及社会稳定带来严重危害，我们必须一如既往、坚决彻底地把禁毒工作深入进行下去，坚持以人民为中心的发展思想，以对国家、对民族、对人民、对历史高度负责的态度，坚持厉行禁毒方针，打好禁毒人民战争，推动禁毒工作不断取得新成效，为维护社会和谐稳定、保障人民安居乐业做出新的更大贡献。

兢兢业业，全力以赴

禁毒工作事关人民幸福安康、社会和谐稳定，毒品一日不除，禁毒斗争就一日不能松懈。作为一名社工，第一，我们必须听从党的领导，充分发挥政治优势和制度优势，压实工作责任，广泛带动身边人，为中国特色的毒品问题治理之路，以及坚决打赢新时代禁毒人民战争，扮演好属于一名合格社工的每一种角色。第二，我们要充分发挥社工专业优势，成为禁毒工作的信息员、协调员、服务员、宣传员、管理员，在每个角色上将禁毒工作做到最好。

社工要成为信息员。一是禁毒社工收集吸毒人员涉毒情报信息，将收集到的复吸苗头线索、毒友圈供货渠道等信息汇报给派出所，并协助派出所及时惩处违法犯罪行为。二是社工应进村实地查看和统计禁种植物，并对种植村民进行禁毒教育。从各个方面进行综合治理，动员全社会协同作战，做好禁种、禁制、禁贩、禁吸工作，是新时代社工的重大责任。

社工要成为协调员。一是按照上级统一部署，开展无毒社区、

参加 2023 年离石区坪头乡"禁种铲毒"工作会

无毒村、无毒学校、无毒单位、无毒家庭创建工作，建立吸毒人员监控帮教体系，进一步落实由家庭、单位、派出所、社区（居、村）委会共同参与的，对戒毒所人员进行的"四位一体"社区康复帮教工作。二是指导服务对象完成报到工作，向其宣传和解释社区戒毒、社区康复的相关法律法规，指导服务对象与乡镇社区、戒毒社区、康复机构签订协议，制订计划，并确认工作小组成员。三是积极组织与开展查禁专项行动、打击毒品违法犯罪专项行动，辅助禁毒大队清查娱乐场所、毒驾治理，帮助民众真正认识毒品的危害性，协助各行业进行从业人员教育管理，强化毒品打击力度。

社工要成为服务员。社工应通过个案服务、定期小组服务、社区服务等社会工作专业服务，以灵活的方式与吸毒人员建立专业关系，成为吸毒人员的知心人，使吸毒人员帮扶工作更好开展，从而为因吸毒而陷入困境的家庭，提供家庭关系调解、家庭功能恢复、生活帮扶等服务，营造温馨和谐的家庭环境。同时，社工

社工与服务对象开展小组活动

应组织服务对象小组活动，通过打羽毛球、座谈会等形式与服务对象拉近距离，更好地了解他们的心理状态，助力他们从生理和心理两方面戒除毒瘾，真正回归社会。

社工要成为宣传员。开展禁毒宣传工作，一是对吸毒人员及其家属讲解毒品的危害性，宣传政策法律，让他们认识到复吸、交叉滥用等问题突出。此外，不法分子不断翻新花样，新型毒品不断出现，需要更加坚定的意志去抵制毒品诱惑。二是做好对其他人员的禁毒宣传工作，特别是校园毒品预防教育宣传工作，社工应以通俗易懂的语言开展校园讲座，从毒品的种类和对人体的危害性入手，让大家清楚辨识和防范新型毒品，比如常见的一些泡泡糖、跳跳糖等零食，这些看似普通平常的食品，事实上很可能就是毒品；路上捡的、陌生人给的食物或饮品不能随便食用，要到正规商超购买食物。三是倡导身边人主动传播禁毒知识，有效增强群众识毒、拒毒、防毒意识。

社工要成为管理员。首先，对所有登记在册的吸毒人员，社工应进行调查，定期完成毛发采集、尿检工作，必要时陪同检测，

在社区进行禁毒宣传教育宣讲活动

约束行为，管束行踪。其次，社工应给所有在外需对接服务对象现居住地派出所发函，全面掌控重点吸毒人员情况，有效杜绝吸毒人员外出，做到了解情况，摸清底数，竭力遏制毒品违法犯罪现象的蔓延，避免发生复吸的可能性。同时，不定期的家访、面谈对于服务对象的康复具有重大督促作用，是引导其建立积极生活态度的一大措施。

要做一行、爱一行、专一行、精一行。社工虽不是高薪职业，但过得很充实、很快乐，挽救一个个陷入困境的个人和面临危机的家庭，是我作为社工的最大收获。以"我为群众办实事"实践活动为载体，全力推进禁毒人民战争，扎实做好新时代禁毒工作，为社会和谐出一份力，是新时代社工实现自我价值的重要渠道。

精诚所至，金石为开

工作并不总是那么顺利，也会遭遇冷言冷语或戒毒人员及家属不配合的情况。有的戒毒人员颓废地认为自己戒不掉，而一些家属干脆对任何问题都回答"不知道""不想再管"。对于禁毒社工的来访，有的戒毒人员家属顾虑重重，害怕社工的到来引起邻居和周围人的注意，从而影响自己的生活。

社工进行服务对象的日常面谈和尿检工作

社工要坚持以人为本的科学戒毒理念，为戒毒人员照亮回家的路。如果教师是人类灵魂的工程师的话，那么社工就是构建和谐社会的工程师。我深知自己身上所肩负的责任，也明白社工的意义。在日常工作中，我与每个禁毒社工一样，秉持社工的服务理念，接纳、尊重每一个服务对象，也常常与村居委、民警等相关人员共同探讨帮教工作，认真处理好服务对象遇到的每个问题。我深知，作为一名和谐社会的工程师，面对的不仅是服务对象本人，而且还有家庭，如果处理不好，毒品问题或许就成为社会问题。我希望通过自己的努力，让家属能够正视服务对象，为他们提供一个充满爱的环境，因为家是他们康复的第一站。只有第一站成功了，才能推动他们更好地融入社会。

在我负责的吸毒人员服务对象中，李某让我印象深刻。因吸毒，李某与妻子离了婚，上有 63 岁的老父亲，下有在读小学的儿子。谈话间，他无奈地与我诉说现在的生活，脸上满是忧愁，话里话外没有半点对生活的希望。我心里不由得跟着叹气、着急，也感到李某仍是一个有责任心、有信念的人，只是一时糊涂才吸食毒品。于是我查阅相关案例，学习基本的心理学知识，尝试多次对他进行心理辅导和思想教育，以此来激励其奋进之心。第二年夏天，李某便在儿子学校旁开了一家食品店，在父亲的帮助下，李某生意兴隆，家庭关系逐渐好转。闲暇时刻，我也时常来李某的店对其进行适当关心，询问其状态，而李某也肉眼可见地比以前开心了，脸上笑容频现。在帮教工作中，社工要始终把自己当成服务对象的贴心人，动之以情，成为服务对象的心理治疗师、朋友、知心人等，帮助服务对象成为社会的贡献者。

好学不倦，力求上进

禁毒社会工作有一定的难度和特殊性，它要求禁毒社工必须兼具各方面的技能。作为一名禁毒社工，我们只有不断充实自己，提升工作技能，练就一身过硬的专业本领，才能早日将毒品这个毒瘤去除干净，构建起和谐社区。

第一，做好禁毒基本知识的储备。社工要认真学习法律法规，领会其精髓并运用到实践中；积极参与知识培训，不断充实自己。

第二，要储备药理学知识。只有深入了解毒品性质、特点等信息，我们才能将其危害性讲解清楚，使更多的人免受其害。

第三，要深入学习心理学知识。正如广西禁毒社工李庆梅所说："社区戒毒、社区康复工作不能一蹴而就，戒毒人员需要我们给他们带去温暖和希望，要让他们从心底信任我们。"在看似不起波澜的日复一日里，社工们默默耕耘，耐心地等待属于每一个戒毒人员的花开。与服务对象谈心，目的是帮助他们重建回归社会的信心，远离毒品。

第四，要不断锤炼语言表达和沟通能力。人与人的沟通是有技巧的，只有读懂服务对象的心理，才能真正走近他们。跟服务对象沟通时词不达意，往往忙活半天也毫无效果，而具备良好的语言表达和沟通能力则事半功倍。

志足意满，再接再厉

厉行禁毒，彰显英雄本色；无畏艰险，尽显忠诚担当。毒品一日不除，禁毒斗争就一日不能松懈。公安民警、武警官兵、社区工作者……一个又一个平凡的人，在危险中挺身而出，在重压下义无反顾。禁毒工作事关国家安危、民族兴衰、人民福祉，厉行禁毒是党和政府的一贯立场和主张。

学习党史，不忘初心。社工要把党史学习教育作为强党资政、育人铸警的必修课，作为立身处世的观照镜，引领自己学史明理、学史增信、学史崇德、学史力行。在红色主题教育活动中，汲取奋进力量，增强识毒、防毒、拒毒意识。比如参观八路军总部砖壁旧址，沿着革命前辈的足迹，怀着对革命先辈的无限崇敬之情，仔细观看珍贵的历史照片和实物展览，深切缅怀老一辈无产阶级革命家的丰功伟绩，感受老一辈无产阶级革命家的爱国情怀。社工要以革命先烈为榜样，自觉传承红色基因，提高自身防毒、拒毒的意识和能力，共同筑牢禁毒防线，为禁毒工作贡献自己的一份力量。

登高才能望远，纲举方能目张。着力加强思想教育，要深入学、持久学、刻苦学，带着问题学、联系实际学，更好把科学思想理论转化为认识世界、改造世界的强大物质力量。利用闲暇时间读书、看新闻，提高社工思想觉悟。

禁毒工作功在当代，利在千秋。党的十八大以来，一场场全民参与的毒品综合治理攻坚战纷纷打响，一座座绿色无毒城市展露美丽新颜，这背后有舍生忘死的缉毒民警，有千千万万抛洒汗水的禁毒工作者。作为一名合格的共产党员，我们要为社会做出自己的贡献，要在新时代赛道上跑出属于当代青年的最好成绩，做一名有责任心的服务者！

李　敏

　　陕西孝慈社会工作发展中心副主任、中级社会工作师、陕西省首批社会工作初级督导、"加瓦计划"陕西儿童保护体系建设省级培训团队成员、中国社会工作教育协会"寻见盼望"生命教育培训导师、电子城街道社工站及富平县乐融社会工作服务中心外聘督导、西安市未央区家庭教育指导师、生命教育及儿童参与推广者，有10多年社会工作经验，擅长儿童社会工作实务技巧及个案管理、个案服务和社区活动设计。

李敏音频　　　　　李敏视频

看见的力量

演讲人 | 李　敏

演讲时间 | 2023 年 4 月 8 日

我们常常寻求各种解决问题的方法，却忽视了在很多时候，仅仅是看见本身就具有很大的力量。

与服务儿童合影

我是一名公益人，也是一名社会工作者。2010 年因参与玉树灾后重建志愿服务而与公益结缘，从此踏上了帮扶他人的路程。

2010 年，陕西孝慈社会工作发展中心在玉树设立支持儿童教育的启蒙乐园，目的是对灾后处于孕期或哺乳期的准妈妈和妈妈们提供心理、医疗和营养支持。每天我和团队的志愿者、翻译都会背着奶粉去"帐篷之家"陪伴各位妈妈，为启蒙乐园的孩子们上课并组织活动。在玉树服务的那半年时间，丰富了我的经历，磨炼了我的意志，

支持儿童教育的启蒙乐园项目正在开展中

也拓展了我生命的可能性，使我能够更加理解他人的感受，可以在面对藏獒时面不改色，可以熟练地用牛粪生火做饭……

从玉树回来后，我正式入职陕西孝慈社会工作发展中心，先后在可持续农业、社区发展、公共健康、青年志愿者培养、儿童保护与发展等领域从事公益服务工作。不同领域的服务探索带给我很大的成长，让我对生命有了更加深刻的思考。患有严重妊高征的准妈妈只有得到丈夫的同意才能去医院做检查，成长在父母互相攻击导致家庭离异的孩子深深地厌恶自己……这些听起来离我们很远的事情都真实地发生在我的服务中，我也真真切切地感受到儿童的成长不是只要提供吃穿就能让他长大，也不是只给钱任其随意花，更重要的是父母、周围人要给孩子足够的爱。这里的每个生命都使我明白，与其当悲剧发生后才进行干预，不如从支持儿童开始，预防问题的发生。

于是我开始专注儿童保护与发展领域，积极学习使自己成长，尽自己所能，与团队一起服务儿童，研究与儿童相关的支持系统。我很感恩，从事儿童服务给我带来了创造生命的意义，看到了儿

与儿童在一起

童身上所具有的能力和智慧；我也很幸运，在工作中与他们一起成长。

　　2012年，陕西孝慈社会工作发展中心在西安市鱼化寨建立了第一个儿童服务站点，并安排我和志愿者每天为儿童提供课后照顾服务。至今，我仍对一件事情有着深刻的印象：一名儿童悄悄地把垃圾桶放到门上，导致志愿者进门时正好被垃圾桶砸中，当时我们很生气，也很严厉地教育了他。后来在和他沟通的时候，我们才知道原来他在生活中常常被忽视，只有做这些事情时，才会被人注意到。他想要的是被关心，可是没有人教会他恰当的表达方式。他捉弄工作人员的行为是不对的，但如果只是批评他的行为，没有看到他真实的需要并进行干预，那么即使他不再做这件事了，他还有可能会采取其他不恰当的方式来表达被关注与被关爱的需要。

　　得雷克斯曾经说过："一个行为不当的孩子，是丧失信心的孩子。"通过服务建立儿童对自我和环境的归属感，使他们保持对生命和生活的信心，对于帮助行为不当的孩子来说，是一条重要的干预路径。后来我们刻意安排比平时稍多的任务给他，让他更多地参与站点的日常工作和管理。当发现他行为中有做得好的地方时，我们及时给予关注；当他遇到挫折时，我们及时进行鼓励。同时，我们也在儿童小组活动中教给他人际交往的技巧。短短半年，他便从一个有行为偏差的孩子变成了一个受大家喜欢的孩子。

我们常常会迫切地解决孩子行为上暂时出现的问题，在日常工作中我也常遇到为此焦虑的家长。我们每个人都有获得归属感的需要，儿童也一样，不管是寻求过度关注、寻求权利、报复，还是自暴自弃的行为，儿童都是在寻求归属感。如果家长、老师、儿童服务提供者、社区居民乃至社会都能看见孩子行为背后的需要，通过共织支持的网络，让儿童获得归属感，那么他们的生命成长一定能带给世界惊喜。

在孝慈的儿童发展小组活动中，我们被儿童展现出来的能力与智慧所惊艳。

我曾经在儿童小组活动中遇到过这样一件事情，当时需要儿童共同讨论活动地点。近一个小时的讨论没有结果，我和伙伴们很着急。正当我打算干预儿童讨论进度的时候，7名儿童中的一名儿童说，虽然只有她一个人不同意去公园，但她觉得少数人的意见也应该被尊重。话音刚落，这名原本一直不赞同去公园的儿童又说："我觉得其实去公园也可以。"

就这样，因为看见，因为尊重，小组内的共识就达成了。后来我反复设想，如果当时我干预了，那么持不同观点的儿童可能会感到失落，从而影响整个团队的凝聚力。这个决策中，因为被尊重与看见，让儿童们的讨论有了完美的结局。

这次经历给了我儿童服务生涯很大的启发。以前我一直以为儿童年龄小，懵懂无知，后来发现，其实他们有很多地方都比大人强，他们更懂得尊重和生命的意义。

儿童小组活动

　　当我持这样的信念去服务时，我仿佛发现了儿童的另一个世界。在这个世界里，他们个个像游戏中的超级勇士，发挥他们的特长，贡献他们的力量。在设计儿童保护知识宣传单时，我们考虑得十分周全，为了让年龄小的儿童看得懂宣传单，不仅设计了图画，而且还在文字上标注了拼音，于是我见到了职业生涯中的第一张带拼音的宣传单；在审核儿童饮食健康手册时，我们很注意细节，从儿童的视角来考虑；在外出开展儿童保护知识宣传活动时，我们采用桌游的方式吸引儿童参加，在玩乐中学到知识。当完成计划内的第一轮体验后，我们注意到儿童再次参加的渴望，便提出再增加一轮游戏的建议。

　　置身儿童的世界，你会发现很多时候不是儿童不懂或缺乏能力，而是因为缺少机会、缺少关注。"孩子还小""小孩子能做什么""别跑来捣乱"是很多大人常常挂在嘴边的话，殊不知，像这类认知会影响儿童对自己的理解，削弱儿童发展的能力，也会影响家庭、社区乃至社会为儿童参与环境的创设，进而影响儿童主体性的发展。

众所周知，儿童发展是全球治理、社会治理的重要议题，也是我国推动儿童积极发展、建立儿童友好型城市的实践目标之一。国家及地方政府发布的多项法规、政策、文件均表明，未来12年，我国将全面建设中国特色现代化儿童福利和保护服务体系，以实现2021—2035年儿童全面发展。随着跨学科理论视野和研究方法的持续推进，儿童的公共参与开始逐渐成为社会组织、社区服务和社会工作等领域的前沿议题，但如何创设儿童参与和儿童友好环境，还需全社会共同探索和推动。在日常实践过程中，活动的组织者很容易被项目结果、目标、要求等因素制约，以至于忘却初心，过度追求活动的开展速度、数量和活动是否具有观赏性，导致把服务对象置于弱者、被动接受、能力不足的境地，而忽视了无论在什么样的环境中，儿童作为独特的生命个体，具有足够的力量和资源为社会做出贡献。

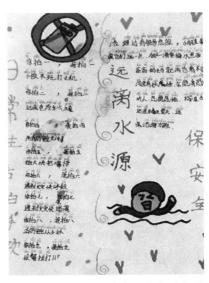

活动中孩子们的成果

当然，我们也必须承认，儿童在认知和社会情感发展方面仍不成熟，因此我们需要对儿童进行赋能。赋能并非单纯地给予儿童选择和决定与自己相关事务的权利，而更重要的是为儿童提供学习和成长的资源，使他们具备做选择的信心和能力。这个过程需要时间，需要耐心，需要信任。在看见儿童的力量之余，我们还需要保护儿童的力量，使儿童的力量发挥到正向之处。新时代儿童的发展既拥有巨大的机遇，也面临前所未有的挑战。培养儿童正向积极的价值观，积极回应儿童行为背后的需要，是保护儿童力量的重要方面。

我相信，只要全社会积极主动地去发现儿童的潜能，愿意为创设儿童友好的环境做出努力，儿童的力量就会被自己、家人、老师、社区乃至全社会看到。

我女儿今年 3 岁 7 个月，常挂在嘴边的话是"我都长大了，

儿童在户外玩耍

我自己来"。也许一开始她做得不那么熟练，甚至有点小挫折，但没几次，她就可以做得很好。自信心的不断累积带给了她强大的安全感和归属感。

儿童都如此厉害了，作为成年人的我们也不能落后，要不断地去学习和积累看见的智慧。当儿童淘气捣蛋时，我们应注意其行为背后需要的是什么，并尽可能地去满足；当儿童快速成长时，我们应看到他们的潜能，为他们提供资源，放心放手。这样，儿童才会让我们越来越省心，越来越骄傲，为社会带来更多的活力和希望。

今年是我全职做公益的第十一年，闲暇时我也会想，是什么驱使我做这份工作？又是什么让我愿意不断坚持下去？思来想去，是看见。公益、社会工作是能让暂时处于困境中的群体被看见的职业。通过支持，服务对象能看清自己真正的需求和所处的情境，做出对的选择，社会公众也能看见个人之于社会的价值，不断促进尊重、平等、多元价值观和文化的发展。

　　当然，不管是公益人，还是社会工作者，我们也需要看见自己。在支持他人的过程中，即使产生职业倦怠，我们也不否定自己，觉察和看见自己的需要。照顾好自己，才能更好地支持他人。

　　感恩生命中的每一次相遇与同行！未来的路上，愿我们大家都能彼此看见，彼此支持，彼此照亮。

刘 利

陕西博爱红十字应急救护服务中心负责人。

刘利音频   刘利视频

缘起急救，忠于急救

演 讲 人｜刘　利
演讲时间｜2023 年 4 月 8 日

据官方统计，我国心血管疾病患者约 3.3 亿人，因心搏骤停死亡约 54 万人，因意外伤害致死约 90 万人，平均每分钟就有 1 人死于心搏骤停、2 人死于意外伤害。最危险的心搏骤停，黄金救命时间仅有 4 分钟。当患者在完全缺氧的状态下，4—6 分钟开始出现脑损伤，8—10 分钟后脑损伤将变得不可逆，能否及时得到周围人的救护至关重要。

我是来自陕西博爱红十字应急救护服务中心的刘利，我们的目的是帮大家成为一个更专业的好人，当身边有意外伤害发生的时候，能够有能力去救助他人，做到一人有难众人帮，让人生没有遗憾，让我们的国家、社会逐步变成互助互救的大家庭。我与急救的故事要用 3 个关键词来说，第一个词：缘分。它代表着三层意思：一是初识。2011 年，我进入大学就读护理学专业，体系

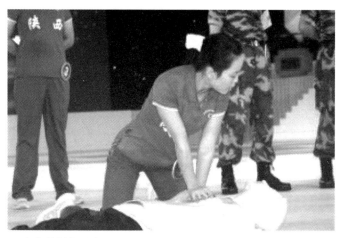

心肺复苏模拟现场

化的医学专业知识学习为我后续参加急救方面的工作奠定了理论基础。2012 年，我代表陕西省参加第二届全国红十字应急救护大赛，主要负责心肺复苏实操部分，正是此次比赛让我与红十字结下了不解之缘，后续参加的急救师资培训开始了我的急救培训之路。

二是深知。2014—2019 年，我留在高校担任护理学教师，课余时间坚持以红十字志愿者身份走进学校、机关、企业、社区、农村、家庭开展应急救护普及培训，培训过程中学员认知的改变、有所收获的反馈和用在实处的救人感受，让我深深体会到普及急救知识和技能是一件非常有意义的事情，极大地激发了我对志愿者的热爱，于是当听到省红十字会要成立服务中心，集中力量开展救护培训工作的时候，我毅然辞掉学校的稳定工作，报名参加服务中心相关工作，专职负责救护培训事宜。

三是坚持。"凡事预则立，不预则废"，这是我一直践行的准则，事实也证明工作千头万绪，必须一件一件地去梳理，要有不达目的不罢休的韧劲。急救培训工作不是一蹴而就、一朝即

走进各种场所进行应急救护普及培训

成的，核心在于要有专业的师资团队。几年时间里，我们通过参加总会的专业培训、全国应急救护大赛磨砺、本级师资传帮带等方式，培养了一批理论功底深、操作技能强、授课效果佳的省级师资力量，在各级领导的大力支持和师资团队的共同奋斗下，陕西省的急救普及率逐年提高，大跨步向前迈进。

第二个词：施救。我们开展急救培训的目的是解决"敢不敢救"的认知问题和"会不会救"的技能问题，《中华人民共和国民法典》明确规定因自愿紧急救助行为造成受助人损害的救助人不承担民事责任，其用意就是鼓励善意救助伤病的高尚行为。在这里，我想与大家分享几个生活中常见的典型案例：第一，小儿高热惊厥。2018年6月9日，我们应省民委驻村工作队之邀，一

我们的师资团队

行 15 人来到商洛市镇安县西口回族镇农丰村进行扶贫帮困献爱心义诊活动，在慰问途中偶遇一名焦急哭泣的母亲抱着抽搐的 3 岁孩子。我了解到孩子已持续两天高热不退，初步判断为因高热引起惊厥，立即将小儿头偏向一侧，用温水进行降温，并对其采取了规范有效的救护措施，最终孩子转危为安。这是我第一次感到贫困山村、偏远农村医疗条件的落后，对这些村民的急救知识普及很有必要且势在必行。关于小儿高热惊厥要做好这几点：一是保持呼吸道通畅。立即解开衣扣，头偏向一侧，随时观察是否有分泌物，及时清理，防止呕吐物引起窒息。二是降温。体温升高明显者，给予

急救培训施救环节

头部冷敷，有条件者加冰袋置于头部，同时用温水擦拭颈、腋下、肘窝、腹股沟等大血管走向处，避免擦前胸后背及脚心，减少刺激，避免再次抽搐。三是注意安全。清理掉周围可能造成受伤的物品，如玻璃碴等，防止患儿坠床。四是及时就医。

第二，癫痫。2018 年 7 月，我和同事下班去赛格购物中心聚餐，在电梯口看见一名女士蜷缩在地面上不停地抽搐，口有分泌物，我迅速反应过来说："请大家让一让，我是红十字救护员。"本身是医学专业的我，根据症状判断此人可能患有癫痫，我便将她的头微微偏向一侧，几分钟后这名女士不再抽搐，意识变得清醒，最终施救成功。这次救助让我印象非常深刻，有的人拨打急救电话，有的人在做相应的救护处理，旁边饭店的工作人员拿来热水，还有的人在焦急地想办法。可是错误的急救方式又让我很担忧，比如有的人掐人中，还有的人按压正在抽搐的肢体，还有的人在喂水，我也听到有人焦急地问谁会胸外按压。有一句话听起来很有意思，就是让她安全地安静地抽吧，一不撬开嘴往里塞东西，二不要掐人中，三不用试图控制患者，肌肉强烈抽搐，强行按压约束会造成骨骼肌肉或软组织损伤。我想说，救人必须是在正确的时间，进行准确的判断，开展合理的救助才能成功，专业判断和操作技能缺一不可。

第三，气道异物梗阻。2018年9月军训期间，一名女生不慎将口香糖误吸入气道，出现V形手势、脸色通红、无法正常说话的情况。作为第一目击者的我，判断她是不完全气道异物梗阻，在现场及时使用背部叩击和腹部冲击进行紧急施救，在120救护车还未到达现场之前已顺利将异物排出。近几年随着急救知识和技能的普及，我经常在网上看到使用海姆立克急救法施救的案例，也希望能有更多的人参与学习急救知识，正确实施救治。

第四，呼吸心跳骤停。2017年12月6日，这是让我久久不能平复的日子。这天，我和另外2名同事刚刚结束培训，打算去王府井买点礼物。当时王府井大街的一家商场旁围满了人，警察正在维持秩序，我们不约而同地意识到有突发情况，前往查看后发现是一名外籍男子昏厥，已经有10分钟了。我们迅速向在场的警察亮明身份，开始施救。在判断并确定患者已经没有了心跳、呼吸、意识后，我们3人迅速默契分工，2人轮流对患者进行胸外按压，1人进行人工呼吸。与此同时，我们不断向群众和警察呼救，提醒他们拨打120急救电话并在周围寻找AED，整个施救过程持续了24分钟。事后我们了解到，这位75岁的美国老人来到中国就是想实现"看一次天安门、爬一次长城"的愿望，愿望虽然达成了，但是生命永远留在了那一刻。事实证明，在呼吸心搏骤停的黄金救命4分钟正确实施心肺复苏，可以使患者获得最大的生存机会，及时挽救患者生命。通过一次次的现场救人，我深有感触：应急救护技术并不难，经过学习，人人都可以参与现

一个实用管用的互联网+应急救护系统

互联网 + 应急救护系统页面

场应急救护，而生活中可能随时都需要这样的知识来帮助自己和他人。

第三个词：普及。我们服务中心自 2019 年成立以来，一直着力高效推广"六进"工作，致力于急救培训"三个一"工程，即一场应急救护标准化建设、一个实用管用的互联网 + 应急救护系统、一本图文并茂的急救手册。一场应急救护标准化建设，我们按照总会"统一教学计划、统一教材、统一质量标准、统一考核发证"的要求，制定师资教学教研组实施措施及管理办法，完善新进师资实习手册，将现有省级师资进行分级管理，针对新课程制定统一化标准并强化授课过程管理，统一师资授课着装及教学形象标准，定期召开应急救护教学教研会，就常见急症、心肺复苏技术和现场急救等问题进行深入的理论讲解和经验分享，与空军军医大学卫勤训练基地联合开办伙伴实验室，进一步精进理论知识、统一技术标准，制作规范宣传标语，设计陕西省红十字救护员卡通形象，让每位教师都成为红十字宣传员，提升"红十字就在身边"的品牌影响力。一个实用管用的互联网 + 应急救护系统，设置了网页版和手机客户端两种模式，涵盖线上报名、开班培训、在线考核、数据统计等功能，实现了人员信息、考核取证网络化管理，节省了纸质资料的填写统计时间，提高了培训效率及质量。截至目前，我们已培养教师 524 人，实现持证培训 3.75万人，完成普及性培训 264.2 万人。基于该系统，我们后续还计划融入 SOS 救助模块，精准定位持证救护员位置分布，实现院前急救一键呼救、快速派员功能，推动院前急救救助质效提升。

图文并茂的急救手册

当经历了、见证了现场急救成功、悲剧的时候，我产生了紧迫感：要赶快想办法让更多的人迅速学会这些急救知识。首先要编写一本图文并茂、实用性和操作性都很强的应急救护书册，方便大家学习和实践。于是我结合医学教育 10 年的工作背景，在 2020 年开始着力编撰这本急救手册，直至今年初完成出版。这本书的技术规范符合最新《国际急救与复苏指南》和中国红十字会技术标准，旨在向公民系统介绍应急救护知识，包括操作技术。这本书通俗易懂，同时加入了一些关系密切的医学基本常识，帮助大家理解和掌握。综合来讲，这本书不仅是兼具专业性和实用性的科普读物，而且也适合作为通用应急救护培训教材。

同时，我们还积极参加"5·8"世界红十字日、"5·12"全国防灾减灾日等主题宣传活动，组织志愿者形成红十字应急救护方队，现场进行应急救护技能展示、发放应急救护知识读本，多次联合高校、中学开展应急救护演练，邀请各层级走进生命教育基地体验红十字生命健康教育，为全运会、各类运动比赛提供应急救护保障，不断扩大红十字会"人道、博爱、奉献"精神的影响力和应急救护培训工作的参与度。

我们的愿景是：每一个家庭，至少有一名成员参加过红十字应急救护培训；每一个灾

积极参加各种主题宣传活动

害、事故现场，都有红十字救护员在参与急救。

蒲婵敏

社会工作者，重庆市冬青社会工作服务中心行政人事主任。

蒲婵敏音频　　　蒲婵敏视频

人生舞台，还有你我携手演绎的平常生活

演 讲 人 ｜ 蒲婵敏
演讲时间 ｜ 2023 年 2 月 25 日

　　每个人都希望被鼓励，每个人都值得被认同。有这样一群人，为了能走出家门，他们需要长期规律服药，这是他们迈出家门的第一道门槛；为了能独立在社区生活，他们学习整理家务，锻炼生活能力，努力学会做看似稀松平常的事情；为了能拥有一份工作，他们把枯燥的动作重复上百遍。他们希望通过这样的方式去证明自己、展现自己，演绎出属于自己的平常生活。

　　我是蒲婵敏，一名社工，这是一篇来自他们的故事。

是什么时候认识他们的

　　认识他们，是命中注定，也是我的使命。

　　填报高考志愿时，由于不想接受家里人的安排，便随意选中

133

了社会工作专业。当时的我并没有去深入了解社会工作，而是凭字面理解，认为社会工作是一份与人沟通的职业，与我的性格十分相符。我的反抗当然也引起了家人的极力反对，没有前途、不好找工作、完全不了解等理由让我无力反驳，但是也无能为力。我是一个很倔强的人，你越不让我做，我越是要做，既然选择了社会工作，我一定会好好学习专业，证明自己。带着这样的决心，我开启了大学生活。

有趣的是，大学第一堂课，专业课老师对我们说："如果你想要挣钱的话，就趁早换专业。"听到这话，我心里咯噔一下，难道做社工没钱挣吗？随着课程的进展，我对社会工作基础知识有了一定的认识，如需要服务一些特殊群体：性工作者、精神障碍患者等。此时的我无奈在心里大喊："天哪，我这是选的什么专业呀，我还信誓旦旦和家里人说，我一定会找到工作，挣很多钱，不用你们操心，这么快就要打脸了吗？"害怕的情绪在此时达到了巅峰，可是我能怎么办呢？退学吗？不！既然选择了社会工作，我一定要坚持到底！也正是此时，我收到了来自表哥的鼓励，他对我说："小敏，我觉得你挺适合做社工，因为中国目前是逆城市化发展，未来社会工作必将大有前途！"

随着深入学习与实践，我慢慢认识并爱上了社会工作这个专业，它是一个有意义、带着温暖又不失时髦的专业。经常会被问到社工是做什么的，我告诉他们，社工是人类灵魂的解救师，是一个无关性别、无关身份，只关注人、关注人行为背后原因的工作。

2015 年，我毕业来到重庆市冬青社会工作服务中心，正式成为一名社工，也是在这一天，我认识了他们——精神障碍患者。

按照社会工作流程开展服务

在冬青，我接到的第一个大任务是有关精神障碍患者的项目，该项目需要对 156 名持证精神障碍患者开展服务。按照流程，我需要去这 156 名服务对象家中进行访谈，以了解基本情况，从而建立档案，接下来对档案中的成员逐一进行服务。

项目启动的时间是 2005 年 7 月，正值重庆最热的时节，我和我的主管白天顶着烈日在渝中区各个老旧小区来回穿梭，晚上在回家路上不断复盘和讨论，希望拉近与被服务对象的关系以提升服务质量。服务他人带来的满足感让我们忘却了辛苦，只有一股往前冲的干劲！

他们的抵触，让我重新审视自己

最初进行家访时，经常会遇到被拒之门外的情况，运气好时患者家属会让你进门，运气不好时则恶语相向。从未经历过这些的我内心十分委屈："我是来帮你们的，为什么还要这样对我？"但是转念一想，患者家属为什么要接纳一个素未谋面的陌生人呢？拒绝是正常的。就像你要去追求一个人，追的时候方式方法不对，人家也不会搭理你。

为了"追"到我的精神障碍患者，为了能更好地与他们建立关系从而开展服务，我对精神障碍相关的知识进行了深入的学习，读相关书籍、听相关讲座、与精神病医生交流……真正地去了解精神障碍患者这个群体，了解他们为什么会生病、发病的症状、

为更好地开展服务，涉猎不同的学习领域

需要常服哪些药物、常见的副作用有哪些。通过学到的知识和掌握的沟通技巧，我逐渐取得了他们的信任，打开了他们的心扉。

从他们分享的故事了解到，大部分患者在患病前非常优秀，有的是工程师，有的是校长，甚至有的是拥有专利的科研人员，让他们变得如此糟糕的原因是长期的工作压力、情感压力和生活压力。因为患病，他们原本的生活节奏被打乱，一切从零开始；因为患病，他们开始变得邋遢、犹豫，甚至有的患者一周洗一次脸，一个月洗一次澡；因为患病，他们开始了长期服药的生活，激素导致的发胖、长色斑等一些副作用使他们害怕出门，害怕与人沟通，情绪反复无常。糟糕的病情致使他们变成这样，他们的内心无比希望重新回归社会、回归原本的自己。

他们全力以赴地生活，让我一直坚持

回归社会的第一步是走出家门，而走出家门的第一道门槛是规律服药。对于药物，患者是抗拒的，可他们必须坚持每天服药，

通过各种方式协助精神障碍患者养成好习惯

同时要承受服药后带来的副作用，长胖、便秘、流口水、手抖……这也正是患者不愿意服药的主要原因。成为他们的服务者后，我和同事们开始重视服药这件事，并联系精神病医生一起出谋划策。我们一致认为要养成规律服药的习惯需要从两方面入手：第一，是意识层面。通过认知行为疗法让他们意识到服药的重要性，自愿去服药。第二，是行为层面。行为产生了，还需要辅助工具去加深行为，让其坚持。通过制作服药记录本、发放医药箱、定期检查服药记录本、书写寄语、陌生人鼓励等方式，协助精神障碍患者养成定期服药的习惯，学会自我健康管理。

组织患者参演舞台剧

　　为了让他们在社区可以独立生活，我们开始锻炼他们的生活能力，包括学习如何整理家务、如何买菜、如何乘坐地铁、如何穿衣打扮等。在这个服务过程中，既要保证可操作性强，还要保证有趣性。无论什么服务我们都会邀请家属一起参与，甚至他们平时能够接触的专科医生、社区工作人员、邻居等都被邀请来对其康复进行适时鼓励，共同见证他们全力以赴的改变与新生活。

　　为了让更多人见证他们的变化，我们举办了一场舞台剧，用参与节目演出的方式把患者平日的康复训练一一呈现出来，以直观的视觉感受让更多的人认识精神障碍患者这类群体，打破精神障碍患者易怒、疯癫的刻板印象。

　　活动的开展并不顺利，考虑到此次活动或许会对精神障碍患者造成影响，许多家属并不同意让患者参加。为此，我发起了一场辩题为《精神障碍患者能不能出演舞台剧》的辩论赛，正方由患者组成，反方由家属组成。反方认为如果演出时患者犯病了怎

么办，作为家属并不愿意看到亲人被他人当众指责。患者反驳道，可是我想丢掉精神病这个标签，以演员的身份去当一次正常人。对家属来说，这是亲人内心的渴求，怎么能不满足呢？就这样，患者们赢得了最终的胜利，这场属于他们的舞台剧完美呈现在了大家的面前，获得了在场所有人的掌声，但对于当时参与的社工来说，舞台剧的举办过程是艰难的，说好的事情患者突然不做了、后台准备时患者发病了等一系列突发情况使得我们必须停下进程，了解原因并现场解决。

与精神障碍患者建立关系并非易事，帮助他们一步步迈出脚步更是难上加难。以我为例，我所服务的大部分精神障碍患者都是在长达半年，甚至一年的时间后才对我吐露心扉，为了使我的一个个案完成某一目标，我足足花了一年的时间。有人曾经问我："你想过放弃他吗？"我的答案是："从未。"因为他们真的在全力以赴地改变。许多稀松平常的事情对他们来说是一种挑战，但他们没有放弃，尽自己最大的努力去改变。

精神障碍患者也是让人温暖的。在服务过程中，他们会因为我打喷嚏给我送感冒药、倒热水；在我不经意间提到想吃卤鸡脚时，第二天便能收到来自他们的投喂；每逢节假日，手机上显示的都是他们的祝福与感谢。一切都朝着美好的方向发展，我的付出收获了无数温暖。如果现在你问我社工是做什么的，我会说社工是专门给人输入希望的。

如果有一天，你身边出现或者碰到精神障碍患者，不要害怕，你可以不理他，离他远一点，但请给他一个尊重的眼神。因为每个人都希望被尊重，每个人都值得被认同。

宋　馨

　　中国公益人物，陕西省社会科学界联合会常委、心理健康教育研究会会长、省直属机关工委党校客座教授，北京师范大学心理学硕士，西安新城儿童村心理健康教学老师，陕西心理健康事业的领军人物。

宋馨音频　　　　　　宋馨视频

我将爱心融入灵魂

演讲人 | 宋　馨

演讲时间 | 2023 年 4 月 8 日

20 年心理公益传播路上，上千名老人和孩子因我而恢复光明，成千上万的人因我而绝处逢生。我以心理学为武器，打败束缚心灵的恶魔，拯救沉入黑暗的灵魂，日复一日，我将爱心融入灵魂，汇入岁月，每一季都是爱的春天。

奠定心理学基石

我于 1999 年接触和学习心理学，那时我还是一个拥有国内外刊号杂志《城市博览》的主编，天天面临出版、销量、业绩等各方面的压力。久而久之，这些压力导致我焦虑，出现了抑郁的症状。幸而，当时认识的一位心理学教授利用专业的心理学知识为我指点迷津，这才让我及时走出困境，重获新生。

这是我第一次真正接触心理学，深感其神奇和玄妙。强烈的好奇心驱使我一定要进入心理学世界，自此我一发而不可收。石教授赠予我《卡耐基全集》，我废寝忘食地细读研究；陕西大康心理培训学校成立，我排除万难报名上课；成为北京师范大学心理学硕士，我拼尽全力汲取知识。我身上既有强烈的求知欲，也有常人不及的坚持和毅力。

所谓契机，不过是强人＋时机而已。那时我白天上班，周日上课，晚上继续学习，而后给杂志社的编辑、记者讲解心理学。在我的引导和普及下，大家都深刻感受到了心理学的强大力量。在传统心理学基础上，我结合实际创造出宋馨式大众实用心理学。

这在当时的社会环境中有多受欢迎呢？在我杂志社的办公室，一张玻璃桌常常被围得满满的，编辑们脸上挂着期待，迫切地想从我这里学到知识，汲取能量。事实证明，我的心理学课很有意义，因为在之后的工作或生活中，能明显地看到同事们笑容满面，积极阳光。

2001年，在初建的陕西省图书馆，能容纳200人的报告厅座无虚席。讲座结束后，大家七嘴八舌地争相对我说着自己在生活、工作、婚姻等各方面遇到的问题。如何用心理学理解这背后深层次的原因，如何解决这些让人难受困惑的问题，我逐一帮他们分析，最后很多人说自己顿悟了、受教了、被滋养了。

通过我的义务讲解，更多的人得到了帮助，也让我自己意识到心理学确实对人有益。

2002年冬天，大雪纷飞，恶劣的天气不免让我怀疑，还会有人来听课吗？我内心有点打鼓。事实上，不管有没有人去，我自己都是要去的。我冒雪出门，深一脚浅一脚地踩在雪上。等到了陕西省图书馆报告厅门口，发现已有 8 个人坐在门口等我。那天我没有站在讲台上，而是站在 8 个人面前讲了足足 2 小时。结束时大家意犹未尽，相约下场讲座见。

这些经历更加坚定了我学习心理学的信心。随后，我走进西安交通大学、西北大学、西北农林科技大学等各大院校，为同学们义务讲授心理学。

2010 年，我被聘为陕西省委机关工委党校客座教授，为全省各级领导干部传授心理学知识。与此同时，我还先后到陕西省各厅局，为党政领导及干部做心理健康报告。

这一切，使我所创造的宋馨式大众实用心理学远近闻名。

诚心铸就慈悲之爱

2003 年"非典"期间，我在《西安晚报》上看到给西安儿童村献爱心的消息，于是当即报了名。由于不知道孩子们的具体情况，我便买了些米面油去了儿童村，还带着现任陕西心理健康教育研究会常务副会长李金英因出差无法亲手送达的 300 元钱，踏上了这次爱心之旅。

西安儿童村的 46 名孩子站在院子里等着我们的到来，脸上满是期待。他们是罪犯子女，在社会中属于弱势群体，不被重视和认可。因为这样的家庭关系与社会看法，许多孩子有极大的负面情绪，但发泄不出来。

也许是孩子们茫然无助的眼神触动了我内心最柔软的地方，也许是我作为母亲本身的爱意，也许是作为专业心理老师身上强烈的社会责任感，我决定对他们的内心进行疏导，让他们从极度自卑中走出来，成长为阳光少年。

于是我开启了在西安儿童村的第一节心理课，但这是一堂注定难以展开的课。课上，我想让孩子们介绍一下自己来自什么地方，但没有一个孩子愿意开口讲话。我点名字时，叫一个哭一个，最后全班都不停地默默哭泣，就连和我一同前往的 9 名爱心人士都哭成了一团，我背过身面对黑板也流下了眼泪。在这样的情况下，我暂停了讲课。

这是我第一次觉得课程失败，但我不甘心，也绝不放弃。为此，我足足思考了半个月，通过什么样的方式才能将心理疏导的专业理论灌输给这些特殊的孩子？如何把自己真诚的关爱传递给孩子们？ 15 个日夜，我翻阅了大量的心理学资料，终于找到了解决问题的方法：激励法和鼓励法。

半个月后，我带着 10 个铅笔盒、10 个笔记本、10 支圆珠笔再次走进儿童村。这一次，我没让孩子们站起来介绍自己，而是让孩子们自己评选十佳少年，让他们回想和推荐谁的个人卫生好、谁帮奶奶做饭、谁做了帮助同学的事情等。孩子们一下就活跃起来，互相讲爱的故事。我当场给孩子们颁奖，赠送学习用品。第一次站上讲台的孩子们显得有些害羞，全部低着头，看起来有些拘谨。这是一件有荣誉感的事情，但长期的自卑还是让他们习惯性地低下头，一时改变不了。

独特的授课方式不仅鼓励这些孩子发现自己的优点，而且还让他们感受到了别人对自己的重视。同时，也为我 2016 年开展的西安儿童村孩子心理教学提供了动力。

此后，西安儿童村的孩子们慢慢认同了我们的这种鼓励方式，也越来越自信地表达自我。有个孩子曾对我说，他写信将自己获得荣誉的事情告诉了身在监狱的父亲，父亲很为他自豪和骄傲，而我所做的事情也感动了整个监狱。

有天我上完课，儿童村的常老师给了我 15 封来自监狱的信。我顾不上午休，回到办公室便打开信件，他们在信中感谢我，感谢我为孩子们的付出，并说他们一定会好好改造，争取早日与家人团聚。我坐在那里，边看边哭，其中的滋味让我一生都难以忘记。

大爱传四方

2010 年，我接到江西省民政厅发给陕西省民政厅的函件，受邀到江西九江太阳村，给孩子们进行心理辅导。在那里，我见到了 103 个孩子，他们脸上的焦虑和自卑情绪使我感到肩上的担子很重。我意识到，要在短短 10 天内完成对孩子们的心理抚慰，让孩子们快乐起来，必须下猛药，而且要有别于西安儿童村的放长线引导，改为短期宣泄和疏导。

我给孩子们布置了一道作业：用书信的形式，写自己的家庭故事。孩子们开始流泪，写着写着全班集体痛哭起来。在这个过程中，我始终耐心地陪伴在孩子们身边，一会儿拍拍这个孩子的肩膀，一会儿摸摸那个孩子的脑袋，用这种母爱的感情力量，鼓励孩子们把自己家庭的故事写出来。

这些带着泪水的书信交到我手里已是中午时分，我含着泪水一口气把孩子们的信全部读完。第二天，我找了 10 多名心理压力特别大的孩子进行个别疏导。孩子们一个个痛哭流涕地倾诉，几乎把一大包纸全用完了。他们都是不幸的孩子，最苦的一个孩子一年之间失去了4位亲人。人生的灾难与痛苦，都降临在这些弱小的孩子身上。

我饱含真情和大爱，对孩子们进行了为期10天的自信、感恩等心理健康教育，孩子们也一天天地快乐了起来。

在欢送会上，江西九江太阳村憨厚的詹村长，深深地给孩子们鞠了3个躬，动情地说道："孩子们，我对不起你们，我只是给你们吃饭，是老师让你们快乐了起来。"

不管是西安儿童村的孩子，还是九江太阳村、三原东周儿童村的孩子，在我和爱心团队的用心付出和大爱之下，都发生了明显的变化。那些曾经被忽视的孩子开始自信起来，女孩子学着戴漂亮发卡，男孩子穿帅气的运动服。他们离开阴暗的角落，重新站在阳光里，开朗活泼，懂得感恩。

早在2014年，我便关注到秦岭大山中留守儿童、留守妇女的情况。如何把心理学的力量带给那里长年被忽视的群体，我深思和考察了2年。2016年，我成立商洛心理健康教育基地，带领团队30余人深入大山，扎根秦岭，为当地留守儿童带去爱意。

2017年6月24日，我们一行4人在李均满主任的陪同下，来到洛南县儿童福利院看望孩子们，为孩子们上了一堂心理健康课。课后，洛南县儿童福利院的姚院长激动地说："短短20分钟，孩子们就换了模样，心理健康教育是送给我们最好的礼物！"

在此基础上，我又建立了宝鸡心理教育基地。

从当初仅西安有一个心理健康基地到现在有8个辐射全省的心理健康基地，心理学的普及和传播范围越来越广。

4年内，我们的团队用真心、真爱赢得了当地群众的认可，首创心理健康教育为山区服务、增进社会幸福的实践之路。截至目前，商洛心理健康教育受众超 6 万人次，心理辅导个案超 3000 人次，得到了市委、市政府，县委、县政府及社会各界人士的广泛肯定和好评。

倾听老人内心深处的声音

2007 年，我随民政部有关领导去敬老院调研。敬老院白发苍苍的老人们，有的无精打采，有的目光呆滞，似乎对外界漠不关心，此情此景，让我感到一阵心痛。衰老虽无法避免，但热爱生活可以尝试数次。于是一个想法在我脑海中形成——来敬老院为这些老人义务讲解心理学课，听听他们内心深处的声音。这一想法得到了敬老院院长刘晓燕的鼎力支持，并积极为我创造条件。

面对我的引导，老人们回忆起藏在内心深处的事情，不禁老泪纵横，痛哭流涕，苦闷的情绪终于有了宣泄口。苦闷发泄出来，心情便好了很多。其中一位老人抑郁已有一段时间，由于没有宣泄口，整个人颓废至极。经过我的引导，老人慢慢地开朗起来，身体也越来越好，现在逢人便说是我救了他！

用心点亮希望

我的公益慈善之路走到今天已 20 年，受我无私奉献和坚守信仰的影响，越来越多的人加入我们的队伍，而由我创造的宋馨式大众实用心理学，使很多有心理问题的人受益。这也让我先后蝉联中国公益人物，获中国社会心理服务十佳等称号。

在第二十八届国际心理学大会上，我的论文《心理辅导改善儿童村孩子心理健康状况》，让与会国际专家心有所动，大会执行主席章教授当场流下感动的泪水，中国社会科学院林文娟教授肯定了论文有极高的应用价值，北京大学心理学博导李量老师建议将我的实践成果拍成电影，并倡议我在全国开设研究生班。

在民政部召开的全国流浪儿童教育研讨会上，我做了题为《通过心理辅导改善罪犯子女心理健康状况》的发言，得到了与会专家的高度肯定和赞誉。

在召开的全国9个太阳村领导会议上，我分享的西安儿童村心理健康教育成果和经验赢得与会代表的高度评价。在第六届中国公益慈善项目大赛上，我所建立的陕西省心理健康教育研究会西安新城儿童村心理教育基地项目荣获银奖。那天我作为参赛项目代表发言，并在发言中引用了联合国原秘书长安南的一句话，决定世界未来的不是高楼大厦，而是现在儿童的生活和精神状况。也是在此会上，专家们一致呼吁，向全国推广我的心理公益教学经验，成立全国心理爱心联盟。2019年，全国宋馨阳光心理教育爱心联席会成立，由我担任主席。

《播撒爱的种子——给儿童村孩子的一百封信》《走进孩子的心灵》是我早年编著的两部书稿，其价值在于为特殊儿童的心理教育提供了鲜活教材，也由此引起了国内外心理健康教育界的高度关注，德国、瑞士、荷兰等国的专家来到儿童村观摩，拍摄电视片，在国际上广泛传播。

过往20年及当下和未来，我所做的公益事业会高度践行自己的人格追求和崇高信仰。因为平凡日子里日复一日的坚持，慈善公益事业的里程碑上将由此刻下我的名字。2019 年 8 月，由中央电视台《记录东方》栏目为我拍摄的《慈航大爱志愿魂》专题片，作为中华人民共和国成立 70 周年献礼节目，在中央电视台播出，这是对以我为代表的心理公益人的又一次褒奖。

成　剑

　　本科毕业，现任辽宁省大连市中山区晨光书院自闭症康复服务中心理事长。

成剑音频　　　　　　成剑视频

我的星路缘起

演 讲 人｜成 剑
演讲时间｜2023 年 5 月 27 日

据统计，每 68 名新生儿中就有 1 名孤独症患儿。孤独症又称自闭症，这些孩子活在自己的空间里，互不打扰，无意交流，仿佛一人一世界、一人一星球，所以也有人称他们为来自星星的孩子。

我是成剑，20 年前，我的儿子程成被确诊为自闭症。他没有语言能力，无法与人正常沟通。他刻板行为严重，走固定路线，吃固定的食物，做固定的事情，一旦打破他的规律，就会情绪爆发，大哭大闹。性格开朗的我一度无法接受现实，产生了悲观厌世的情绪，但作为母亲，责任提醒我不能沉沦，更不能放弃。为了他，我愿意做任何事情。于是原本无忧无虑的我走上了一条不归路，那条路，是拖着"小星星"，四处康复之路。

一眨眼，20 年就过去了，儿子变化很大。现在的他已经能简单地表达需求，想吃什么可以准确地告诉别人；生活基本能够自理，还能把刻板行为变成好的生活习惯，每天严格按照要求把家务做得井井有条。除此之外，在某些领域他甚至有超常的能力，比如拼图。他可以在不需要看原图的前提下，几分钟之内完成。他的蜕变，让我明白了一个道理：付出总是有回报的，我这么多年的努力没有白费。

和儿子程成在一起

回想起康复之路，在他病症最严重、情绪最不稳定的那段青春期时光，我所经历的无助，是无法用言语来表达的。那时的我多想有个属于自己的空间喘一口气，我生病了也不敢休息，因为还要去照顾随时爆发情绪的孩子。我常常在思考，当我有一天离开了人世，把他孤零零地留在世间，谁能像我一样无条件地爱他、接纳他？我真希望自己能比他多活一天啊！

当时并没有几家机构愿意无条件地接纳像程成这样情绪不稳定且有暴力倾向的孩子，面对这种情况，我和几位有同样心愿的家长共同发起成立了晨光书院自闭症康复服务中心，主要接收中重度的自闭症孩子，陪他们一起康复，帮助他们过上简单而又充满爱和尊严的生活。我们的初心就是减轻家长们的负担，如果有一天一个妈妈倒下了，还会有无数个妈妈站起来继续照顾她的孩子。

经过一段时间的发展和积累，我们得到了社会各界，特别是大连市残联、中山区残联等业务主管部门的关注和肯定，并注册

带着儿子程成四处做康复

了民非社会组织，成为残联定点康复机构。我们可以为所有自闭症、智力障碍等心智障碍者开设康复训练课程，提供日间照料和全日制寄宿等服务。更难能可贵的是，我们坚持了初心，不需要家长陪读，并以低廉的收费标准和优质的服务，让所有包括经济困难的自闭症儿童家长都能放心地把孩子送到晨光书院，极大地减轻了家庭负担，解决了家长的后顾之忧。他们能够去工作，去照顾父母家人，而我们替他们承担最重要的责任，让孩子们快乐康复、快乐生活。

事实上，我们也做到了。好多重度自闭症孩子，从以前的不被接纳，只能宅在家里，到如今能够在晨光书院自主生活，各方面能力都得到了相应提高，并且得到了家长的认可和社会的肯定，真的是我们这些年不断努力的成果。

我们遇到的困难

晨光书院成立至今已有 8 年，一路走来并非顺风顺水。从一

初具规模的晨光书院

无所有到初具规模，我们经历了太多的坎坷。其间，有一次最为艰难，大家辛苦筹集资金改建了一所由慈善家王培全先生捐赠的孤儿院场地，却因为特殊原因被拆除，我们血本无归，损失惨重，但是妈妈们

儿子程成

没有被打倒，而是更加团结，竭尽所能地呼吁社会捐款捐物，为孩子们重建了家园。2020年，受疫情影响，5个月没能开学，租金又一次打了水漂，被迫搬离了刚装修好，仅仅使用了7个月的家园。那一刻，我有些茫然，我要不要继续下去？还有没有比现在更难的事？

在我最低谷的时候，是家长们和亲人给了我莫大的安慰和鼓舞。无论我做什么决定，家长们都默默地支持我。需要搬家，他们就全家出动，整理物资，寻找库房，忙前忙后；需要义卖，有人就肩挑背扛，竭力宣传，场场不落。我的父母更是卖掉了他们唯一的住房，一次性为我们付清了10年的新场地房租，只为支持我的梦想，做出一番成绩。彼时的社会，也看到了我们这群妈妈的坚强，他们用各种方式帮助我们。众人拾柴火焰高，晨光书院再一次挺住，渡过了难关！

我们取得的成绩

2020年，我们搬进了新校舍。这一次我们终于依靠自己的努力解决了后顾之忧，得以彻底落实长久以来的想法。我们在公益组织和爱心企业的帮助下，先后利用捐赠的善款对书院的软硬件设施加以改造，给孩子们营造出更舒适的生存和教育空间。通过暖房工程和防水处理，彻底解决了宿舍和教室保温差、潮湿阴冷等难题，并把操场改造成塑胶材质并加以美化，从而避免行动不便的孩子受到意外伤害。还购置了更专业的感统康复器材、教学道具和模型等，让孩子们得到更好的康复训练和学习体验。同时，投入大量资金选拔优秀的特殊教育专业教师，并对原有教师进行系统的培训和晋升指导。我们所做的一切，都是为了兑现给孩子和家长的承诺，让他们在晨光书院可以有质量、有尊严地学习生活。

努力就会有回报，投入就会有产出。优美的校园环境、专业的教师队伍和优质的辅助工具，让越来越多的家长和孩子慕名来

到晨光书院。我们的梦想恰恰就是为更多的家长排忧解难，为更多的孩子提供优质的服务，两全其美。当看到校园在我们手中变得越来越美，孩子们在美丽的校园中面露喜色的时候，我觉得自己所做的一切都是值得的。未来的路虽然还会充满艰难险阻，但是经过这么多年的沉淀和努力，我和伙伴们完全有能力、有信心去应对困难和不可预知的变数。江山易改，但我们服务自闭症儿童及家庭的意愿永不改变。

迄今为止，晨光书院已累计为200多名自闭症儿童提供了3500多堂免费艺术课程和1000余场社会融合活动，为48名中重度孩子提供健康愉快而有意义的寄宿生活，为100多个家庭提供喘息服务，为200多个妈妈提供心理咨询和情绪舒缓课程。

近年来，包括中国妇女儿童发展基金会、壹基金海洋天堂计划、腾讯公益、北京晓更基金会、大连青少年发展基金会、大连市残疾人福利基金会、英特尔大连公司、富达国际、片仔癀、同仁

专业的教师队伍

堂等知名爱心企业和公益组织，对我们书院的发展伸出了援助之手，给予帮助和扶持。尤其是中国妇女儿童发展基金会，当他们了解到晨光书院的实际情况后，对我们进行了特别的关注和帮助。

2019年，我们参加了中国妇女儿童发展基金会在腾讯公益的筹款活动。同年，我作为一名"超仁妈妈"参加中国妇女儿童发展基金会女性公益领军人才培训班（第一期）。中国妇女儿童发展基金会不仅为晨光书院宣传，更为我们女性赋能。通过中国妇女儿童发展基金会组织的多次不同领域的培训，我了解到许多优秀女性公益人的故事。从她们身上，我学会了大爱，打开了格局，更学会了如何自省，让我从一名平凡的母亲成长为今天拥有20名教职员工、50名稳定学员的管理者。

感　恩

社会上越来越多的人关注到这个急需被接纳、被包容的自闭

症群体，这不是我一个人努力的结果，是晨光书院全体星星宝贝和家长、老师，以及社会各界爱心人士通过努力换来的。

我想感恩，感恩我的儿子程成，是他让我成为一名合格的母亲，让我从一个争强好胜的小女孩变成一名坚韧不拔的"超仁妈妈"。感恩我的父母和家人，是他们在我最无助的时候，给了我无穷的力量，提供了强大的精神动力，让我毫无顾虑地冲在前方。感恩陪伴我成长的家长和老师们，是他们无怨无悔，不计较得失，事无巨细地工作，才有了晨光书院今天的成绩。感恩政府、残联、基金会、爱心企业、社会组织、爱心团队及爱心人士，是他们忧民所忧，出台并有效执行了助残政策；是他们慷慨相助，雪中送炭的善款物资；是他们身体力行，呵护有加的关心爱护，才让晨光书院乘风破浪，砥砺前行，迎来风雨过后的那道彩虹！

人生几近半百，我的星路虽然跌宕起伏，但是很精彩。星路漫漫，道阻且长，但我不担心渐渐老去的孤单与失落，因为我有个职业终生不会下岗，那就是妈妈。

中国妇女儿童发展基金会女性公益领军人才清华大学培训班（第一期）合影

路漫漫其修远兮，吾将上下而求索。愿每个星妈的路，都顺顺当当，不再有我曾经的彷徨；愿天下所有妈妈的爱，都能被看见；愿所有的"小星星"，都被温柔以待；愿晨光书院，不忘初心，薪火相传。

王　君

江苏省无锡市惠山区新的社会阶层人士联谊会副会
长，电影制片人。

王君音频　　　　　王君视频

这是一部专门为孤独症患者拍摄的电影

演讲人｜王 君
演讲时间｜2022 年 11 月 5 日

　　患有孤独症的儿童，从行为、语言、思想上都与正常的孩子有所不同。他们常常沉浸在自己的世界中，孤僻、不擅长交流。与其他孩子的内向不同，这是因大脑发育异常而导致的一种先天性疾病。

　　他们就像星星一样，即使在父母身边，也因为沉浸在自己的世界中而远离现实世界，因此他们又被称作来自星星的孩子。如果你对孤独症有所了解，那么就能从他们与众不同的行为中看出这个孩子是不是来自星星的孩子。

　　我国有 1000 多万孤独症患者，其中被称为星星之子的孤独症儿童约 200 万人。正因为这么庞大的群体在社会生活中显得格格不入，所以我们拍摄了《杨柳依依》这部影片，希望通过讲述孤独症家庭的故事，让更多的人关注孤独症患者，给这些"守护神"带来能量，帮助他们增强向前进的自信心。

杨柳依依齐参与

《杨柳依依》是我们团队经过数年创作的一部电影，主题包括女性励志、家庭亲情与爱情，而这部电影最打动人心的地方是其所讲述的孤独症家庭的故事。

孤独症也叫自闭症，是一种先天性疾病。在我身边，便有不少孤独症朋友，我常常与他们交流、做游戏。日复一日，随着我对他们的了解越来越深，我有了制作孤独症题材电影的想法，我想让更多的人了解孤独症，理解我的朋友，让他们能够在社会中像正常人一样生活学习，于是便有了《杨柳依依》。

这部电影的名字来自《诗经·采薇》中的"昔我往矣，杨柳依依。今我来思，雨雪霏霏"。电影的主角是一位孤独症儿童的母亲，这位母亲在面对生活的种种磨难时，从选择逃避到积极面对，历经无数坎坷。母亲的坚强、孩子的转变是电影最大的主题。另外，我想感谢两位主演——饰演女主角杨柳的柳珊和饰演男主角李向阳的李嘉明。对角色内心变化、神态拿捏到位是这部电影成功的重要原因，并且二位几乎是零片酬友情出演。

用心打磨剧本

一部作品好不好首先看它的创作背景。《杨柳依依》这部电影改编自发生在孤独症家庭的真实故事。从我们立意要做这部电影的时候，我们邀请到的第一位作者是文化志愿者总队的负责人，同时也是一位作家，他叫邵洪强，大家常叫他安然。从2020年10月底第一次见面后，他就多次走进孤独症家庭和康复机构，与家长、学生、康复老师，以及一些政府机构的人员交流，并深入其中体验他们的生活，目的在于创作出真实的作品。

安然于2021年6月完成小说的第一稿，写了十七八万字。将小说改编为剧本，前前后后打磨了14个月，剧本就此敲定。

2022年1月，我们拿到了江苏省电影局的备案回执单，也叫拍摄许可证。原本筹备开拍事宜，但此时已是年前，天气寒冷，工作只能停滞。

过完年的三四月，电影的各项工作终于走上了正轨。这部电影的导演齐志勇来自大连，是一名职业电影人，也是孤独症公益组织的义工，对孤独症及其家庭有较深入的了解，这也是他加入我们的原因。他的到来，犹如雪中送炭，推动了我们的进程。

经过半年的筹备，电影于2022年6月底顺利开机。

抢工期拍摄

6月28日，我们在无锡市惠山区前洲街道锦绣园举办了《杨柳依依》开机仪式。

开机仪式后的第二天，我们就因一波疫情停工。

在与导演、资方和主创人员数次交流后，我们决定等这波疫情过后按原计划赶工期拍摄。原定于7月底正式杀青，在我们的不懈努力下，7月20日电影主场景提前结束拍摄，这是全剧组80人共同努力的结果。

值得一提的是影片中许多白天的戏份其实是在晚上拍摄的。

为了赶工期，我们的灯光师非常辛苦，大晚上要在屋外用灯光造出一个"太阳"，工作强度之大、时间之长让我们非常敬佩。从事电影拍摄这么多年来，我第一次在一个月内减掉20斤，因此我能体会到全剧组人员对于这部电影的热爱和奉献。

辛苦付出终有回报

电影制作工作既辛苦又有趣。现场布置、道具安排、拍摄、剪辑等一系列工作常常需要动员剧组全体人员，日夜兼程赶工期，有时候一天只能休息四五个小时，有时需要连轴转，但是我们有一支长年从事影视拍摄制作的专业团队，和他们一起工作，学到的知识足以支撑起半部电影，他们的幽默也让片场生活变得丰富多彩。

比如有场戏，要把现场布置成生活中家庭吃饭的场景。这场戏的拍摄工作量虽然并不大，但是我要求一定要把这种生活中的烟火气营造出来，所以桌上的菜品一定要多，要贴近实际。因此桌上的食物没有一样用道具，全部是从饭店里挑选的美食。拍摄完成后，剧组将这桌菜分而食之，我们把工作和生活有效地结合在一起，让大家感受到一些温暖。

在剧组第一次开会的时候，我了解到，参与这部电影工作的许多人并非电影制作的一线工作人员，他们中的不少人做着与孤独症志愿、康复等相关的工作。本着对电影负责的态度，我对他们表达了我的担忧，并将主创人员拍摄这部电影的初衷告诉了大家。所有人员表示：第一，他们会尽心尽力把本职工作做好；第二，如果有机会，在电影上映的时候要来参加首映式；第三，他们想利用这个机会，为孤独症困难家庭奉献爱心。这让我很是感动，《杨柳依依》是一部小成本电影，片酬少，工资也不高，但是大家愿意为此付出，愿意为孤独症家庭的改善献出自己的力量，将这份爱心传递下去。

拍摄工作最辛苦，6月底正值夏日，烈日炎炎下，有的人要裹住全身打伞站着，有的人热得受不了脱了上衣，全身晒得通红还要举着机器。机器很大也很重，由于摄影用的架机炮台离地面十几米，甚至20米，许多室外戏摄影师要站在高处操纵机器，长时间在高处保持一个姿势，但摄影师从来没有喊过一声累。另一个让我印象深刻的场景是男主角的追逐戏，当时室外气温39摄氏度，一次追逐下来，男主角的衣服已经湿透，脸上的汗水止不住地往下流。为了达到好的效果，一场戏下来要立刻用水帮他把身上冲一遍，擦干再换另外一套衣服继续拍，前前后后拍了有四五次，终于有了最完美的一场戏。

传递精神价值

无论是社会影响、艺术价值，还是经济效益，在我看来，这部戏带给我们、带给大众更多的是精神上的支持和鼓励。用通俗的话来讲，电影故事中坚强隐忍的女主人公和被生活逼到死角的丈夫，以及他们患有孤独症的孩子，他们尚且能够向前看，坚持往前走，这是多么的不容易。我们这些经历了挫折的普通家庭，又有什么好抱怨的，鼓起勇气大胆往前走，战胜困难，才是我们应该做的。

我们承诺，《杨柳依依》这部电影不管是院线票房、商业赞助，还是版权转让，只要我们有收益，就一定会拿出相应的比例来帮助孤独症家庭和有实际困难的人。

对于孤独症家庭来说，经济是一个大问题，我们想通过经济上的帮助，让他们增强对生活的信心。

电影拍摄完成后，我们开展了一系列相关宣传活动。一方面，参加了政府的媒体见面会，得到了政府的认可；另一方面，我们开展了"来自星星的孩子，同样需要你的关爱"分享活动，邀请制片方、导演、原著作者一同讲述拍摄这部电影的经历，受到了现场参与者的一致好评。

从开机到宣传，《杨柳依依》的成功离不开全社会和政府的支持，在此特别感谢惠山区残联和前洲街道的领导。

一群有共同价值观的人能够走到一起，并坚持了下来，希望通过这部电影将精神价值传递给更多的人。

张 毅

　　清华大学数学科学系本科生，成都林荫公益服务中心成员，筹备参与过多届林荫青年成才营、林荫调研等活动，长期从事县域中学教育公益事业。

张毅音频　　　　张毅视频

立足县域中学，我们为什么需要教育公益

演讲人｜张　毅

演讲时间｜2021 年 5 月 15 日

　　我来自四川古蔺，这里是巾帼英雄奢香夫人的故乡，是红军长征四渡赤水的地方，也是中国名酒郎酒的生产地，但是这也是一个经济落后、教育资源缺乏的地区，这里的学生可以享受高考加分、国家专项、高校专项、地方专项等政策。

　　简单来说，古蔺的普通考生在报考重本院校时可以加 10 分，报考二本院校时可以加 25 分，而古蔺的少数民族考生，在报考重本院校时可以加 25 分，报考二本院校时可以加 50 分。

　　专项计划是每所学校按照一定的名额，对享受政策地区的学生进行单独招生，专项计划的调档线会比统一招生的调档线低几分到几十分。比如 2019 年，清华大学在四川的调档线是 705 分，我高考裸分 688 分，通过加 10 分国家专项政策，被清华大学数学科学系录取。

在上大学之前，我和我们县域中学的大多数学生一样，根据每个人要考的大学和自己能够享受的政策、往年一些分数的数据，计算出一个相对安全的数字，为高考奋斗。那时候的我们像溺水的孩童一般，只要给我们一根绳索，我们就抓紧往上爬，并不在意绳索另一端是什么，可能是一片绿洲，也可能是别的什么。一直到我上大学经历了一些事情后，才开始对这些问题有了新的理解与思考。

刚入大学时的迷茫

我刚上大学时，经历了和大多数同学一样的过渡期。这是一个痛苦的过程，一方面，高中的思维模式似乎在我脑中生根发芽，即使我意识过来想改正，枝丫却不听话地乱长。后来我才知道，对于我们大部分县域中学的学生来说，高中是一种重复性训练，对理解不了的知识，我们通过反复背诵直到把它记下来；对掌握不了的方法，我们反复刷题直到把它掌握了。其实，大多数知识我们根本不理解，只是记忆与运用。大学却不一样，它要求我们理解和掌握知识。

另一方面，上大学后的很长一段时间内我不知道自己为什么要学习，以后自己能做什么、要做什么。上大学之前，我对专业的了解很少。在填报志愿的时候，我能做的也只是在浏览器上检索每个专业的信息，但是我能检索到的信息有限，也不知道这些信息的真假。所以刚进入大学后，我就像一只无头苍蝇一样乱飞乱撞。我也很忙碌，有时候要将某门课的成绩努力到 A+，有时候要提升绩点，有时候又要去做志愿工作，但最致命的一点是：

我不知道自己到底想要什么。大学不比高中，高中的我很清楚自己要什么，甚至可以细化到高考每一科要考多少分。

其他同学则和我不一样，他们进入大学之后就对自己想要的东西了解得非常清楚。在我眼中，他们都是十分幸运的，因为他们知道自己想要什么。

第二件事情发生在去年，主人公是我的一个高中同学，他在大二第一个学期的第一周内，就向学校提交了退学申请，然后回到高中复读，准备给自己一次重新选择的机会。我五一的时候和他碰了一面，在短暂的寒暄中，知道他是因为不喜欢大学所学专业，又因为大一挂了科，转专业的机会与他失之交臂，所以他选择复读。

在我看来，一方面，他是非常不幸的，因为他没有把握好大学第一学年的时间，导致他需要花几年的时间来弥补这些错误，而另一方面，我觉得他是十分幸运的，因为他在这一两年的磕磕绊绊中，知道自己想要什么。其实，做出改变永远都不会迟。

第三件事情是我同一高中同一大学的一个学姐，她去年成功直博，但是最后选择了参加工作，她告诉我，她担心自己博士毕业不了。理智告诉我，她做出的这个决定是反复权衡后的选择，非常正确且明智，但感情告诉我，一个堂堂的清华学生，为什么连这点自信心都没有。

这样的例子比比皆是，我们3人只是我们这个地区的一个缩影，这让我思考一个问题，为什么从我们这些县域中学走出去的学生，不如别人呢？

县域中学学生有差距的原因

这个问题我思考了良久，最终总结出 3 个原因：

第一，见识少。上大学之前，我没见过飞机长什么样，也从没坐过地铁。后来每次出行都要先查好飞机上能带什么不能带什么，在哪值机，怎么买地铁票，因为我非常害怕自己露了马脚。现在我已经走过很多地方，见识也比以前多了，但内心的那份自卑一直存在，这也影响了我和别人的正常交流。见识越少，对外界的抵抗力也就越弱。

这种见识的差缺又来自哪些方面呢？

我想，一方面，是经济原因。我们地区的经济处于一个不上不下的状态，没有哪个学生因为吃不起饭、穿不起衣而辍学，但也没有哪个学生特别富有。经济基础决定上层建筑，经济水平搞不上去，见识又能高到哪里去呢？

另一方面，是时间不允许。像很多城市高中都有周末，但我们大多数县域高中周末只休息 6 个小时。我们也没有月假，甚至寒暑假还要集中补课。我们把大部分精力集中在 6 门功课上面，很少有人去兴趣班，我们连看新闻、看课外书的时间都非常少。

第二，教育资源稀缺。像很多城市高中，会招收很多像清华、北大这些著名学府的本科生、研究生，甚至博士去任教，把研究生学历作为招收教师的一个门槛，但对于我们县域中学来说，拥有研究生学历的教师只有寥寥几人，还有不少教师是从初中，甚至小学借调过来的，这是师资方面。

我们其他方面的资源也非常稀缺，像我上高中时，我的母校没有和其他任何一所高中有过合作。每次拿到联考试卷，我都会忍不住感叹，这些试卷的质量真高。当然我们的老师也出一些改编题或自编题，但是这些改编题和自编题与城市高中的改编题和自编题是很难比的。

我读大学之后，我的母校逐渐和成都七中、棠湖中学、石室中学等川类名校有了一定的合作，可以分享这些学校如实时课堂、试卷等资源，但我们在林荫调研时，也发现了一些问题。比如我的母校，就没办法享受到成都七中最优质的资源，只能享受到普通班级的资源。授人以鱼，不如授人以渔，我们很多时候没有获得钓鱼的方法。

第三，基础教育薄弱。因为县域学校的基础教育薄弱，教师不愿意来县城学校教书，一是收入不高，二是很难出成绩，不利于个人的发展，这就导致从小学、初中到高中教学水平偏低，很多家长不信任我们本土的学校，一些有能力的家长会把自己的孩子送到外面的学校去上学。一直到近几年，在我们的本土高中取得一些比较优异的成绩后，地区生源才留了下来。

关于教育公益的思考

我对教育扶贫政策是肯定的，如果没有这些政策，我们甚至连上大学的机会都没有，更别说站上更大的舞台，去见识更多的东西。从这个层面来讲，我们是这些政策的受益人。

但是这些政策触及教育的真谛了吗？教育真的只是体现在高考分数上吗？

尽管现在不管是县域中学还是城市高中，唯分数论已成为一股不可阻挡的力量，在这股洪流中，每个人都没办法靠岸，但是如果你问我，我的答案是：不是。

我记得有人说过，教育是那些你阔别课堂几十年后还剩下的那些东西。现在的教育扶贫模式，剩下的又是些什么？教育扶贫作为经济扶贫扶志的一个环节又体现在哪里呢？我们要搞好教育，真的只能做这些教育扶贫吗？

换句话说，教育扶贫政策虽然为我们这些县域中学的学生开启了一扇窗，但还不够充分、全面。

去年在参加林荫公益训练营时，我们组的一个学生说的几句话，让我非常动容，他说："核心课上的大学数学基础知识，让我感到非常困惑，困惑它为什么要这样定义，困惑我能从中学到些什么。在张毅哥、子元哥、堃堃姐的引导下，这些困惑逐渐清晰起来。课堂上不断产生新问题，但是解决这些问题让我们收获不少。虽然我们所学的具体知识可能已经忘得差不多了，但是数学的严谨性令我神往。我很庆幸自己没有被劝退，要像哥哥姐姐们一样，做一个能够给其他人带来希望的人，可能在不久的将来会有一个少年，向你们递交属于他自己的一份申请书。"

在短短7天的训练营内，我看到这位少年不管是在见识方面，还是在个人发展、价值塑造方面，都有了很大的进步。我在他的身上看到了教育之光，也是从那一刻开始，我逐渐明白了我们地区到底还需要什么。

我现在以一个公益人的身份在做这些事情，非常清楚地知道能够参加这些教育公益活动的同学，成绩都很优异，但成绩优异的同学毕竟是少部分，教育公益如果只是针对这少部分人的话，那么我们是在减少差距还是在产生新的差距？

我们再把目光向下移，看一下高中教育以下的那些教育，我们给他们带来了什么？我们再把目光平移一下，看一下像甘扎巴、大凉山这些地区，他们又得到了什么？

　　借用同事之前说过的一句话，全面扶贫刚刚结束，而教育扶贫才刚刚开始。现在正是发展教育扶贫的大好时机，我们确实需要更充分的教育扶贫。

　　我们需要什么样子的教育公益，我想大家心中已经有了答案，而且我相信这种答案可能不止一个。教育公益的未来发展方向在哪里，其实我也不知道，但是我知道要做大多数人的教育公益，做有用的教育公益，做好的教育公益，而要达到这些目标，离不开我们每个人的努力。

蒋　殊

　　中国作家协会会员，太原市作家协会副主席，蒋殊文学名家工作室领衔人。

　　著有《阳光下的蜀葵》《重回 1937》《再回 1949》《故乡的秋夜》《红星杨》等文学作品 11 部。12 篇散文入选多家出版社出版的中国年度散文年选；11 篇散文入选初高中语文试卷；散文《故乡的秋夜》收入 2014 年苏教版高中语文读本。曾获赵树理文学奖、《小说选刊》年度大奖，连续 3 届获长征文艺奖。

蒋殊音频

蒋殊视频

烽火中的青春力量

演 讲 人 ｜ 蒋　姝

演讲时间 ｜ 2019 年 10 月 27 日

1937 与 1949，这是两个特殊的数字，是每一个中国人看到便会浮现在眼前的记忆。

历史的车轮滚滚向前，如今盛世和平安宁，坐在这么温暖的环境中，或是午后惬意地与好友闲谈杂话，或是夜晚独自在河边吹晚风，或是三五朋友夜半相约烧烤……任凭我们肆意潇洒，但无论如何我们都不能忘记过往的烽烟，以及烽烟中走过来的那些人与事。

1937 年 7 月 7 日，日军全面侵华，中国从局部抗战进入全面抗战，这是历史性的一天，拉开了中国人民全面抗战的序幕；1949 年 10 月 1 日，毛泽东主席宣告中央人民政府成立，这也是历史性的一天，标志着新中国的成立。

无论是抗日战争，还是解放战争，都留存着每个中国人不堪回首的伤痛与记忆，这些伤痛与记忆刻进了中华儿女的心中，流淌在中华儿女的血脉中，成为实现中国梦的巨大动力。

我们经常能在书本、电影、电视剧中看到战争的宏大场景、战场的悲壮惨烈，列举出一个个英雄人物，但是在每一场战争、每一个英雄的背后，还有许多我们所不知道的历史与过往。

2015—2017 年，我走进一些特殊的群体，试图去挖掘他们背后被人忽略、遗忘的历史，让世人更加深刻地体会战争带来的残酷与悲痛。在整理完收集的资料后，我创作了两部作品：《重回1937》与《再回 1949》。

2015 年是纪念抗战胜利 70 周年，这一年的 9 月 3 日，我们在天安门广场举行了盛大的阅兵仪式。

让我印象最为深刻的是其中的老兵方阵，白发苍苍、饱经风霜的老兵们，重新穿上久违的军装，佩戴上放置了很久的军功章，从天安门广场缓缓驶过。他们庄严地举起右手，敬了一个神圣的军礼。这一刻，他们似乎又成了当年在战场上挥洒热血、不畏牺牲的英雄！

阅兵仪式结束后，我得知 5 位武乡籍幸存老兵参加了此次阅兵。惊喜之余，我也十分愧疚，作为一名文字工作者，竟然不知道家乡的土地上，生活着这样一群人。采访的想法在我心中瞬间炸开，他们是谁家的孩子？当年他们在村里从事什么职业？他们在战场上看到了什么？今天他们在想什么？

带着这些好奇，2015 年 10 月，我来到武乡县民政局，得到了一份抗战老兵名单。原本 24 人的花名册，工作人员在递给我时提笔轻轻划掉了 2 人，问其得知，这 2 名老兵已于今年去世了。他问我要名单做什么，我说明来意后，他又拿起笔划掉了十几个，向我解释说这些老兵或重病在床，或完全丧失听力，或老年痴呆，或已没有了记忆力，总之能和我沟通交流的只剩下几人。说完，他轻轻叹了口气："唉，这是一份一年比一年更短的名单。"在后来的采访中，我才知道，这是一份一天比一天更短的名单。

人的生命是有限的，我们没有能力，也没有办法留住任何一位老人家的生命，但他们身上的宝贵历史，不能被带走。带着这些想法，我决定写写这些普普通通、被人忽视的老兵，让今天的人知道，曾经是谁保卫了我们脚下的土地。

我写的第一位老兵，叫魏太合。采访他时，是2016年夏天，当时他已经92岁。

老兵魏太合，14岁时穿起军装，走进八路军一二九师三八六旅老二团，成为一名后勤兵。2年之后，16岁的魏太合第一次走上战场，这时关家垴战役刚刚结束。关家垴战役是发生在武乡的一场非常惨烈的战役，八路军以数倍兵力对付日军冈崎大队。经过两个昼夜的激战，我军依然没能取胜。魏太合作为后勤兵被派去打扫战场，他的任务是摘牌牌。

什么是摘牌牌？

魏太合说，八路军军装的衣袖上，有一个写着"八路"二字的牌牌，这是每一名战士的"身份证"。因为在"八路"二字的后面，准确地写有战士的姓名、出生年月、籍贯和所在部队。每一场战斗结束时，被派去打扫战场的后勤兵需要将所有牺牲战士身上的牌牌一个一个摘下来，交给所在部队，为的是日后告诉他们的家人，亲人牺牲在哪里。

我问他，您害怕吗？

他说，眼前是满目的尸体，害怕有用吗？一边怕，一边干，常常会从睡梦中惊醒。

记得小时候写作文，如果说到尸体，总会用"冰冷"这个词，但听魏太合讲述之后，我突然觉得这个词并不是每次都适合尸体。因为他说，摘牌牌的时候，那些身体都还有温度。

几个小时之前，那些年轻的战士个个精神抖擞，是想着去打一场胜仗呀！

魏太合不识字，但每摘一个牌牌，他总想知道牌牌的主人叫什么、哪里人、年龄多大。那一张张布满血污的脸，与他一样青春。一个个牌牌握在手里，让他特别心疼，无比难过。好好的一个人，怎么突然之间就只剩一个名字、一个牌牌？可是，他猛然发现，有牌牌可摘的战士竟然是幸运的。因为在摘牌牌的过程中，有的前方突然出现一个牌牌，却不在战士的胳膊上；一条胳膊突然挡了道，上面却没有那个代表身份的牌牌。

胳膊上留有牌牌的战士，可以在尸体旁做一个标识，而其他尸体只能按无名尸骨埋葬。

在埋葬的过程中，发生了一件让人无比感动的事情。有次正埋葬一个人的尸骨时，突然从远处跑过来一名小战士，他站在墓坑旁边仔细观察了一阵后，扑通一声跪倒，泪流满面。正当众人疑惑之时，小战士开口了："我有一个请求，请你们把最下层那名战士的尸骨移到最上层，因为他是我亲弟弟！"人们很快了解到，他和弟弟一起从安徽跋山涉水，靠着两条腿来到武乡。兄弟二人一起出征，出发时互送一声祝福，归来时互道一个平安。关家垴战役结束时，哥哥却找不到了弟弟。在活着的战士当中找，没有；在尸体中找，也没有；最后只能一个墓坑一个墓坑找。幸运的是，他在这个墓坑最下层看到刚刚被放下去的弟弟。

如此心愿，如何不满足？然而当弟弟的尸体移到眼前时，近在咫尺的哥哥能做些什么呢？他只能用自己一双满是污垢的手，努力将弟弟那张满是血污的脸尽量擦拭干净一些，再把弟弟那身已是碎片的衣服尽量捋得平整一些，好让弟弟体面上路。最后，跪在弟弟尸体旁边的哥哥许下诺言："我一定努力活着、努力战斗，如果有幸活到战争结束，不管我走到哪里，不管我打到哪里，我一定再回来把你带回家。"

今天，我们已不可能知道这位哥哥是否还活着，如果他有幸活着，是否如愿把弟弟带回了家？在采访中，关家垴的村民告诉我，印象中有两位战士的尸骨被带回家，其中一位来自安徽。说实话，"安徽"两个字让我内心一阵温暖，甚至是欣喜。我宁愿相信，那位被带走的安徽战士就是那个弟弟。如果是这样，他的哥哥一定还活着。

为一位死去的战士欢喜，是因为有太多的战士即便死后，尸骨也难以回到家乡。20世纪90年代末，河北省沙河市一位90岁的老人，在亲人陪同下来到武乡，来到关家垴高地。她将儿子靳振武送进八路军队伍，可是抗战结束后，她没有儿子的消息；解放战争结束了，依旧没有儿子的消息；抗美援朝也结束了，还是没有儿子的消息。

从此，这位母亲将等待儿子是生是死的消息作为人生第一等大事，可是一年年过去了，也曾一次次外出寻找，却一次次失望而归。幸运的是，在老人家90岁的时候，再次得到消息，说她儿子当年牺牲在关家垴高地。尽管年事已高，老人还是执意在家人陪同下前来寻找。

已到暮年的老人，唯一的希望便是亲自将儿子的尸骨带回家。

没想到在现场，陪同她的民政局负责同志却告诉她，这是不可能的事情了。靳振武既然牺牲在这儿，既然留下了名字，为什么亲人不能将他带回家？

关家垴是一处旷野，抗战结束后，这里几乎没有人烟，只有野兽出没。战争年代，匆匆埋葬，当初有名字的、没名字的，有标识的、没标识的，全部被野兽刨得乱七八糟。后来，村里人将那些散落的尸骨合葬在一起，竖起了纪念碑。烈士靳振武，自然也无处寻找。

老人听到这个消息后，在纪念碑下失声痛哭，最后留下一句话："还是，让他们在一起吧。"虽然无法将儿子带回家，但是老人相信在这片土地下，很多战士与儿子一样，依旧保持着青春的面孔、整齐的队形和行军的姿势。

听到这个消息之前，我已经去过关家垴；听了这个故事之后，我再次来到那片高地，在纪念碑下、长长的墓碑上，从一串又一串名字中寻找。我希望找到两个名字，一个是安徽籍小战士，一个便是靳振武，但我并不知道安徽籍小战士的名字。

我找到了靳振武的墓碑，他与安徽籍兄弟一样，当年只是一名普通战士。靳振武的一生，浓缩为短短的三行字："靳振武，男，一九二四年三月出生，河北省沙河市大油村乡大油村人，一九四零年五月参加革命，八路军一二九师三八五旅七六九团三营十连七班战士，一九四零年十月在山西武乡关家垴战斗中牺牲。"

1924 年出生，1940 年牺牲，靳振武倒下的时候，只有 16 岁。16 岁，还是一个孩子，可靳振武已经走上战场抗击日本侵略者，把年轻的生命永远留在了关家垴。

说完抗战老兵，我还想说说另一个群体。

先说一位叫李夜冰的老人，著名画家。1937 年，李夜冰刚刚 6 岁，却已经跟着家人东躲西藏。他一边逃难，一边在心中构筑小小的梦想。那个时候，梦想能是什么呢？无非是平安，无非是可以守着家。1945 年抗战结束，天赋极好的李夜冰拿起画笔开始画画。1949 年，18 岁的李夜冰已经成为一位小有名气的画家。那一年，他被紧急召至解放太原的战场。

解放太原，是解放战争中非常惨烈的一场战役。李夜冰跟着部队，最先来到牛驼寨。牛驼寨战斗，是解放太原的第一阶段，历时 20 多天。这场战斗，开始于 1948 年下半年，经历 9 次爆破、5 次攻击，用了 2000 多公斤炸药，才将碉堡炸开。当时，承担牛驼寨作战任务的第七纵队，是解放军统一番号后的第一野战军第七军，战斗中有的营只剩下几十名战士。参加那场战斗的，不光是穿军装的战士，还有很多老百姓参加了支前工作，一线民工多达 25 万人，民兵有 5 万多人，运输的牛羊牲畜也有 2 万多头，运送的弹药有 400 万公斤。一批批战士冲上去，一批批战士倒下来，不仅是战士，支前民工也牺牲 2000 多人，伤亡较大。

面对如此危局，李夜冰与他的文艺战友们，把一幕幕感人的画面写成标语，画成宣传画，张贴在醒目的位置，让战士看，让百姓看，也让对手看。通往前线的路非常艰难，他这样的文艺战士没有枪，不会打仗，一个人到前方需要 3 名战士来保护，保护他们的战士因此受伤，甚至牺牲。在烽火中奔跑的他们，也是一样的。

他说，没有路可走，常常是从避战壕里通行。他的一个同学就是在支前的路上，倒在战壕里。当时新华社一位叫萧逸的随军记者，是著名文学家茅盾的女婿，在向双塔寺喊话的过程中被炮弹击中。之后，茅盾写了一封信悼念女婿。他说："我们的国家又失一个有为青年，而我自己又失一个得意的女婿，他自己还有一番壮志没有完成哪！"李夜冰边讲边叹息，说那个时候亲眼看到很多同学、同事牺牲，但是连一口棺材都没有啊！打仗时，太原是外面的人进不去，里面的人出不来，最缺乏的是食品，很多人拿喂牲口的豆饼充饥。因为没有蔬菜，很多人得了夜盲症，一到天色稍暗便什么都看不到了。

李夜冰记得特别清楚，1949 年 1 月 1 日，他们从牛驼寨转战太原。那一年春节，战士们围在一个小屋里，吃了一碗热乎乎的小米粥，过了一个一生中非常难忘的年。李夜冰被紧急召往的宣传队，是徐向前的部队。当时，宣传队有唱歌的，有拉琴的，有吹唢呐的，有敲鼓的，独缺一个画画的。李夜冰的到来，让战场多了不少色彩。

过年了，战争却没有停止。常常，一阵很猛烈的枪声与炮声传来，让人恍惚是过年的鞭炮声；枪声过后，周围是死寂一样宁静。这个时候，宣传队就出场了，像唱大戏一样，开始吹拉弹唱，慷慨激昂，鼓舞士气。

会画画的李夜冰，自然闲不住。他一次次拿起画笔，画出期盼的心，画出那个即将到来的黎明。那些画面不是枪，也不是刀，但是比刀枪更加锐利，更能直击人心。

《重回 1937》这本书中，有一张照片无比感人。一双饱经沧桑的手，捧着一张青春逼人的脸。没错，手与脸是同一个人的，这个人的名字叫王生怀，参加过抗日战争、解放战争和抗美援朝。

今天的王生怀，就是典型的农家老人，拖着一双当年受过伤的腿，从炕边到灶台挪动几步也很吃力。可是当年，他是多么青春、多么英俊，把自己最青春的时光献给了战场。

那个时候，多少这样青春的身影驰骋在战场，他们每一个人都是英雄。采访时，每位老兵都说自己什么都没有做。正如其中唯一的女兵王桃儿所说："他们都死了，我怎么还活着？"

我对他们承诺，要把他们的故事写进书里，出版后一一送到他们手中，让他们亲手触摸与英雄同样光辉的名字。老人们不相信，问我："我们吗？我们，可以写进书里？书里，不都是别人吗？"

一本书，从采访、创作到出版，两年半的时间并不长。遗憾的是，2018 年 5 月《重回 1939》出版后，13 位老兵中只有 6 位亲手拿到了这本书。他们都不识字，但是看到书中的照片时，都惊喜地说，"呀，这是我！"看到我与他们的合影时，又欣喜地说："啊，这是你！"老兵们的一张张笑脸，是我最大的欣慰。

我将书送到逝去老兵的子女手中，这不只是为了我当初的承诺，更是为了让他们的家人也意识到，曾经在他们家炕头上的这位老人，是一位真正的英雄。我在每一本书上，写下了我对剩余 7 位老兵的尊敬与崇拜："曾经在你们家炕头上安坐的那位老人，曾经在你们家田间地头种地的那位老人，曾经在你们家院子里阳光下晒太阳的那位老人，其实是一位令无数国人敬仰的英雄！"

没想到，我的这个举动，换来了感人的回应。2015 年，我采访的第一位百岁老兵李月胜，带着未能以老兵身份去一趟天安门广场的遗憾，在半年后去世了。当我把书送给他唯一的养女时，她给我发来长长的一段话。一是对我表示感谢，感谢我把这本书写出来，把她爸爸写进书里。她说知道她爸爸曾经当过兵，受过伤，打过日本人，却不知道她爸爸也可以称得上一位英雄。最让我感动的是，她说："小蒋，你放心，我要永远做革命的后人！"这句话，让我的眼泪瞬间涌了出来。这样一句话，是多么高境界的人才能说出来的啊！而她，只是一名普通的农家妇女！

这，就是英雄的后人！这，就是老兵的传承！

2023年，《重回1937》以全新的面貌再版，而书中13位受访老兵，仅剩最后一位，已经102岁。这本书，首先献给他，献给他们——最后的抗战老兵，也献给在抗战中经历过伤痛的所有中国人！

《重回1937》与《再回1949》之后，我又相继创作完成了《沁源1942》《坚守1921》。每一本书的主人公，虽然很平凡，但是他们都是英雄。而我，也通过与他们的接触，懂得了一个文字工作者该有的责任与担当。我不是为了完成几本书，而是以文字的方式向英雄致敬。

之前如此，现在如此，今后也如此。我会永远把最宝贵的笔墨，留给英雄！

杨国超

中国人民大学国际关系学院国际政治系在职硕士，中国行政管理学会会员，北京香文化促进会副秘书长，云南民族大学香文化研究院副研究员，北京影视艺术学会理事。

曾任央视二套《中国经济信息》栏目后期制作、中国教育电视台《飞翔》栏目电视记者、纪录片编导，《幸福纪录》栏目周末版责编、执行制片人，现为发现之旅频道《纪录东方》栏目、《聚焦先锋榜》栏目编导。

杨国超音频　　　　　　杨国超视频

趣谈东西方香文化

演 讲 人 | 杨国超

演讲时间 | 2018 年 6 月 15 日

　　什么是香料？香料就是能被人类的嗅觉或味觉感受到，并且能产生令人愉悦感的物质。香料包括天然香料和人造香料，在天然香料中有动物和植物两种主要来源，在人造香料中包括天然香料的分离与提纯和工业合成两大类型香料。

　　香料的使用和发展过程非常久远，在东西方历史上都起过重要作用，但是由于东西方之间生活习惯、地域文化等各方面条件的不同，也产生了很大的差异。在香料的东西方概念上，我曾经在论文中做过粗略的划分，东方以中国、印度和日本为主要区域；西方则指欧洲、北非、阿拉伯和地中海这样的区域，基本上以地理位置划分。因此这里所谈的东西方和现在东西方的概念并不相同，这是我在香文化中人为做的一个区域界定。我在对东西方香料和香文化的研究中发现，香料能揭示很多社会发展背后的现象。

香料使用和香文化与社会生产力水平、社会繁荣程度及富裕程度呈正相关。当社会处于繁荣阶段时，香料使用和香文化也进入繁荣时期；当社会进入衰退阶段时，香料使用和香文化相对来说就会衰落。

我国从清末以后香料使用和香文化日渐式微，后日本香道传入，并对我国的香料使用和香文化产生广泛影响，但我们在资料筛选和收集时发现，中国的香料使用和香文化在许多方面既不同于日本，又与西洋不一样。历史上，我国的香料使用非常广泛，且使用量巨大，是东西方海外贸易的重要商品之一。在海外贸易历史上，中国出口的主要是丝绸、茶叶、瓷器等商品，进口的商品中香料则占据主要份额。近代以来，随着科技的发展，西方化学合成技术被用于香料制作，香水成为香料的主要产品，在香料生产和使用方面西方逐渐开始领先世界。

古代中国祭祀文化盛行，《左传》中便有"国之大事，在祀与戎"的记载；《周礼》中关于祭祀的记载非常丰富，比较著名的祭祀有郊祭、柴祭等。柴祭就是燃烧各种各样的祭祀材料，通过燃烧祭祀材料来体现天地人之间的沟通。今天，这种国家性质的柴祭在历史上早已经消失了。

柴祭的时候把祭祀物品放在上面进行焚烧，也会烧一些芳香性的植物，古代一般用柏树或松树，这些木头本身就带有芳

柴祭

香性的味道，这应该是最原始的关于香料使用的一种方式。在《周礼》中也有鬯（chàng）酒的记载，用郁金等香草酿制，应该是中国最早的香料酒，其酒味芬芳浓郁，用来祭祀或赏赐有功的诸侯等。

香料使用到了汉代就进入一个新的阶段，在这之前中国使用的香料大都是本土香料，以香草类型为主。汉代以后，由于中国国力强盛，香料开始从海外进口。由此，汉代中国出现了许多新型香料，多在宫廷中使用。此后，香料使用设备开始大量出现，如著名的香炉博山炉。

中山靖王墓出土的错金汉代博山炉

安息香　　　　　　　　　　　　　　中药冰片龙脑香

香料使用在隋唐达到一个新的高峰。《太平广记》中记载的唐太宗和香料的故事，最能代表中国在隋唐时期香料使用的空前盛况。除夕盛会上，萧皇后与唐太宗闲聊时谈及往事，萧皇后便说每到除夕，隋炀帝就要点燃用沉香木堆成的小山，等沉香木燃烧殆尽，再泼上甲煎让香味更加浓郁。听到这里，唐太宗斥责道："奢侈！"要知道，即使是在科技发达的今天，沉香也是论克来卖，隋炀帝一个除夕就要烧掉几百车的沉香，足见其奢侈。甲煎是一种海螺的厣甲，厣甲经过炮制以后，混合麝香与其他香料，便可形成一种胶状香料，在当时极其昂贵。

做甲煎的海螺和厣甲

熏香也十分受人喜爱。《后汉书》中就有许多有关熏香的记载，出土文物中也有许多熏香器具，如马王堆汉墓、中山靖王墓出土的香炉和熏香设备。

马王堆汉墓出土的陶制香炉

中山靖王墓出土的鎏金香炉　　　　葡萄花鸟纹银香囊

　　央视《国家宝藏》节目中曾提到唐代的葡萄花鸟纹银香囊，是一种极为精巧的香具，其独特之处在于内里应用了陀螺仪的原理，在熏香点燃后放进衣服中可以始终保持水平，不至于烧到衣服。

　　屈原在《离骚》中也写道："扈江离与辟芷兮，纫秋兰以为佩。"这足以证明我国古代使用香料的先进理念。香料的大量使用是社会繁荣的体现，只有经济繁荣达到一定程度，香料才能被广泛使用。今天，在法国等西方国家，香水被作为社交礼仪广为使用，中国社会使用香水的习惯也以西式为主。

　　在中国古代，香料还被用于识别身份。古代官员进入禁宫时，守卫们一方面碍于官职不能搜查官员的通行牌，另一方面又需要核查进入禁宫的官员身份，于是便通过官员们身上戴着的不同香牌或不同种类的熏香来识别。

香牌

丁香

　　在古代各种化妆品中，也能经常看到香料的应用，在唐代簪花仕女图中便能看到婢女们的香脂、口脂都是用香料来调配的。

　　在香料的医用和食用方面，东西方有很多相似之处。在中国古代，从神农尝百草到李时珍编写《本草纲目》的记载中可知，许多香料可以作为中药来使用，这些香料中药各有不同的效果。今天，很多香料作为熏燃是单用，而古代很多香料属于复方，因为不同香料的味道对人的身体有不同的作用，只有用复香才能把不同香的偏性调正，这样在熏香或佩戴的时候，才不至于因香料出现身体问题。

香料

印度作为东方文明古国之一，是香料生产大国，香料的应用要比古代中国先进很多。大航海时代，西方殖民者在寻找香料和财富的途中发现了拥有大量香料的印度，自此便占领了印度。

香料造像

佛造像是印度使用香料十分独特的地方，佛教传入中国后，香料造像也被引进中国，但是不同于佛教，中国香料造像主要为陪葬品。香料在印度浴佛中的使用也随佛教的传播在中国流传开来，主要用于宗教供奉，如雍和宫里的一尊弥勒佛像，就是用印度产的白檀木雕刻而成的。

印度地处热带，一直以来便是病毒繁衍的温床，导致传染病泛滥，香料则对传染病防治具有十分明显的效果，因此印度人常通过涂抹香料来预防病菌。

作为东方香料使用的另一个代表是日本，其香料使用早期与中国相似。在日本，有一个关于香料的传说。古时候，有一渔民在家中做饭，忽闻一阵奇香，让人感觉异常舒适，便追着香味而去，发现香味竟来自海上燃烧的一段木材，渔民便将此进贡给了当时的帝王。事实上，香料是由唐代鉴真法师东渡时带到了日本。由于国情、地理位置等不同，日本的香料使用在后来的发展中逐渐与中国走上了不同的道路。

香料被带到日本

在那时日本的上层社会，经常进行闻香游戏，后来逐渐形成日本香道，可以说在中国香文化的基础上有了新的发展。

香道在日本的形成，是因为作为岛国，日本香料资源稀少且昂贵，于是就用各种少量的香料，通过香具进行闻香活动，品味不同类型香的味道。独特的日本香道，为香文化注入了新的活力。

西方的香料使用与东方有很大的区别。最初，西方的香料非常昂贵，与金银具有一样的高价值，甚至可以作为财富使用，在西方的一些资料中就有胡椒等香料做租金或工资用的记载。这也是为什么大航海时代，西方殖民者除了追求金银外，还要寻找香料。

西方对香料的理解和东方是不一样的，西方香料以胡椒等食用香料为主，像东方常用的熏香等香料则很少使用。

胡椒作为香料，有黑白之分。没有剥皮的胡椒晒干为黑胡椒，

胡椒

果皮去掉后晒干为白胡椒。当时欧洲的生活水平比中国低，但其食品香料的使用要比中国广泛。如今，胡椒的使用十分普遍，尤其是在西方肉类制作中。

在医疗保健上，西方也常使用香料。过去黑死病、鼠疫等恶疾大规模暴发时，中国用中医治疗，西方则用香料来进行应急性处理。

西方香料工业后来居上，现代香水便是从欧洲兴起。匈牙利之水是第一个现代香水，由当时的匈牙利皇后通过一张香方配制而成，以迷迭香为主。后来法国在香水方面异军突起，直到现在法国的香水依然领先世界。

迷迭香

现代香水得益于现代工业技术，它在分离技术和合成技术方面远超中国，也正是因为技术上的差距，以中国为主的东方香料开始衰落。

如今，中国的香以西方使用方式为主，但是近年来，中国传统香有复兴的势头，不少厂家根据古代香谱里的香方重新研制和

现代香水

复原香。在未来，中国传统香必将有一番发展。

不管是东方还是西方，香料只有在社会非常繁荣的时候，才能被广泛应用。在中国古代与西方历史上，只有王室和贵族才能消费得起香料，因此香料实际上是社会繁荣程度的一种标志物。对于西方来说，香料还有一定的政治意义，这与大航海时代西方追求香料贸易密切相关。西方能领先于东方正是因为大航海时代的殖民掠夺，使得经济、贸易、科技、军事等迅速发展起来。

大航海时代促进了整个欧洲的发展，使欧洲殖民帝国体系得以建立，其中香料是一个重要因素。值得一提的是，香料是世界上最早的全球贸易商品之一。

今天的中国是很多香料包括天然香料原料的生产国，香料原料提取量非常大，但在香料技术方面与西方国家还有很大的差距。中国市场巨大，未来在香料领域有许多潜在市场待挖掘。随着中国经济的发展，相信中国的香料与香产品必将迎来巨大的发展机遇。

后记

　　本书由山西省娴院慈善基金会收集、整理，由我担任主编，共收录了 20 位嘉宾的演讲内容。

　　《娴院演讲》是山西省娴院慈善基金会创办的一个公益演讲平台，旨在通过演讲的方式，促进公益慈善组织、慈善人士和需求者的有效链接。随着项目组的不断探索与深耕，《娴院演讲》逐步由单一的演播室内演讲走入省内多所单位，进而走出山西，受众面越来越广。《娴院演讲》项目不仅在 2023 年第一届"山西慈善奖"评选中被评为"优秀慈善项目"，而且随着"走出去"模式的探索，分别在成都、无锡、重庆、西安、大连、沈阳等地留下足迹，在省外也逐渐产生了一定的影响。在充实演讲嘉宾资源库的同时，也促使项目组专门制定了对接公益组织和演讲嘉宾的具体流程和要求，使得项目运行越来越规范，从而更好地与省内外公益组织进行交流。经过 8 年的探索和实践，《娴院演讲》已经成为慈善基金会行业具有一定影响力和知名度的品牌项目。

《娴院演讲》的核心理念是"公益人讲公益事"，栏目分三大板块：《娴院·演讲》《娴院·漫谈》和《娴院·会说》，以不同的方式，从不同的角度，进行公益慈善理念、文化、知识和方法的传播。除了线上传播外，《娴院演讲》还曾受邀走进中国人民大学、中央财经大学、太原理工大学、山西大学、山西综改示范区和太原女子戒毒所等单位，进行过多场演讲。在国内公益慈善领域，以演讲的方式做公益，把演讲作为慈善基金会的核心产品，尚不多见。作为基金会行业独特且具有创新性的实践，《娴院演讲》为国内公益慈善界和基金会行业所关注。

演讲是以视频方式呈现的，其传播渠道主要是自媒体平台，这种方式具有传播速度快、便捷高效和成本低等特点，但相较纸质书籍，还是存在一些明显的缺陷。为了便于公益从业者从中汲取经验、学习方法、深度交流，为公益慈善的理论研究者提供典型案例和研究样本，使公益慈善的行政主管部门能够更好地把握公益活动的发展规律，我们遂决定编辑、出版《娴院演讲》。

演讲嘉宾大都来自慈善组织、社工机构、志愿服务团体等公益组织，也有部分文化工作者和独立公益人。我们能够感受到他们在公益道路上的艰辛努力，也能够看到他们对公益的执着和坚韧。他们为许多孤立无助的需求者提供了遮风避雨的保护伞，也激活了受助者与生俱来的内在潜能，给了这些人顽强生活下去的勇气和信心，使其感受到社会、他人的关爱和温暖。他们也用自己的实际行动，诠释了公益慈善的利他理念和社会价值。

山西省娴院慈善基金会致力于公益研究、公益传播和公益培育，希望在传统公益的基础上探索出新的路径。本书的出版，是这种探索的初步尝试。我们的目的是架通公益慈善组织、慈善人士和需求者之间的桥梁，促使公益链条各主体间的有效对接，实现做"有效率的慈善"的目的。

感谢周然先生、陈为人先生为本书作序，感谢山西人民出版社编辑吕绘元老师为本书出版所付出的辛勤劳动。在公益的道路上，我们愿意与大家共勉。

山西省娴院慈善基金会发起人　彭占龙
2025 年